ullstein

Das Buch

Es ist die Zeit des Kirschblütenfestes in Japan: Die schüchterne Laura besucht ihre extrovertierte Zwillingsschwester Jessica in Tokyo. Entsetzt stellt sie fest, dass Jessica Inhaberin des exklusiven Clubs »Palast der Wünsche« ist, der die erotischen Gelüste reicher Japanerinnen stillt. Laura ist schockiert, aber auch fasziniert von den aufregend schönen Frauen und Männern, die in dem Club arbeiten. Plötzlich findet sie sich in der Position eines Voyeurs wieder, was ihr – wie sie sich eingestehen muss – große Lust bereitet. Schließlich lässt sie sich auf eine heiße Liebesnacht mit dem gutaussehenden Takeo ein, in den sie sich schon am Flughafen bis über beide Ohren verliebt hat. Als Jessica jedoch bei einem Unfall verletzt wird, soll Laura sie bei einem Millionärspaar vertreten, das sie als Geisha für eine Nacht ersteigert hat ...

Die Autorin

Sarah Schwartz wurde 1978 in Frankfurt am Main geboren. Nach dem Studium widmete sie sich ganz ihrer Leidenschaft: dem Schreiben.

Sarah Schwartz

Tokyo Sins

Erotischer Roman

Ullstein

Besuchen Sie uns im Internet:
www.ullstein-taschenbuch.de

Quellenangabe der im Text zitierten Auszüge
aus »Romeo und Julia«:
Shakespeare, William: Romeo und Julia. Sämtliche Worte,
Bd. 3. Lambert Schneider, Heidelberg o. J.

Umwelthinweis:
Dieses Buch wurde auf chlor- und säurefreiem Papier gedruckt.

Ungekürzte Ausgabe im Ullstein Taschenbuch
1. Auflage Oktober 2008

Umschlaggestaltung: HildenDesign, München
Titelabbildung: © Günther Hagedorn
(www.hagedorn-photography.com)
Satz: LVD GmbH; Berlin
Gesetzt aus der Berkeley Oldstyle
Druck und Bindearbeiten: CPI – Ebner & Spiegel, Ulm
Printed in Germany
ISBN 978-3-548-26930-6

Denk nicht!

Lass dich lieben. Öffne deine Augen und sieh in mein Gesicht, während es sich dir nähert. Lade mich ein mit einem Lächeln, neben deinem Körper Platz zu nehmen. Öffne deine Hände und strecke dich mir entgegen, wenn meine Arme verlangend zu dir eilen.

Lass dich berühren. Fühle meine Fingerkuppen auf deiner Haut, wenn ich dich erkunde. Ermuntere mich mit deinem hörbaren Atem, fortzufahren. Fühle meine Neugier und das Innehalten meiner Bewegungen, wenn ich staunend erkenne, dass dein Körper ein Wunder ist.

Lass dich gehen. Genieße meine feuchte Zunge, die vollen Lippen, die der Spur meines Fingers folgen. Gib deiner Lust Laute, wenn meine Zungenspitze von Brust, zu Bauch, zu Schambein wandert, mein Hauch auf dir. Genieße das fordernde Ziehen in deinem Innern, wenn mein Mund deine Nässe kostet.

Lass dich nehmen. Spüre meinen Flaum auf deinem, wenn meine Schenkel deine grüßen, ungestüm und froh. Zeig mir dein Vertrauen und deine Freude, indem du dich meinen Stößen anpasst, dein Innerstes bereitwillig teilst. Spüre meine Wärme in dir, mein Leben, das Leben schenken kann.

Denk nicht nach.
Lass los.

Takeo

Prolog

Fünfundzwanzig geladene Gäste saßen oder standen in dem teuer eingerichteten japanischen Clubhaus. Die Halle hatte den Charakter eines orientalischen Empfangssaales. Schwere Säulen stützten die bemalte Decke. Ein buntes Mosaik belebte den Boden. In einer riesigen Voliere zwitscherten Pracht- und Schmetterlingsfinken. Es roch nach Zigarrenrauch und schwerem Räucherwerk.

Am Empfang des Saales stand eine schlanke Japanerin mit milchig weißer Haut. Sie trug einen beigefarbenen Hosenanzug und nahm geschäftig die Briefumschläge entgegen, die ihr gereicht wurden. Sie zählte sie nach. Das letzte Gebot war gekommen. Sie gab die Umschläge einem feminin wirkenden Mann im dunklen Anzug mit violetter Krawatte, dessen linkes Auge von seinem langen Pony verdeckt wurde.

Zwischen den Menschen – vorwiegend Männern – bewegte sich eine langhaarige blonde Frau mit silbernen Haarsträhnen, die jeden zu kennen schien. Sie trug ein hochgeschlossenes schwarzes Satinkleid, das ihrem Körper schmeichelte. Immer wieder folgten ihr die Blicke der Menschen – heimlich, lüstern. Es wirkte nicht so, als würde es sie bekümmern. Ihr Lächeln war so souverän wie ihre Art, sich zu bewegen. Aus jeder Handbewegung sprachen Überlegenheit und Anmut. Ihr helles Lachen war lauter als die gedämpften Stimmen. Das Glas Champagner in ihren mit Ringen besetzten Händen schien für sie gerade gut genug zu sein.

Die schlanke Japanerin am Empfang spielte nervös mit ihrer silbernen Halskette, deren Anhänger einen Schwan aus glitzernden Steinen zeigte. Möglichst unbeteiligt ging sie durch eine Tür in die Küche des Clubs und blickte auf den Mann im Anzug, der die Umschläge geöffnet hatte. Er lehnte schwer an der Tür des großen silbernen Kühlschranks. Sein Gesicht war kreidebleich.

Die Frau fasste seinen Arm. »Kazuya? Alles in Ordnung?«

Fassungslos reichte er ihr einen der Briefe. Das höchste Angebot. Seine Mundwinkel zuckten, er presste die Hand an die Lippen.

Die schwarzhaarige Frau sah mit großen Augen auf den notierten Betrag. Sie musste ihn dreimal lesen. Musste dreimal schauen, was dort stand.

»Das bietet sie? Wen hat sie geschickt?«

Kazuya grinste. »Einen Typen, der aussieht, als habe man ihn gerade aus dem Fitnessstudio oder dem Solarium gezerrt. Er soll wohl auch teilnehmen. Hast du die Bedingung gelesen?«

»Die Zeit der Kirschblüte. Aber da haben wir Besuch …« Die Frau senkte den Brief. »So viele Zahlen habe ich noch nie hintereinander gesehen, nicht in Bezug auf Geld für zwei Stunden.«

»Das mit dem Besuch wird unsere Königin schon regeln.« Kazuya schloss sie in die Arme. »Meine Zauberin, meine schöne Zauberin«, flüsterte er heiser. »Wir sind gerettet.«

1

Laura saß im Terminal Zwei der Ankunftshalle und wartete, die weiße Handtasche eng an sich gedrückt. Schon als sie aus dem Flugzeug gestiegen und in das von Glas blitzende Gebäude getreten war, strömte ihr zwischen Souvenirläden, Restaurants und Duty-free-Shops der typisch süßliche japanische Geruch entgegen – eine Mischung aus asiatischen Gewürzen und Soja, den sie nie recht einordnen konnte, aber schon seit ihrer Kindheit mit Japan verband. Nachdem sie ihr Gepäck geholt und die lästige Passkontrolle hinter sich gebracht hatte, ging sie zu dem vereinbarten Treffpunkt an der blaugrünen Mosaiksäule und eroberte sich dort einen der bequemen schwarzen Schalensitze. Aus den unsichtbaren Lautsprechern hallten immer wieder Flugnummern und Aufrufe in japanisch und englisch. Ihre Blicke wanderten durch die Halle, musterten die schicke Ordnung und die wohltuende Atmosphäre aus Sauberkeit und Modernität. Um sie herum kamen und gingen Menschen, viele Japaner, aber auch viele Europäer, die hier in Narita, sechzig Kilometer außerhalb von Tokyo, gelandet waren.

Fröstelnd beobachtete Laura eine japanische Familie, die ihren Sohn begrüßte. Herzhaft schloss die Mutter den jungen Mann in ihre Arme, ihre braunen Knopfaugen strahlten.

Laura fühlte sich in all dem Lärm und der aufgeregten Stimmung fehl am Platz. In ihr war mehr Furcht als Vorfreude und allmählich kam Ärger hinzu, denn ihre Schwester Jessica war bereits zwanzig Minuten zu spät. Hoffentlich lag es nur am Verkehr in Tokyo, der standardgemäß eine Katastrophe war. Laura sah auf die riesige digitale Uhr an der Wand gegenüber. Mit jeder weiteren Minute wuchs ihre Ungeduld. Sie fühlte sich in der Menschenmenge verloren. Durch das Fenster sah sie, dass das Flugzeug, mit dem sie gekommen war, sich wieder in Bewegung setzte. Feiner Sprühregen hüllte es ein. Die letzte Verbindung nach Deutschland verschwand aus ihrem Blick.

Seufzend schaute Laura auf die beiden Koffer neben sich. Sie bereute schon jetzt, auf Jessicas Einladung eingegangen zu sein. Obwohl Jessica und sie eineiige Zwillinge waren, verband sie nichts – bis auf ihr Spiegelbild. Jessica war ungestüm, draufgängerisch, die Katze, die ihre Pfoten neugierig in jeden Winkel steckte, der flatterhafte Schmetterling, der andere bezauberte, und – wie hatte sie das vergessen können – unzuverlässig.

Sie dagegen war besonnen, auf Sicherheit bedacht, die Maus, die sich in einer Ritze versteckte, und ganz offensichtlich ziemlich dumm, da sie sich zu sechs Wochen Urlaub in Japan bei ihrer Schwester überreden ließ.

Ärgerlich zog Laura ihr Handy aus ihrer weißen Lederjacke, steckte es dann jedoch zurück. Sie würde der Schwester nicht bereits bei ihrer Ankunft hinterhertelefonieren. Wenn es hart auf hart kam, konnte sie ja die Nacht in einem der futuristischen Kapselhotels verbringen. Aber so weit würde es wohl nicht kommen, denn Jessica hatte ihr noch gestern am Telefon zugesichert, sie abzuholen, da Laura noch nie in der Wohnung der Schwester gewesen war und nicht einmal wusste, in welchem Viertel der Achteinhalb-Millionenstadt sich diese Wohnung befand.

Immerhin war es fünf Jahre her, dass die beiden Schwestern sich gesehen hatten. Jessica war zu der Beerdigung ihres Vaters nach Deutschland gekommen. Sie lebte bereits seit sechs Jahren in Japan und lag in den Endzügen ihres Studiums.

Laura versuchte vergeblich, einige Falten der beigefarbenen Leinenhose zu glätten, die durch das lange Sitzen im Flugzeug entstanden waren. Dann nahm sie einen hellen Lippenstift mit dem vielversprechenden Namen »Exotic Romance« aus ihrer Handtasche, sowie einen kleinen silbernen Spiegel und zog sich mit zur Seite geneigtem Kopf die Lippen nach. Ihre Oberlippe bekam ein wenig mehr Farbe, um sie noch voller aussehen zu lassen. Im Spiegel begutachtete Laura ihren Schmollmund. Sie war eigentlich gar nicht eitel, aber sie wollte sich vor der sicherlich exquisit gestylten Schwester nicht blamieren. Jessica ging nie ungeschminkt aus dem Haus.

Laura hob den Blick, da sie fühlte, wie sie jemand anstarrte. Aus dem Augenwinkel nahm sie einen schwarzhaarigen Mann in Lederkleidung wahr. Er stand zwei Meter neben ihr an der Mosaiksäule und starrte unverwandt in ihr Gesicht. Es war unverkennbar, dass er Japaner war. Feine schwarze Haare rahmten sein Gesicht ein. Sie waren kurz und modern geschnitten. Seine Augen waren ungewöhnlich groß und tiefschwarz wie ein unergründlicher See. Er hatte ein rassiges, ausdrucksstarkes Gesicht, das Laura jedoch kaum wahrnehmen konnte, denn sie musste all ihre Kraft aufbieten, um diesem Blick standzuhalten, der sie voll und ganz erfasste und ihr das Gefühl gab, nackt zu sein. Ohne Zweifel war er Schauspieler oder Model. Sein Körper war kräftig wie der eines Kriegers. Er trug zwei Jethelme, ebenso schwarz wie seine Motorradkluft, in der Hand. Ohne den Blick abzuwenden, ging er auf sie zu. Seine Schritte waren voll versteckter Kraft. Unnachgiebig hielt sein Blick sie fest, während ein freundliches Lächeln sich um seine schönen Lippen legte. Laura schaffte es nicht einmal zu blinzeln. Einen Moment lang fragte sie sich, ob der Fremde wirklich existierte oder ob sie wegen der Müdigkeit aufgrund des langen Fluges halluzinierte. Vielleicht war er der Prinz ihrer vergessenen Träume.

»Laura Parker.« Es war keine Frage. »Ich bin gekommen, um dich abzuholen.« Seine Stimme war angenehm tief und weich wie schwarzer Samt. Er verbeugte sich leicht und streckte ihr die freie Hand hin.

Laura erhob sich verwirrt. Zwei Gefühle stritten in ihr: Einerseits wollte sie unbedingt von diesem unverschämt gutaussehenden Mann mitgenommen werden, der die Ausstrahlung eines Filmstars besaß, andererseits kam der vertraute Groll auf Jessica in ihr hoch.

»Hat meine Schwester keine Zeit, mich selbst abzuholen?«, fragte sie weit unsicherer, als ihr lieb war.

»Nein.« Er ließ die dargebotene Hand sinken. Laura bedauerte es, sie nicht genommen zu haben, aber sein intensives Starren hatte sie ganz durcheinandergebracht. Er deutete erneut eine leichte Verneigung an. »Mein Name ist Takeo Tanaka. Ich wohne gemeinsam mit deiner Schwester auf einem Grundstück.«

Laura wollte den Kopf schütteln, unterdrückte die Reaktion aber. Diese Sahneschnitte war einer von Jessicas Lovern? Unglaublich. Sie starrte ein wenig hilflos auf die beiden Helme in seiner linken Hand.

»Du bist mit dem Motorrad da?«

»Mein Wagen ist kaputt.«

»Es sind zwei Stunden Fahrt!«

»Zweieinhalb.«

Laura wollte gerade fragen, warum zur Hölle sie nicht den Zug oder einen der Airport-Limousinenbusse nehmen sollte – schließlich hatte sie gerade einen Zwölfstundenflug hinter sich – als ihr wieder einfiel, dass sie nun in Japan war. Eine solche Frage war beleidigend oder zumindest grob unhöflich. Immerhin befand sie sich in einem Land, in dessen Sprache es nicht einmal möglich war, vernünftig zu fluchen.

»Und mein Gepäck?« Laura wies auf ihre beiden Koffer.

Takeo drückte ihr die Helme in die Hand und hob die

beiden schweren Taschen so spielend auf, als seien sie mit Watte gefüllt statt mit Kleidern und Büchern.

»Ich lasse es zum Anwesen bringen. Warte hier.«

Anwesen? Der gesprächigste Typ schien Takeo nicht zu sein. Er benutzte Worte, als könnte man andere mit ihrem übermäßigen Gebrauch töten. Laura sah ihm nach, wie er zu einem chromblitzenden Schalter ging. Merkwürdigerweise ging er nicht in der Menge unter. Er ragte aus ihr heraus. Sie konnte seinen schwarzen Haarschopf auch noch sehen, als eine wild schnatternde Touristinnenschar vorbeizog. Es lag daran, dass er für einen Japaner sehr groß war. Fast einen Meter achtzig, schätzte Laura.

Was zur Hölle hatte Takeo mit einem Anwesen gemeint? Sollte sie mit ihm fahren? Zum Glück hatte Jessica ihr einmal von einem Takeo erzählt. Außerdem hatte der Fremde sie auf Anhieb erkannt, was dafür sprach, dass er ihre Schwester kannte. Sie ähnelten einander noch immer sehr. Laura seufzte. So wie es aussah, hatte sie gar keine andere Wahl. Ihr Gepäck verschwand gerade im Nirwana und sie hatte nicht einmal die genaue Adresse der Schwester.

Takeo kam zurück und führte sie aus dem lauten, überfüllten Gebäude. Er nahm ihr einen Helm ab und ging vor ihr her. Laura musste sich Mühe geben, um mit seinen langen Schritten mitzuhalten, dabei war sie höchstens zehn Zentimeter kleiner als er. Draußen setzte sich der feine Nieselregen auf ihre Haut, der aber nicht kalt war, sondern angenehm kühl. In Japan herrschte auch im April ein mildes Klima.

Nicht das beste Wetter für eine Fahrt auf einem Motorrad. Unbehaglich presste Laura den Helm gegen ihren Bauch.

»Vielleicht ... sollte ich ein Taxi nehmen?«

Takeo wies stolz auf seine Maschine, die zwischen zwei Autos stand. »Ich bin dein Taxi, Parker.« Er schwang sich geschmeidig auf das Motorrad. Laura schloss kurz die Augen. Bilder von Verkehrsunfällen mit verstümmelten Leichen zogen an ihrem inneren Auge vorüber. Sie krampfte ihre Hände um den Helm. Es würde schon nichts passieren.

* * *

Die reizvolle Landschaft aus grünen Reisfeldern, Mühlen und vereinzelt knospenden Kirschbäumen wirkte beruhigend auf sie.

Dennoch dauerte es eine Weile, bis sie sich auf der großen Maschine entspannen konnte. Der Nieselregen hatte aufgehört und der Wind riss gierig an ihrer Leinenhose, obwohl Takeo aufgrund des regen Verkehrs langsam fuhr. Für Laura war er noch immer viel zu schnell. Ihr Körper war steif und verkrampft, sie genoss aber trotzdem die Nähe von Takeos kräftigem Körper, der aufregend nah an ihrem war.

Sie musste an Stefan denken, der sie vor vier Monaten verlassen hatte. Es sprach also überhaupt nichts dagegen, den Körper des jungen Mannes vor sich zu genießen. Das war zumindest eine kleine Entschädigung für die Zumutung, sie mit einem Motorrad abholen zu lassen. Jessica musste doch wissen, wie fertig man sich nach zwölf Stunden Flug fühlte. Laura hielt die Augen geschlossen und atmete den Duft nach Leder und herbem Parfüm ein. Ihre Arme umschlossen seine Hüften, ihr Kopf sank gegen seine Schulter und sie wünschte sich, den Helm abnehmen zu können, um sich noch dichter an ihn kuscheln zu können. Sie fühlte sich überraschend sicher. Es war gut, dass der Wind an ihren Beinen so kalt war, denn er war das Einzige, das sie am Einschlafen und Träumen hinderte.

Die Felder wichen zurück vor dem Meer aus Stein, in das sie nun eintauchten. Äste aus Kabeln begleiteten sie allgegenwärtig, und der braune Dunst über der Stadt weckte viele Erinnerungen in Laura. Schon als Kind hatte sie ihn verabscheut, weil er ihr die Sicht auf die Sterne nahm.

Es dauerte nicht lange, bis sie das Gefühl hatte, mitten in Tokyo zu sein, auch wenn die eigentliche Stadt noch gar nicht begonnen hatte. Laura blinzelte und bestaunte die vielen Hochhäuser, die bunten Neonschilder und die mannigfachen Farben, die sie mit marktschreierischer Aufmerksamkeit umfluteten. Überall standen Kirschbäume und Laura glaubte, die frohe Stimmung zu fühlen, die der Zeit der Kirschblüte vorausging. Es dauerte nur noch wenige Tage, bis überall zwischen den Betonwänden das Hanami-Fest zelebriert werden würde – das Fest der Blütenbetrachtung, das die knapp zwei Wochen blühenden Bäume gebührend feierte.

Laura hatte fast vergessen, wie voll Tokyo von Autos, Menschen, Gerüchen und Geräuschen war. Sie war zuletzt im Alter von sechs Jahren hier gewesen. Damals hatten sie und ihre Eltern hier gelebt. Zwei ganze Jahre war ihr Vater fest in Tokyo beauftragt gewesen. Erst mit der Schulpflicht kehrte die Familie Parker nach Deutschland zurück, und so war Jessica und Laura die strenge Schule in Japan erspart geblieben.

Laura hatte immer wieder von anderen gehört, dass ihnen die Orte ihrer Kindheit im Laufe der Jahre kleiner vorkamen. Laura ging es nicht so. Tokyo war so groß, abenteuerlich und farbenprächtig, wie sie es in Erinnerung hatte. Im Gegenteil, die riesige Stadt aus Stein, Glas und Menschenmassen hatte sich in den vergangenen achtzehn Jahren weiter vergrößert und war bis über die Grenzen des Horizonts gewachsen.

Takeo hielt an einem bunten Stand mit Satay-Spießen. Laura wankte zögernd vom Motorrad und sah sich um. Die Gegend war viel zu heruntergekommen, als dass sie sich Jessica hier vorstellen konnte. Immerhin hatten beide Mädchen vom Vater fast eine Million geerbt.

Falls Jessica sie noch hat, lästerte Laura gedanklich. Sie kam einfach nicht gegen ihren Ärger an. Sie hatte es Jessica übel genommen, mit achtzehn Jahren fortgegangen zu sein und mit einem Lächeln aus ihrem Leben nach Japan zu verschwinden. Jessica war mutig, stark und schön. Alles, was Laura nicht sein konnte.

Takeo hielt ihr einen Yakitori-Spieß hin. Sie sah auf und griff mit ungelenken Fingern nach dem Hähnchenspieß mit der süßen, glänzenden Marinade. Ihre Hände waren noch ganz kalt von der Fahrt, obwohl sie sie in die Ärmel ihrer Jacke geschoben hatte.

»Danke.« Erst jetzt merkte sie, wie hungrig sie nach dem langen Flug war. Sie biss einen großen Happen Fleisch ab und schloss genießerisch die Augen. Sofort fühlte sie sich besser. Das waren richtige Yakitori-Spieße, nicht die deutsche Sparversion, die nur allzu oft auf Shichimi Togarashi, Sansho Pfeffer oder Furikake verzichtete. Dabei war es genau diese Würzmischung, die mit Reiswein, Ingwer, Sake und Zucker den süßen exotischen Geschmack ausmachte.

»Köstlich.« Laura lächelte. Erst jetzt wurde ihr bewusst, wo sie war: in Japan, in Tokyo, der flimmernden Stadt aus Stahlbeton und Lichtern, und sie hatte Urlaub. »Ich habe vergessen, wie gut diese Spieße sind.«

Takeo hielt im Essen inne. »Du bist schön wie Jessica, wenn du lächelst. Und du fährst nicht gerne Motorrad.«

War das eben ein Kompliment? Aber warum verglich er sie mit Jessica? Hoffentlich waren die beiden nicht zusammen.

»Ich bin nicht richtig gekleidet«, wich Laura aus. Dieser gutaussehende Typ sollte sie nicht für feige halten.

»Keine Angst. Ich passe auf. Es ist höchstens noch eine Stunde bis zum Anwesen. Du hast es bald geschafft.«

»Anwesen?« Das Wort hatte Laura bereits im Flughafengebäude irritiert. »Welches Anwesen?«

»Jessicas Haus«, entgegnete Takeo ruhig.

Aha! Laura triumphierte innerlich. *Sie hat ihr Erbe also tatsächlich verprasst! Typisch Jessi.*

»Sie hat mir gar nichts von einem Anwesen erzählt.«

»Es wird dir gefallen.«

»Warum?« Laura fragte sich, was für Geheimnisse Jessica vor ihr hatte. Aber wenn sie alle so aufregend und anziehend waren wie Takeo, dann versprach dieser Urlaub, trotz aller Hindernisse großartig zu werden.

»Weil es jedem gefällt.«

Er brachte die beiden Holzschalen an den Imbissstand zurück und zog sich wieder seinen Helm über. Mit selbstverständlicher Anmut schwang er sich auf den Sattel der Maschine. Sie versuchte, es ihm nachzutun. Schade, dass er nicht gesprächiger war. Er war der typische Krieger, der nach der Schlacht in die Flammen des Lagerfeuers starrte. Wie er wohl ohne diese Lederkluft aussah? Sie hatte unter der Jacke seinen trainierten Körper gefühlt. Ein Körper zum Träumen. Laura spürte ein ganz ungewohntes Kribbeln im Bauch, als sie sich nun – satt und entspannt – gegen seinen breiten Rücken lehnte. Sie betete in den nächsten sechzig Minuten zu allen ihr bekannten Göttern, dass Takeo nicht der Freund ihrer Schwester sein möge.

2

Es roch nach Meer. Das Zentrum der Stadt lag weit hinter ihnen. Laura öffnete die Augen, als der Lärm des Motors abgewürgt wurde und das Motorrad zum Stillstand kam. Vor ihnen erhob sich ein Drachentor, dessen rote Schindeldächer mit goldenem Dekor geschmückt waren. Das Tor war in eine rotweiße Mauer eingelassen, die ein beachtliches Grundstück umschließen musste. Vermutlich war das Tor mit seinen drei abgeschrägten turmartigen Vordächern in der Gegend eine Sehenswürdigkeit.

Laura seufzte. Sie wollte endlich duschen und sich ausruhen. Für Sightseeing war morgen noch immer genug Zeit. Gerade wollte sie Takeo bitten weiterzufahren, als sie die Fernbedienung in seiner Hand sah. Das hölzerne Tor fuhr seitlich in die rotweiße Wand hinein und Laura erhaschte einen Blick über den breiten Sandweg hinweg auf eine eigenwillige architektonische Mischung aus Palais und Pagode. Vor dem Haus befand sich ein großer, fast leerer Sandparkplatz, eingefasst mit hellgrünem Rasen.

Mit einem Schlag war sie hellwach. Sie starrte auf den Rasen neben dem Parkplatz.

»War … war das da eben ein Pfau?«

»Das war Rosenblüte, Buntauge ist wahrscheinlich hinten im Garten.«

»Es war ein Pfau.« Laura schüttelte den Kopf.

Er startete wieder den Motor und sie fuhren langsam auf das zweigeschossige Haus zu, das zentriert hinter dem Parkplatz lag und weit über die Parkplatzlänge hinausreichte. Eigentlich waren es drei Gebäude, die links und rechts durch zwei Garagen verbunden waren. Takeo fuhr mit ihr zur linken Garage und bedeutete ihr, abzusteigen.

Fassungslos drehte Laura sich im Kreis. Das war unglaublich. Nie im Leben hatte Jessica das mit nur einer Million bezahlen können. Sie blickte zurück zum Drachentor, das den Lärm der Stadt aussperrte, dann wieder zum Haupthaus, das sich herrschaftlich vor ihr erhob. Der Eingangsbereich war überdacht und wurde von zwei roten Säulen getragen, an denen Rosen emporrankten. Das ganze Gebäude besaß hohe, blitzende Fenster ohne Vorhänge. Laura versuchte, etwas dahinter zu sehen, aber sie konnte nichts erkennen. Noch waren die Räume unbeleuchtet.

Takeo schloss gerade die Garage, als sich die hohe Tür des Hauses öffnete und Jessica hervortrat wie eine Königin, die ihren Hofstaat willkommen hieß.

Laura schluckte. Jessica war wunderschön. Sie trug ein fließendes langes Kleid in einem glänzenden Schwarz. Der Ausschnitt war gerade tief genug, um verführerisch zu sein, ohne zu offen zu wirken. Um ihren Hals lag eine schmale Kette aus Platin. Wie immer war ihr Schmuck dezent, aber teuer. Laura griff unwillkürlich an den halb aufgelösten Zopf auf ihrem Hinterkopf. Ihre Haare waren durch das Auf- und Abziehen des Helms durcheinandergeraten.

Jessica trug ihre langen blonden Haare offen, hatte silberblonde Strähnen, die sie wie einen Popstar aussehen ließen.

»Laura! Herzlich willkommen in Tokyo!« Sie ging gemessenen Schrittes auf die Schwester zu, nicht zu schnell, nicht zu langsam, und schloss sie in die Arme. Laura roch ihr leichtes Parfüm, das nach Sonne und Strand duftete.

»Jessi. Es ist lange her. Du siehst toll aus.«

Jessica lachte. »Lob dich nicht selbst, Liebes.« Sie hielt Laura an den Schultern fest und drückte sie ein Stück von sich fort. »Aber du siehst müde aus. Eine heiße Dusche wird dir guttun. Es tut mir leid, dass ich dich nicht abholen konnte. Ich habe keinen eigenen Wagen und Sakura, meine Freundin, mit der ich mir das Auto teile, hat es unbedingt gebraucht, um zu einem Vorstellungsgespräch zu fahren.«

Laura sah unverwandt in Jessicas meergrüne Augen. Egal, wie ähnlich sie sich sahen, diese Augen sahen ihr nicht ähnlich! Sie mochten die gleiche Farbe haben, aber in Jessicas Blick lag ein Versprechen nach Leben, ein Ausdruck von Lust und Freude, der Laura auch jetzt wieder sprachlos machte. Ein wenig benommen sah sie zu, wie ihre Schwester kurz von ihr abließ und dem herangetretenen Takeo einen flüchtigen Kuss auf die Wange gab. Obwohl es lächerlich war, fühlte Laura einen Stich. Was, wenn die beiden ein Paar waren?

»Danke, Takeo. Du bist großartig.«

Er lächelte und wandte sich zum Gehen.

»Bis später«, brachte Laura heraus. Ihr Hals war rau. Er deutete im Laufen eine leichte Verneigung an.

Jessica hängte sich bei Laura ein. »Ich zeige dir dein Zimmer und das Bad. Es wird noch etwa eine Stunde bis zum Essen dauern.«

Sie gingen die Stufen zum Eingang hinauf. Laura fühlte sich wie eine Prinzessin im Märchen. Wie kam Jessica dazu, in einer solchen Villa zu leben? Als sie die Eingangshalle betraten, meinte Laura, in einem Schloss zu sein. Ihr Weg wurde flankiert von weißen Blumentöpfen, in denen Azaleen wuchsen. Die gut einen Meter fünfzig hohen Pflanzen sahen aus wie Miniaturbäume, deren Kronen aus Blüten bestanden. Zwischen den rosafarbenen »Bäumchen« standen Replikate klassischer Statuen. Es war fast, als befände Laura sich in einer Kunstausstellung und nicht in einem Wohnhaus. An der Decke prangte ein Bild im Stil des Rokokos. Ein Mädchen in einem bauschigen Kleid schaukelte hoch über ihren Köpfen. Der Rock ihres Kleides wurde vom Luftzug hochgewirbelt und gab die Sicht auf lange weiße Beine frei.

Laura konnte sich noch gut an das Interesse ihrer Schwester am französischen Rokoko erinnern. Schon mit zwölf Jahren hatte Jessica darauf bestanden, ein solches Kleid aus Taftseide zu bekommen, und ihr Vater hatte ihr eines zum Geburtstag nähen lassen.

Mit Scham dachte Laura an ihre Zweizimmerwohnung in Deutschland, dann schüttelte sie verärgert den Kopf. Seit wann störte es sie, von Luxus umgeben zu sein? Es gab weit wichtigere Dinge im Leben.

Vor ihnen stand eine weiß lackierte Flügeltür weit offen. Laura blickte in einen großen Parkettsaal mit einer breiten Fensterfront, die einen Ausblick auf eine von Kiefern und Ahorn eingerahmte hölzerne Terrasse gewährte. In der rechten Hälfte des Raumes stand eine lange Tafel, umgeben von zehn hellgrünen Polsterstühlen. Ein kristallener Leuchter hing von der Decke herab, die Wände waren mit blassgelber Seide bespannt und an der Wand ragte eine jahrhundertealte Schrankreihe auf, die weiß lackiert worden war. Eine Standuhr mit goldenem Pendel stand ein Stück von ihr abgesetzt in einer Ecke. Auf der linken Seite befand sich eine elegante blassgrüne Couch mit hoher Rückenlehne, die ebenfalls aus einem vergangenen Jahrhundert zu stammen schien. Ihre Rückwand unterteilte den Saal. Hinter ihr sah Laura an der Wand einen weißen Kamin.

»Hier treffen wir uns zum Essen«, erklärte Jessica mit funkelnden Augen. »Gefällt es dir?«

»Es … ist zauberhaft. Wie kannst du dir das leisten?«

»Ich wohne nicht alleine hier.« Jessica machte eine ausschweifende Geste mit dem Arm. »Das alles, das Haus und das Grundstück, teile ich mir mit Takeo, Kazuya, Sakura und Yukiko. Sie sind wie eine Familie für mich.«

Laura verkniff sich einen bissigen Kommentar. Immerhin

war Jessi aus Deutschland fortgegangen und hatte ihre Familie verlassen. »Du lebst in einer WG?«

»So kann man es nennen.« Jessica führte sie eine weite elegante Treppe zum zweiten Stock hinauf. An den Wänden auch hier wieder Replikate bekannter Gemälde. Die meisten waren französisch. Die verputzte Wand war in einem cremefarbenen Ton gestrichen, der Laura an Lachscreme denken ließ. Sie grinste. Sie hatte schon wieder Hunger, trotz der Yakitori-Spieße.

Sie gelangten in einen langen Flur, der sich nach beiden Seiten erstreckte. Der Boden war mit einem schweren Teppich ausgelegt. Auch hier war die Wand cremefarben und mit einigen ausgewählten Bildern bestückt. Jessica zeigte auf eine Tür nahe der Treppe. »Dort ist mein Zimmer. Die Bäder sind unten, gleich neben der Eingangshalle. Frische Kleider liegen auf deinem Bett. Ich habe dir etwas von mir herausgesucht, weil ich mir schon dachte, dass dein Gepäck nachkommt.« Sie ging an der Tür vorüber und öffnete eine andere Tür auf derselben Seite des Flures. »Das hier ist das Gästezimmer. Dein Reich.« Sie lächelte. Laura bemerkte zum ersten Mal die kleine Falte, die auf der Stirn der Schwester saß. Für einen Moment wich die Kraft in ihrem Blick und eine tiefe Erschöpfung wurde sichtbar. »Ich bin froh, dass du da bist, Liebes. Wir haben viel nachzuholen.«

Laura nickte zögerlich. Sie folgte Jessica in den hohen Raum mit der großen Fensterfront und dem glänzenden Parkettboden. Von dem Zimmer aus konnte man den Parkplatz sehen sowie den grünen Rasen, auf dem der Pfau nun wieder stolzierte. Lauras Blicke erkundeten den Raum. Auch hier wirkten die Möbel wie exklusive Überbleibsel aus einer längst vergangenen Zeit. Einer Zeit für Adelige und ihre Mätressen. Die zierlichen Möbel waren weiß oder hellbraun und wiesen filigrane Schnitzereien auf. Laura machte staunend einige Schritte in den Raum. Sie wollte am liebsten alles anfassen. Das weiße Bett mit dem Baldachin und der geschnitzten Wand am Kopfende, die Kommode auf ihren dünnen Beinen und die beiden wuchtigen Schränke, die mehrere Spiegel hatten. Auf einem Beistelltisch stand ein großer Strauß weißer Rosen. Laura warf der Schwester einen liebevollen Blick zu. *Sie hat meine Lieblingsblumen nicht vergessen,* dachte sie und war kurz bestürzt, wie sehr sie das berührte. Laura drehte sich im Kreis, nicht wissend, was sie zuerst bestaunen sollte. »Es ist großartig. Ziemlich abgedreht. Ein wenig wie ein Puppenhaus – aber wunderschön. Ein Mann würde vermutlich hier drin durchdrehen und Selbstmord begehen.«

Jessica lachte. »Schön, es gefällt dir. Wir sehen uns zum Abendessen. Mach dich hübsch, wir haben Besuch.«

Laura verzog das Gesicht. »Ich hoffe, ich muss keine verkrampfte Konversation führen. Der Flug steckt mir noch in den Knochen.«

»Überhaupt nicht. Es sind alles Freunde von mir. Und natürlich die, die sowieso hier wohnen. Wir essen selten zusammen, aber sie sind alle neugierig darauf, dich kennenzulernen.«

»Sag mal …« Laura musste das noch loswerden, ehe die Schwester ging. »Ist … ist Takeo dein Freund?«

»Nein. Mein Verlobter.«

Laura spürte, wie das Blut aus ihrem Gesicht wich. Sie konnte sich gut vorstellen, wie schockiert sie in diesem Moment aussah, und unterdrückte den Impuls, sich auf die Kommode zu stützen.

Jessica klatschte in die Hände. »Es hat dich erwischt! Ich wusste es! Es war absolut richtig, Takeo zum Flughafen zu schicken! Er ist genau dein Typ. Und wieder einmal hat mein Genie …«

»Du hast mich angelogen!«

»Dein Gesichtsausdruck war das wert«, stellte Jessica

ungerührt fest. »Aber zu deiner ungestellten Frage: Takeo ist so frei wie ein Vogel hoch oben in den Lüften. Keine Ehe, keine Beziehung, nicht einmal die Aussicht auf eine Beziehung … bis heute zumindest.« Sie zwinkerte Laura vielsagend zu. »Und jetzt entschuldige mich, ich muss Kazuya mit dem Nachtisch helfen.« Sie ging vergnügt aus dem Zimmer, während Laura ihr einen wütenden Blick hinterherschickte. Allerdings nicht lange. Laura berührte die Lackvase mit den weißen Rosen. Takeo war zu haben und sie würde alles daransetzen, ihn für sich zu gewinnen.

* * *

Jessica war eine Hexe. Wütend riss sich Takeo die Lederjacke vom Körper und warf sie auf den Laminatboden. Das schwarze T-Shirt folgte. Er griff nach einem langen Bambusstock und hieb damit quer durch die Luft. Ein hohes surrendes Geräusch zeigte an, wie gerade und exakt sein Schlag war. Es verriet die Schnelligkeit und die Kraft des Hiebes. Er nahm eine Kampfstellung ein und ging in die Kammerhaltung, einer bestimmten Position vor dem Schlag.

Sie hatte es geahnt. Sie hatte mit der tödlichen Sicherheit einer Königskobra vorausgeahnt, dass Laura genau sein Typ war. Dabei wollte er keine Beziehung, und Jessica wusste das. Zornig hieb er den Stock durch die Luft.

Laura.

Sie war schön. Und das Beste daran war, dass sie es nicht wusste. In ihr war keine Arroganz. Sie spielte keine dummen Spiele wie Sakura oder Jessica. In ihren Augen lag eine erschütternde Tiefe, ein Ausdruck, der ihn bereits auf dem Flughafen in seinen Bann gezogen hatte. Etwas an ihr weckte in ihm den Wunsch, sie zu beschützen – und das war gefährlich.

Er warf den Stock von sich und ließ sich auf das niedrige

Futonbett sinken. Er durfte sich nicht zu einer Beziehung hinreißen lassen. Was war, wenn die sechs Wochen vorüber waren? Laura würde in ihre Welt zurückkehren und er musste sie gehen lassen. Sicherer war es doch, erst gar nichts mit ihr anzufangen. Ihr klarzumachen, dass er nicht an ihr interessiert war. Das war der richtige Weg für sie beide. Jede Beziehung endete irgendwann – und zurück blieben nur Scherben. Das hatten seine Eltern ihn gelehrt. Sex war in Ordnung, aber Beziehungen brachten nur Schmerz. Er schloss die Augen und träumte von Lauras hüftlangem Haar, das die Sonne einfing.

* * *

Laura wagte sich nicht auf das gemütliche Bett zu legen. Sie befürchtete, sofort einzuschlafen, wenn sie lag. Zuerst schloss sie die Inspektion ihres Zimmers ab. Der große weiße Schrank quietschte leise, als sie die Tür öffnete. Er war geräumig und würde ihren Kleidern ein gutes Zuhause bieten.

Laura dachte über Jessica und das Anwesen nach, während sie zum Bett ging und das grünlich schimmernde Kleid aufhob, das Jessica ausgewählt hatte. Dieser Ort war verrückt. Fast surreal. Sicher, ihr Vater war nicht arm gewesen und sie hatten nie schlecht gelebt. Aber mit diesem opulenten Luxus ließ es sich nicht vergleichen. Fast war sie froh, eins von Jessicas Kleidern anziehen zu können. Ihre eigenen waren weit preiswerter und schlichter.

Ihre Finger glitten über das smaragdgrüne Tüllkleid mit dem glänzenden Unterstoff und den dünnen Trägern. Es betonte die Farbe ihrer Augen. Eine leichte Röte stieg ihr ins Gesicht, als sie die beiliegende Unterwäsche betrachtete – obwohl sie sicher war, dass es das Züchtigste war, was Jessica in ihrem Schrank gefunden hatte. Sie wickelte die dunkelrote Reizwäsche zusammen mit der beigefarbenen

Feinstrumpfhose in das Kleid und machte sich auf den Weg nach unten.

Es war ein merkwürdiges Gefühl, über den weichen Teppich im Flur zu gehen, in den sie mit jedem Schritt leicht einsank. Sie war eine Adelige auf dem Weg zu ihrer Toilette. Laura musste kichern. Sie fragte sich, wie es Jessica in einer WG aushielt. Man kam sich doch ständig in den Weg.

Der Geruch nach gebratener Ente mit Gemüse zog durch den Gang und das Treppenhaus. Laura flüchtete sich ins Bad, ehe sie in Versuchung geriet, die Küche zu überfallen.

Sie öffnete die Tür zum linken Bad und blieb stehen.

Allein für dieses Bad kann man jemanden töten.

Ungläubig betrachtete Laura den Marmorfußboden, in den eine große weiße Wanne eingelassen war. Neben der Wanne stand eine knöchelhohe Ablage für Shampoo und Duschbad in teuren Glasflaschen. Alle Wasserhähne waren golden und die Spiegel an den Wänden griffen das Muschelornament auf, das Laura schon öfter im Haus aufgefallen war. Zur Toilette führte eine weitere Tür, die offen stand. Laura legte ihre Sachen auf einen weißen Rokoko-Tisch, der dem in ihrem Zimmer ähnelte. Auch im Bad standen Blumen. Aus einer großen Vase auf einem niedrigen Mosaikschemel ragten drei Paradiesvogelblumen mit ihren orangeblauen Köpfen, die sich wie ein buntes Rad in die Breite entfalteten. Laura musterte die Badewanne und bedauerte, dass sie nur darin duschen würde. Nach und nach zog sie ihre Kleider aus und legte sie neben das dunkelgrüne Kleid. Sie blickte zum Fenster, das sehr weit oben lag und so vor neugierigen Blicken schützte. Vorsichtig entfernte sie das Gummiband auf dem Hinterkopf aus ihren Haaren. Ihre langen Haare hüllten ihren nackten Oberkörper ein.

Mit einem zufriedenen Lächeln griff sie nach dem Duschkopf und drehte das Wasser auf. Leise rauschend strömte es ihr entgegen. Sie fühlte mit der Hand die richtige Temperatur ab und hob den Duschkopf über ihren Körper. Das Wasser ließ ihre Haare zu einem schweren feuchten Vorhang werden. Es tat gut, das reinigende Wasser auf der Haut zu spüren. Warm und weich rann es an ihr hinab und spülte den anstrengenden Flug fort, der sie verschwitzt und müde zurückgelassen hatte. Sie strich sich mit den Fingern durch die langen blonden Haare, bis sie das Gefühl hatte, dass auf ihrem Kopf wieder Ordnung herrschte.

Takeo. Mit geschlossenen Augen dachte sie an die Fahrt auf dem Motorrad zurück. An seinen warmen, vertrauten Körper, der schützend und aufregend zugleich war. Wie schön wäre es, wenn er ihr jetzt zusehen könnte. Ob sie ihm gefallen würde? Laura strich ihre langen Haare zurück, wanderte mit ihren Fingern langsam vom Hals hinunter zu ihren vollen Brüsten und verharrte dort. Wie oft war sie von ihren Freundinnen um ihre Brüste beneidet worden. Aber ob sie schön genug waren für Takeo? Mit der Hand hob sie ihre Brust leicht an, fühlte das Gewicht und die Rundung. Ihr Daumen bewegte sich zögernd auf und ab.

Sie spürte ihre Brustspitze, streichelte sie liebevoll, ehe ihre Hand über den flachen Bauch in Richtung Oberschenkel noch tiefer glitt. Zaghaft rutschte ihre Hand weiter. Das Rauschen des Wassers lag in ihren Ohren und ließ sie an das Meer denken. Sie presste die Fingerkuppe ihres Zeigefingers fordernd auf ihre Klitoris.

»Süße, ich weiß nicht, ob du so viel Zeit hast.«

Laura fuhr erschrocken herum, der Duschkopf in ihrer linken Hand zuckte wild zur Seite und bedachte einen Großteil des Bades mit einer unverhofften Dusche.

Jessica wich zurück. »Du machst mein Kleid nass!«

»Was willst du hier?« Laura spürte ihr Gesicht ebenso heiß wie ihre Schenkel. »Warum schleichst du dich hier rein?«

»Ich wollte bloß sehen, ob du zurechtkommst, aber anscheinend fühlst du dich schon wie zu Hause.« Die Schwester grinste frech und legte zwei große weiße Handtücher auf dem Rokoko-Tisch ab. »Ich bin schon weg.« Sie beeilte sich, zur Tür zu kommen. »Und träum weiter von Takeo!«

Laura, die vor Scham nicht dazu gekommen war, ihr zu antworten, schnappte sich das Stück Seife vom Wannenrand und schleuderte es der Schwester nach. Sie erwischte nur die Tür, die Jessica lachend hinter sich schloss.

Verärgert griff Laura nach dem Shampoo. Das würde sie Jessica heimzahlen.

* * *

Als Laura das geräumige Wohnzimmer mit dem Kamin und dem altertümlichen Esstisch betrat, kam sie sich wie bei einem Casting vor. Acht Gesichter wandten sich zu ihr um, die sie neugierig musterten.

Jessica saß am Kopfende des Tisches und stand nun auf. »Laura! Schön.« Sie lächelte betörend in die Runde. »Meine Zwillingsschwester Laura«, stellte sie vor. »Und das hier sind Takeo – den du ja schon kennst –, Kazuya, Yori, André, Hiroki, Yukiko und Sakura.« Ihr Lächeln wurde noch intensiver. »Setz dich, komm.« Sie wies auf den leeren Platz neben Takeo.

Rot um die Nasenspitze ließ Laura sich auf den grün gepolsterten Stuhl sinken.

Sie kam sich vor, als sei sie in einem Film, denn Jessicas Freunde waren viel zu schön, um sterbliche Menschen zu sein. Sie sahen allesamt aus wie Schauspieler oder Models. Kazuya war kleiner als Takeo und besaß ein weiches, feminines Gesicht mit gerader Nase. Er trug einen braunen Seidenanzug und eine enge Lederkette um den Hals, an der ein Drachenanhänger hing. Sein schwarzes Haar war länger und dichter als Takeos. Es fiel ihm fransig in die Stirn und bedeckte sein linkes Auge. Dafür war das rechte, sichtbare, Auge umso ausdrucksstärker. Seine vollen Lippen verzogen sich zu einem Lächeln, als er Lauras Blick bemerkte. Auch Yori musterte sie und senkte schüchtern die Lider, als er Lauras Aufmerksamkeit bemerkte. Er war jünger als Kazuya, sah diesem aber so ähnlich, dass Laura sofort eine Verwandtschaft erkannte. Er war ähnlich gekleidet wie Kazuya, nur war sein Anzug nachtblau und eine Nummer kleiner. Der schimmernde Stoff passte gut zu seinen blauschwarzen Haaren, die zu einem langen Zopf zusammengefasst und mit mehreren Lederbändchen zusammengebunden waren. Offen mussten ihm die Haare bis über die Hüfte reichen. Seine Augen waren schmaler als die Kazuyas, und er war unverkennbar geschminkt, was sein schönes Gesicht noch ausdrucksstärker machte.

Laura sah weiter zu André, der lange blonde Locken hatte und sie aus abschätzenden azurblauen Augen musterte.

Der Vampir Lestat, dachte Laura, als sie im Vorbeigehen das weiße Rüschenhemd bemerkte und die schwarze, engsitzende Lederhose. André hatte die Ausstrahlung eines Mannes, der nur sich selbst liebt. Er thronte Jessica gegenüber am Kopfende der Tafel. Zu seiner Rechten saß Hiroki, ein leicht stämmiger Mann mit einem offenen, freundlichen Gesicht. Nicht schön, aber auch nicht uninteressant. Er trug einen schlichten schwarzen Anzug, unter dem ein einfaches weißes Hemd zu sehen war. Neben ihm saßen die beiden Frauen Yukiko und Sakura. Laura schluckte. Sie waren wunderschön, wenn auch vollkommen verschieden. Wo Yukiko Schnee war, war Sakura Feuer. Yukikos Haut war fast weiß. Sie senkte den Blick devot, als sie Lauras Interesse an ihr bemerkte, aber auf eine sehr kokette Weise. Yukiko hatte dunkelbraune Augen und eine im Ansatz eher breite Nase. Mit einer eleganten Bewegung legte sie die Serviette neben ihrem Teller zurecht. Ihr weißes, enganliegendes Kleid war bis zum Hals geschlossen, betonte aber dennoch die schöne Linie ihrer Brüste. Sakura hingegen starrte Laura direkt an.

In ihrem Blick lag eine herausfordernde Provokation, als wolle sie Laura zum Kampf auffordern. Sie hatte leuchtende aquamarinblaue Augen – Kontaktlinsen, erkannte Laura, denn Sakura sah genauso asiatisch aus wie Yukiko. Ein Blickfang waren ihre vollen Lippen, die von einer leicht verächtlichen Linie umspielt wurden. Sie trug ein dunkelrotes Kleid mit einem geradezu obszönen Ausschnitt. Vermutlich hatte sie den Stoff festgeklebt. In ihr kunstvoll aufgestecktes Haar war eine Pfauenfeder eingearbeitet.

Laura setzte sich auf den ihr zugewiesenen Platz. Sie war eine Zuschauerin unter Stars. Ein Fan, der das unverdiente Glück hatte, mitten in seinen Lieblingsstreifen zu platzen. Ärgerlich schüttelte sie den Kopf.

»Schön, euch kennenzulernen«, brachte sie heraus. »Es ist nett, dass ihr alle zu meinem Empfang gekommen seid.«

Es folgte ein wildes Durcheinander, als alle auf einmal antworteten und sie in Japan willkommen hießen.

Laura blickte zu Jessica hinüber. *Woher kennt sie nur all diese Menschen?* Wie Studenten sahen diese Männer und Frauen nicht aus. Ob Jessica inzwischen auf eine Schauspielschule ging? Zuzutrauen wäre es ihr. Laura beschloss, sich vorerst nicht weiter darum zu kümmern. Sie konnte immer noch mit Jessica reden, wenn sie alleine waren.

Das Abendessen war exzellent. Es gab Ente und Fisch, jede Menge Gemüse und klebrigen Reis. Alles wurde auf schönen Porzellanplatten serviert und an genau festgelegte Plätze zwischen den Steckblumenschalen der Tischdekoration gestellt. Der typische Geruch von Reis und Sojasauce machte es Laura schwer, sich zu beherrschen. Sie musste sich zusammenreißen, um auf die anderen zu warten und ihre Stäbchen nicht zu ungeduldig an den Mund zu führen.

Die Gespräche am Tisch waren zum Glück locker. Besonders Kazuya trug sehr zur Erheiterung der Gruppe bei und erzählte eine lustige Anekdote nach der anderen.

Laura war sich nur zu bewusst, wie nah Takeo neben ihr saß, allerdings konnte man ihn nicht in ein Gespräch verwickeln. Immer wieder versuchte sie, einen kompletten Satz aus ihm herauszubekommen, aber er antwortete einsilbig und schien in keiner Weise an ihr interessiert. Ein wenig enttäuscht gab Laura es irgendwann auf und lauschte den wilden Geschichten von Kazuya. Ihr fiel auf, dass einige Themen gemieden wurden. Zum Beispiel Gespräche über die Arbeit. Das war höchst ungewöhnlich und sie nahm an, Jessica hatte darum gebeten.

Nach dem Essen wurden die raumhohen Glastüren an der Frontseite des Raumes aufgeschoben, um auf die Terrasse zu gehen. Die Sonne ging gerade unter und tauchte den japanischen Garten vor ihnen in orangerotes Licht. Verspielte Wege führten zu einem kleinen Teehaus in der Mitte des Gartens. Obwohl Laura durch das Essen noch müder geworden war, hätte sie den Garten am liebsten sofort erkundet. Er wirkte wie ein Zauberreich aus einem japanischen Märchen. Mit einer Mischung aus Bedauern und Vorfreude verschob sie das Vorhaben auf den nächsten Tag.

Die Schatten senkten sich herab, aber es war noch nicht so dunkel, dass Laura nicht das Haus am anderen Ende des Gartens als Schemen erkennen konnte. Über knospenden Kirschbäumen ragte sein hohes, pagodenähnliches Schindeldach auf. Das Gebäude musste etwa so groß sein wie die Villa, in der sie sich befanden. Die schrägen, übereinanderliegenden Dächer leuchteten karmesinrot, und auf der Spitze des obersten Daches erhob sich ein goldener Drache gegen das Licht.

»Was ist das für ein Haus?«, fragte Laura leise.

Jessica drehte sich zu ihr um. Ihr anmutiges Gesicht lag im Schatten. Sie ließ die lange Zigarette in ihrer Hand sinken und stieß eine bläuliche Rauchwolke vor Laura in die Luft.

»Wir müssen uns unterhalten, Laura. Wenn du möchtest, kann es bis morgen warten. Du bist sicher müde.«

Laura wandte sich ab und sah wieder zu dem anderen Haus hinüber, das im letzten Licht glühte. »Sag mir, was das ist.«

* * *

Laura saß auf der hellgrünen Couch an der Wand seitlich des Kamins. Die Eckcouch ragte vor dem Kamin in den Raum und unterteilte ihn in die Kaminecke und den Esstischbereich. Vor der Fensterfront stand ein dreiteiliger Paravent, der einen weißen Regalschrank mit Flachbildschirm verbarg. Jessica gab sich viel Mühe, den Raum authentisch aussehen zu lassen.

Die anderen waren gegangen. Zuerst verließen sie Yori, André und Hiroki, die alle drei nicht in der Villa lebten. Takeo und Kazuya zogen sich als Nächstes zurück. Sie wohnten in den beiden Nebengebäuden, die durch die Garagen vom Haupthaus getrennt waren.

Sakura und Yukiko hatten ihre Zimmer im ersten Stock, ebenso wie Jessica.

Die Schwester griff nach zwei langstieligen Kristallgläsern und schenkte rubinroten Wein ein. Sie hielt Laura ein Glas entgegen.

»Danke«, meinte Laura reserviert. Sie fühlte sich unwohl und wusste nicht, was sie erwartete. »Willst du mir nun sagen, was das da drüben für ein Haus ist?«

Jessica setzte sich neben sie und nahm einen Schluck Wein. »Es ist Shanaya. Der Palast der Wünsche.«

»Der Palast der Wünsche?«, wiederholte Laura und kam sich dabei reichlich blöd vor.

»Ganz richtig. Es war mein Traum, so ein Reich wie dieses hier zu schaffen – und vor vier Jahren hatte ich die Möglichkeit dazu. Takeo, Hiroki, Kazuya ... alle, die heute Abend hier waren … sie haben sich mit mir zusammengeschlossen, um es wahr werden zu lassen. Wir lernten uns im Roppongi-Viertel kennen. Sie waren und sind besondere Menschen. Menschen, die der Gleichförmigkeit und den Gruppenzwängen hier in Japan entkommen wollten. Gemeinsam ist es uns gelungen, das hier zu erschaffen. Jeder von uns hängt mit seinem Geld und mit seiner Arbeitskraft in diesem Ort.«

Laura spürte ein beunruhigendes Kribbeln im Magen. »Was ist das für ein Ort?«

»Es ist ein Ort, an dem sexuelle Wünsche erfüllt werden.«

»Ein Puff?«, entfuhr es Laura.

»Ein Ort zum Ausleben sexueller Phantasien. Bevor ich mein Studium hingeworfen habe, wurde mir eines klar: Männer und Frauen sind nicht gleich.«

»Das ist wohl die Erkenntnis des Jahrhunderts.«

Jessica ging nicht auf ihren Spott ein, sie redete weiter, als hätte Laura nichts gesagt.

»Es liegt an den beiden Gehirnhälften, den Hemisphären. Vereinfacht gesagt ist die linke Gehirnhälfte zuständig für logisches, zielorientiertes Denken und die rechte Hälfte für ganzheitliche Verarbeitung. Die Gehirne von Frauen sind kleiner und leichter, dafür sind die Hälften enger mit Nervenbahnen vernetzt. Während Männer typischerweise nach der Kindheit ihre rechte Hemisphäre vernachlässigen, nutzen Frauen gerade diese Hälfte. Das Ergebnis: Frauen denken ganzheitlicher! Sie wollen die Vase, die zu ihren Tellern passt, die Schuhe, die das Kostüm ergänzen, die Sofakissen, die dem Raum seine Gemütlichkeit verleihen. Und vor allen Dingen wollen sie nicht phantasielos gevögelt werden. Sie wollen Rosen riechen, auf seidenen Laken liegen, verzauberte Klänge hören – kurz: sie wollen ein ganzheitliches und abgerundetes Erlebnis, ein ästhetisches Verwöhnen auf höchster Ebene. Und genau das ist es, was der ›Palast der

Wünsche‹ ihnen bietet. Ganzheitliche Liebe, die mit allen Sinnen erfasst werden kann und nicht mit dem zielgerichteten Erreichen eines Orgasmus zu vergleichen ist.«

Laura sah die Schwester skeptisch an. »Okay, Doktor Freud. Aber welche Frau zahlt für so etwas?«

Jessica nahm noch einen Schluck Wein. »Du würdest dich wundern, Schwesterherz. In Tokyo zahlt man für die Liebe weit bereitwilliger als in Frankfurt oder Berlin. Die Frauen hier sind aufgeschlossen und wir verwöhnen keineswegs nur Frauen. Es gibt auch Männer, die ein solches Erlebnis genießen können und bereit sind, dafür zu zahlen. Nicht zu vergessen die Paare. Sogar Verheiratete.«

Laura schluckte. Vielleicht war sie ja verklemmt und prüde, aber sie war sich sicher, niemals für Sex zu bezahlen, egal, wie ganzheitlich und gut er war.

»Unterm Strich führst du einen noblen Puff?«

»Ich bevorzuge die Ausdrücke Boutique-Hotel, Studio oder Image-Club, und ich werde mich nicht rechtfertigen: Ich verdiene Geld, indem ich anderen Leuten zu gutem Sex verhelfe.«

Laura seufzte. »Dagegen habe ich nichts, Jessi, ehrlich. Du weißt, dass ich dich dafür nicht verurteile. Aber du hättest mir das früher erzählen sollen! Auf jeden Fall, bevor ich mir sechs Wochen Urlaub genommen habe, um hierherzukommen!«

»Ich hatte Angst, dass du nicht kommst, aber ich wollte, dass du es siehst. Ich will, dass du dir selbst vor Ort eine Meinung bildest. Bitte, Laura. Gib der Sache eine Chance.«

»Was erwartest du von mir?«

»Begleite mich zur Arbeit. Sieh dir das Haus morgen mit mir an und betrachte alles, ehe du es beurteilst.«

Laura zögerte. Sie drehte das leere Weinglas in den Händen. »Du warst schon immer fasziniert von Sex, Jessi.«

»Und du warst schon immer sehr … zurückhaltend. Vielleicht ist das deine Chance, ein wenig aufzutauen.«

Laura stellte das Glas auf dem Couchtisch aus Kirschholz ab. »Ich sehe es mir an. Aber sei nicht zu enttäuscht, wenn mich abstößt, was ich sehe.«

Jessica lächelte. »Danke.«

* * *

Laura brauchte lange, um einzuschlafen. Nach der Eröffnung der Schwester war ihr die quälende Frage gekommen, ob Takeo ein Callboy war. Ob er seinen Körper für Geld verkaufte.

Laura hatte nichts gegen Menschen, die für Sex bezahlten. Sie hatte auch nichts gegen Stripper und Callboys. Aber eine Beziehung mit so einem Menschen konnte sie sich auf lange Sicht nicht vorstellen. Nie zu wissen, mit wem er gerade schlief und welche Krankheiten er sich vielleicht dabei holte ... Das war nichts für sie.

Seufzend klammerte sie sich an das weiche Kopfkissen. Takeo war zu schön, um wahr zu sein.

In ihrem Traum stand sie vor einem zwei Meter hohen Spiegel mit goldenem Rahmen und Muschelornamenten. Sie war nackt. Ein kühler Wind strich über ihre Haut, die Spitzen ihrer Brüste hatten sich aufgestellt. Sie fühlte ihren schutzlosen entblößten Körper, der vor dem hohen Spiegel stand, aber sie konnte ihn nicht sehen. Das Spiegelbild zeigte ihr einen dunklen Wald, aus dem unheimliche tierische Schreie drangen. Sie betastete ihren Körper überall, wollte fühlen, auch tatsächlich dort zu stehen. Sie hoffte, der Spiegel würde sein Bild ändern, würde ihre Nacktheit zeigen. Aber das kalte Glas tat ihr den Gefallen nicht. Es zeigte weiterhin einen Wald bei Nacht, vor dem Laura sich fürchtete.

3

Yukiko stand hinter Jessica am Fenster und folgte dem Blick der Freundin hinunter über den Parkplatz zum Drachentor. Ihre Hände lagen leicht auf Jessicas Schultern. »Du bist ganz verspannt.«

Jessica seufzte. »Meinst du, es war falsch, sie hierherzuholen? Laura ist nicht wie ich.«

Yukiko löste sich von ihr und ging einige Schritte zurück in den Raum, vorbei an zwei großen Kerzenständern.

»Ich habe in ihren Augen viel von dir gesehen. Sie weiß es nur noch nicht.« Yukiko zog sich mit einer lässigen Bewegung das enge weiße Kleid über den Kopf und ließ es auf das Parkett fallen. »Sie bewegt sich wie eine Frau, die ihren Körper fürchtet.«

Yukiko blickte hinauf zur Decke des riesigen Zimmers, die komplett verspiegelt war. Sie war so froh und stolz auf ihren Körper. Er war ein mächtiges Schloss und sie seine Königin. Sie zog einen schwarzen Träger ihrer Strapse zurecht und zupfte verspielt an dem Spitzenhöschen darunter. Nun, wo sie das Kleid abgestreift hatte, konnte man den großen silbernen Anhänger sehen, der viele glitzernde Strasssteine trug. Es war ein Schwan mit ausgebreiteten Flügeln. Funkelnd lag er zwischen ihren weißen unbedeckten Brüsten, die nur an ihrem Ansatz von einem fast stofflosen BH gehalten wurden und ihre Brüste nach oben drückten. Schwarze Träger hielten ihn. Yukiko betrachtete ihre rosafarbenen Nägel und die schlanken, langen Unterarme, die so weiß waren, dass sie im Licht des Mondes und der Kerzen leuchteten. Sie trat erneut auf Jessica zu.

»Liebe, Vergnügen, Lust ... Es ist bedauerlich, Gutes zu vergeuden.« Ihre Hand schob sich behutsam in Jessicas Ausschnitt und umschloss die volle Brust der Freundin. Ein wenig beneidete Yukiko Jessica um ihre großen Brüste. Ihre eigenen waren nicht ganz so voll, aber sie besaßen eine schöne Form, waren wie samtige Äpfel und hatten bisher viele Menschen mit ihrem Anblick erfreut.

Jessica legte den Kopf zurück und ließ Yukikos vertraute Berührungen zu.

Yukiko schmiegte ihre Wange an die der Freundin. »Ich denke, wir sollten es uns zur Aufgabe machen, Laura in den nächsten Wochen von ihren Fesseln zu befreien.«

»Vergiss es. Ich wäre schon froh, wenn ich sie dazu bewegen könnte, an der Kirschblütenfeier am nächsten Samstag teilzunehmen. Sie soll mich nicht verachten, Kiko-chan.«

»Verachten?« Yukiko griff nach Jessicas Kleid und zog es in einer weichen Bewegung über die schimmernden blonden Haare nach oben. »Sie verachtet dich nicht. Wer könnte das?« Sie ließ auch dieses Kleid auf den Boden fallen und betrachtete Jessicas weiblichen Körper im Mondlicht. »Wie eine antike Statue. Nur das hier stört noch.« Ihre Finger öffneten geschickt Jessicas BH. Mit einer fließenden Bewegung zog sie das Kleidungsstück zu sich, betrachtete es kurz und ließ es dann zu Boden sinken. Mit Jessicas weißem Tanga hatte sie mehr Probleme, denn sie musste ihn über die hohen Schuhe der Freundin streifen. Aber auch das war kein wahres Hindernis. Bewundernd betrachtete sie Jessicas nackten Körper. »Dass die Natur ein solches Werk gleich zwei Mal schuf.« Sie streckte die Arme aus und drängte Jessica zurück, lief nach vorne, bis Jessica gezwungen war, sich auf das große weiche Doppelbett zu setzen. Yukikos Hände fuhren über Jessicas Körper. Sie genoss es, die Freundin zu berühren, auch wenn sie nicht lesbisch war. Schon vor langer Zeit hatte sie beschlossen, ihren Körper mit vielen Menschen zu teilen, und sie hatte es nicht bereut. Nur ihre Liebe gab sie niemandem. Yukiko lächelte schmerzhaft. Diese Zeit war unwiderruflich vorüber. Ihre Hände packten Jessicas Knie, während sie langsam vor dem Bett auf den Boden sank und Jessicas Beine dabei spreizte. Sie betrachtete den schmalen Streifen Haar auf Jessicas Scham. Sei war sorgfältig rasiert. Ihre Finger glitten über Jessicas Schenkel, massierten und drückten fordernd, bis Jessicas Brüste sich erwartungsvoll hoben und senkten.

»Du kannst es kaum erwarten, was?«, neckte sie die Freundin und fuhr mit dem Daumen kurz und gezielt vor, nicht zu fest, aber auch nicht zu weich. Jessicas Aufstöhnen heizte auch sie an. Sie spürte ein heißes Ziehen in ihrem Innern, aber für heute hatte sie nicht vor, es zu befriedigen. Je länger sie warten würde, desto heftiger würde ihr nächster Orgasmus sein.

Yukiko beugte sich vor und zog Jessicas Schamlippen auseinander. Ihr Mund legte sich auf die feuchte Wärme von Jessicas Klitoris. Mit spitzer, harter Zunge begann sie die Freundin zu lecken. Ihre Zunge beschrieb kleine Kreise.

Jessica legte sich zurück und überließ sich ganz Yukikos Künsten. Sie schloss die Augen und zuckte leicht, wann immer ihre Freundin fester zustieß. Yukiko beobachtete sie, wie sie mit ausgebreiteten Armen auf dem Bett lag und sich ihr hingab. Ihr Oberkörper rutschte über das dunkelgrüne Seidenlaken, als sie ein Hohlkreuz machte.

Mit festem Griff spreizte Yukiko Jessicas Schenkel noch weiter. Sie beschleunigte die Bewegung ihrer Kreise, bis Jessica vor Lust aufstöhnte.

Yukiko hielt kurz inne.

»Hör nicht auf«, flüsterte Jessica. Ihre Hände umschlossen Yukikos Kopf und versuchten, ihn zwischen ihre Beine zurückzudrücken. Yukiko wehrte sich einen Augenblick, ließ sich dann aber zurück in Jessicas Wärme drängen. Sie spürte, wie ihr Inneres sich weitete, und dachte an die lustvollen Stunden mit Hiroki, wenn sie auf seinem mächtigen Glied saß und ihn ritt. Ihre Zunge nahm ihre Arbeit wieder auf, Jessicas Griff wurde fester. Sie wand sich unter Yukikos geübter Kunst. Yukiko hielt das Becken der Blonden, schränkte es in seinen Bewegungen ein. Als sie spürte, wie nah Jessica vor dem Orgasmus war, hielt sie erneut inne.

»Mach weiter, du Hexe.« Jessica versuchte, sich an Yukiko zu reiben, doch diese wich ihr aus.

»Du hast noch immer nicht begriffen, welches Glück im Warten liegen kann. Und jetzt halt ruhig und warte, sonst gehe ich hinüber in mein Zimmer und lasse dich unbefriedigt hier liegen.«

Sie spürte, wie Jessica sich entspannte. Eine Zeit lang sahen sich die beiden Frauen in die Augen. Yukiko fand, dass Jessicas Augen dunkler waren, wenn sie geil war. Ihre Pupillen hatten sich geweitet. Vielleicht quälte sie Jessi nur für diesen Anblick, für das erwartungsvolle, erhitzte Gesicht mit den leicht geöffneten Lippen.

»Sag bitte.«

»Bitte«, flüsterte Jessi heiser.

Yukiko fuhr mit dem Kopf vor, teilte Jessicas Schamlippen mit der Zunge und brachte ihr Werk zu Ende, während Jessica zuckend und stöhnend vor ihr lag.

* * *

Es war später Nachmittag, als Laura ihrer Schwester zum »Palast der Wünsche« folgte. Ihr war ein wenig flau im Magen, denn sie wusste nicht, was sie erwartete. Nachdem sie bis zum Mittagessen geschlafen hatte, fühlte sie sich ein bisschen ausgeruhter als am Vortag.

Voller Faszination betrachtete sie den japanischen Garten,

durch den sie nun gingen. Vor dem Teehaus gab es Raum zum Flanieren. Der Garten wirkte wild und verwinkelt. Ihr fielen drei Steine auf, die aus dem Moos herausragten wie kleine komponierte Berge. Moos und niedriges Buschwerk umgaben sie. Das leise Plätschern von Wasser war zu hören, aber von ihrer Position aus konnte Laura kein Wasser sehen. Die Büsche waren zu grünen Wolken geformt. Immer wieder sah Laura Ahornbäume und Kiefern, die so beschnitten waren, dass sie grafischen Elementen ähnelten. Ihre Zweige zeigten vernetzte Muster aus braunen Ästen und hellgrünen Nadeln. Fast noch faszinierender fand sie, wie sicher Jessica in ihren hohen Stiefeletten über die vereinzelten Steine lief, die zwischen jungem Gras den Weg bildeten.

Sie bewegten sich vom Teehaus fort. Laura war sicher, dass es noch mehr Wege durch den Garten gab, und nahm sich fest vor, sie alle zu erkunden.

Letztlich führte der verschlungene Pfad auf den Haupteingang des herrschaftlichen Hauses zu. Es war von seiner Art her dem Wohnhaus ähnlich, nur dass es keine Garagen hatte und man hier nicht parken konnte. Abgelegen stand es zwischen Kiefern und Kirschbäumen.

Mit einem mulmigen Gefühl stieg Laura die fünf Stufen hinauf. Ihr fiel ein weiterer Unterschied zum Wohnhaus auf. Dieses Haus hatte auch im Erdgeschoss Fenster, es schien untermauert zu sein und hatte einen Keller. Das war sehr ungewöhnlich, denn obwohl es in Japan U-Bahnen gab, war es sonst nicht üblich, unter der Erde zu bauen. Erdbeben und Wasserfluten ließen im Allgemeinen davon Abstand nehmen.

Jessica schloss die hohe Tür auf und stieß sie nach innen.

»Tritt ein«, meinte sie, während sie Laura die Tür offenhielt. Vogelgezwitscher klang ihnen entgegen.

Vorsichtig betrat Laura einen hohen Raum, dessen Decke von mehreren Säulen gehalten wurde. Sie glaubte, sich in der

Empfangshalle eines orientalischen Fünfsternehotels zu befinden. Der Fußboden bestand aus Mosaikfliesen in schwarz und weiß, die ornamentale Muster zeigten. Links von ihr erstreckte sich eine hohe Theke, die wohl als Empfang diente. Rechts wurde die orangefarbene Wand von mehreren Fotografien in aufwendigen Goldrahmen aufgeteilt, zwischen denen große Kübel mit Palmen standen.

Laura ging näher an die Fotografien heran und erkannte in ihnen kunstvolle Aufnahmen von Kazuya, Yori, André, Hiroki, Yukiko und Sakura. Zwischen den Bildern der beiden Frauen befand sich eine Tür, ebenso auf der anderen Seite des Ganges hinter der Theke.

Direkt vor Laura führte der Gang in eine orientalische Halle. In der Mitte war ein großer Kreis einen halben Meter in den Boden abgesetzt, so dass man auf die bequemen Tischgruppen mit den weißen Polsterstühlen hinuntersehen konnte. Genau in der Mitte hing eine riesige Voliere mit gut sechs verschiedenen bunten Vögeln, die eifrig vor sich hinträllerten.

Laura ging zwischen den kunstvoll bemalten Säulen hindurch, deren arabische Muster sie an die Märchen aus »Tausendundeiner Nacht« erinnerten.

»Verrückt«, flüsterte sie. Sie hob ihre Stimme. »Du gehst nach Japan, um den Orient nachzubauen?«

Jessica lachte. »Das ist nur die untere Halle. Oben haben wir ein französisches Zimmer, ein englisches … Allerdings hast du recht – streng japanisch ist eigentlich nur der Garten mit dem Teehaus. Auch wenn das Haus die typischen Schrägdächer und Balkone hat. Es sollte eben etwas Internationales werden und Japan kennen die Japaner nun mal schon. Ich wollte das Beste von allem. Aber lass mich dich ein wenig herumführen und dir alles zeigen.«

Laura nickte. Sie war tiefer beeindruckt, als sie zugeben wollte. Die Luft roch nach Jasmin, es war alles sehr sauber und gepflegt. Jessica hatte es geschafft, ein Flair von Luxus und Exotik in diesen Ort zu legen, der weder billig noch kitschig wirkte. Mit Kopfschütteln sah Laura hinauf zu der kunstvoll bemalten Decke. Die halbnackten Frauen waren im ägyptischen Stil gemalt, wiesen keine räumliche Tiefe auf und hielten vergnügt ihre Musikinstrumente in den Händen, einige schienen zu tanzen.

»Wer hat das alles gemalt?«

Jessica sah zur Decke. »Hiroki. Er ist wirklich ein künstlerisches Genie. Die meisten Fotografien hier drin sind von ihm. Er hatte auch schon eine Ausstellung, aber es ist fast aussichtslos, davon zu leben. Eigentlich ist es unmöglich.«

»Arbeitet er deshalb hier?« Sie gingen nach links und Laura entdeckte eine Sauna, vor der mehrere Liegen unter Palmen standen.

»Nein. Hiroki nicht.« Jessica ging in einen weiteren Raum, dessen Fenster komplett mit roten transparenten Tüchern zugehängt waren und den Raum in ein diffuses Licht tauchten. Auch hier waren die Wände bunt bemalt. »Ich habe darauf geachtet, dass ich nur Leute hier habe, denen ihre Arbeit auch Spaß macht. Ich weiß, man muss extrem sein, um das zu können, und genau das sind sie alle. Jeder auf seine Weise. Und Hiroki …« Jessica grinste. »Er bekommt immer mal wieder Angebote für Pornos. Einen seiner Filme bekommt man sogar, wenn man weiß, wo man nachfragen muss. Er heißt ›The Big One‹ und sagt eigentlich alles über Hirokis großes Talent aus.« Jessica zwinkerte Laura zu, die rot wurde.

»Du meinst …«

»Für einen Halbjapaner ein außergewöhnliches Format.« Sie machte eine kurze Pause und wies auf den Raum, in dem zwei Liegen in Hüfthöhe standen. »Das hier ist Yukikos Reich. Neben ihren Diensten gibt sie hier Massagen. Sie schminkt auch, zupft dir die Augenbrauen – was du willst.

Aber im Massieren ist sie unvergleichlich gut. Vielleicht gibt sie dir die Tage ja mal eine Massage.«

»Als was genau bezeichnest du das hier eigentlich offiziell? Soweit ich weiß, ist Prostitution in Japan verboten.«

»Offiziell ist das hier eine Partnervermittlung mit integriertem Love-Hotel und Image-Club. Aber mach dir keine Gedanken. Wir kennen das Gesetz und seine Lücken. Wusstest du übrigens, dass in Japan nur der Vaginalverkehr dem Prostitutionsgesetz zum Opfer fällt? Anal- und Oralverkehr gegen Geld sind erlaubt.«

»Das erklärt einiges ...« Laura musste an die sonderbaren Waschsalons denken, in denen man sich während des Waschens befriedigen lassen konnte, und an die Automaten, in denen gebrauchte Schlüpfer auf Verzweifelte warteten. Vielleicht wäre es tatsächlich einfacher, wenn man Prostitution in Japan erlauben würde. In Deutschland war das Gewerbe seit 2002 nicht mehr sittenwidrig.

Jessica wandte sich zum Gehen. »Es ist fast ein wenig spät. Wir werden eine schnelle Runde drehen. Die ersten Kunden kommen bald und du musst dich noch umziehen.«

Laura sah an ihrem blauen Shirt und den Jeans hinab und verzichtete auf einen Widerspruch.

Sie folgte Jessica durch das sorgsam eingerichtete Haus, kam in ein Arztzimmer und Jessica erklärte ihr, dass sie hier sowohl die Kunden als auch sich selbst untersuchen ließen. Es wurden regelmäßig Bluttests gemacht und jeder Kunde, der auf ein Kondom verzichten wollte, musste sich einige Tage vor dem Termin untersuchen lassen und schriftlich bestätigen, dass er innerhalb der nächsten Tage keinen Sex ohne Verhütungsmittel betrieb.

»Takeo ist übrigens vollkommen gesund, falls dich das interessiert. Unsere Methode ist zwar radikal, aber mit dem richtigen Einfühlungsvermögen bekommst du eigentlich jeden so weit. Es geht schließlich um den Schutz vor tödlichen

Krankheiten, und das liegt im Interesse aller. Und was das Verrückte ist: Es gibt echt Kundinnen, die auf diesen Raum stehen. Mich kannst du ja mit dem Thema ›Arzt‹ jagen, aber gerade heute haben wir wieder eine Frau, die das Ärztezimmer gebucht hat. Soweit ich weiß, war ihre erste Liebe ein Frauenarzt. Ach, denk daran, dass du nachher noch den Schweigepflichtwisch unterschreibst – nur zur Sicherheit.«

Laura hörte nur halb zu. Sie dachte an Takeo.

Ihre trübsinnigen Gedanken lösten sich auf, als sie den unteren Bereich mit dem Büro und der Küche hinter sich ließen. Jessica kommentierte die Küche mit den Worten: »Ein Lachsimbiss mit Champagner muss schon drin sein. Warmes Essen lassen wir uns nach Bedarf liefern.«

Sie machten einen Abstecher in den Keller, der Sakuras Reich war und einige bizarre Dinge enthielt. Am meisten beschäftigte Laura das Kreuz, an das man sich flechten lassen konnte. Sie schüttelte sich leicht. Der Keller mit der kargen Gefängniszelle unterschied sich vollständig von der warmen, gemütlichen Atmosphäre im Erdgeschoss. Auch die Fotos an den Wänden waren für sie schockierend, wenn auch faszinierend. Sie zeigten gefesselte Menschen in allen nur erdenklichen Positionen. Eine Frau hing wie in einem Kokon eingeschnürt von der Decke. Von ihrer nackten Haut war fast nichts mehr zu sehen. Ihre langen Haare fielen als Schleier zu Boden. Laura kannte diese Art Bilder bereits. Es war eine bestimmte Kunstform in Japan, die mit dem Gefühl der Enge zu tun hatte. Die freiwillige Enge, auf die man sich in Japan einlassen musste und die es verbot, Tische vor Straßencafés zu stellen, fand hier auf den Bildern ihren deutlichen Ausdruck.

Jessica hielt die Begehung des Kellers extra kurz und stieg dann mit Laura hinauf nach oben in den ersten Stock.

Als Laura das französische Zimmer sah, wusste sie, woran man im Wohnhaus gespart hatte: Hier gab es Sopraporten über den Türen, die Wände hatten keinen farblich getönten Putz, sondern Holztäfelungen. Dieser riesige Raum war das private Vergnügungszimmer einer Adeligen aus der Zeit des französischen Rokokos. Hier stimmte all das, was im Wohnhaus aus Kostengründen nicht stimmen konnte, und man fühlte sich auf Anhieb wie ein Gast im Pariser Hotel Soubise im achtzehnten Jahrhundert. Auch das englische Zimmer war beeindruckend.

Als sie endlich wieder unten in der Halle standen, war Laura von den vielen Eindrücken benommen.

Jessica ging zu den hohen Glasschiebetüren in der großen Halle und schob eine Tür nach draußen auf. Davor setzte sich das Mosaik der Halle fort und umschloss ein fünfzehn Meter langes Schwimmbecken. Dünner Dampf wurde vom Wind verweht. Eine breite Treppe führte hinein. Laura blieb wie erstarrt stehen, als sie Takeo im Wasser seine Bahnen ziehen sah. Er trug keine Badehose.

Jessica klatschte in die Hände. »Takeo! André hat bald Kundschaft!«

Takeo schwamm zum Rand des Beckens auf sie zu. »Ich weiß«, antwortete er knapp und zog sich aus dem Wasser.

Laura lief dunkelrot an. Wie selbstverständlich lief er zu seinem Handtuch, trocknete sich ab und wickelte es mit wenigen Handgriffen um seine Hüfte, dann ging er nach rechts über den Steinweg davon.

Laura erholte sich ein wenig und wandte sich wieder dem Haus und Jessica zu.

»Ich nehme an, Takeo zieht viele Frauen hierher?«

»Das würde er vermutlich. Wenn man ihn buchen könnte.«

Laura blieb stehen. »Man kann ihn nicht buchen?« Sie hielt den Atem an und fieberte der Antwort entgegen.

»Nein. Ich habe immer wieder versucht, ihn zu überreden, aber er ist da starrsinnig. Takeo ist Stuntman, Laura. Er jobbt für B-Movies und springt bei Kampfszenen ein. Da das ein reichlich sporadischer Job ist, der ihn nicht regelmäßig mit Geld versorgt, arbeitet er bei mir am Empfang. Das hat auch seine Berechtigung. Zum einen ist er echt heiß und heizt die Kundinnen an, zum anderen kenne ich keinen Menschen, der so gut kämpfen kann wie er. Wenn es wirklich einmal zu Problemen mit einem Kunden kommt, dann kann Takeo ihn in Sekundenschnelle auf die Straße befördern. Glaub mir Laura, er kämpft wie ein Gott.« Jessica schwieg verträumt und Laura spürte schon wieder diesen Stich in der linken Seite.

»Wenn du ihn so toll findest, warum bist du dann nicht mit ihm zusammen?«

»Ich bin keine Frau für ihn«, wich Jessica aus. »Aber du bist genau richtig.«

»Danke auch, Frau Kupplerin.«

»Na, komm schon. Er ist dein Typ.«

»Er ist zu perfekt, um wahr zu sein. Nur ein wenig … spracharm.«

»Seit wann braucht man Männer zum Sprechen?« Jessica grinste. »Dafür hat man Freundinnen.«

»Ist das auch eine Erkenntnis aus deinem Psychologiestudium?«

»Nein, das war nur ein blöder Spruch. Und jetzt ab in den Kostümraum.« Sie packte Laura an den Schultern und schob sie ins Haus zurück.

Laura protestierte und drückte mit dem Körper halbherzig gegen Jessicas Arme, aber ihr Widerstand erlahmte schnell, und sie fühlte sich wie ein Lamm auf dem Weg zur Schlachtbank. Was war, wenn sie sich ganz schrecklich blamierte? Sie wollte Jessica nicht vor ihren sogenannten Kundinnen wie eine Idiotin dastehen lassen.

Jessica führte sie in einen Raum auf der linken Seite des Gebäudes, der gegenüber von ihrem Büro lag. Der gesamte Raum war ein begehbarer Kleiderschrank, an dessen Wänden auf goldenen Stangen die verrücktesten Sachen hingen. Drei Wände waren auf diese Art und Weise verstellt, die vierte war bis auf die Höhe von zwei Metern verspiegelt. Vor ihr standen links und rechts zwei Schminktische, auf denen allerlei Utensilien lagen. Auch in diesem Zimmer waren deutlich französische Einflüsse sichtbar. Die weiße Bank in der Mitte besaß filigran geschwungene Beine mit dem altbekannten Muschelornament. Die Wände schimmerten in einem goldgelben Ton, mehrere Gemälde nackter Frauen zierten den Raum oberhalb der Kleiderstangen. Von der Decke hing ein schwerer Lüster aus Kristall mit kleinen hellen Lämpchen in Kerzenform.

Laura bewunderte die wilde Mischung von Kleidern und Schuhen, die den Eindruck vermittelte, man sei in der Garderobe eines Theaters. Hohe Lackstiefel standen neben feinen goldenen Pantoffeln, High Heels neben Stiefeletten, und die Kleider standen dem in nichts nach. Lack, Leder, elegante Kleider, Reizwäsche, denen an entscheidenden Stellen der Stoff fehlte, und eine ganze Reihe anderer Gewandungen vom Altertum bis zur heutigen Polizeiuniform rundeten das skurrile Erscheinungsbild des Raumes ab.

Jessica griff nach einem tiefroten Rokokokleid. »Vielleicht zu animierend … aber weiß macht dich zu blass. Du solltest in diesem Urlaub unbedingt öfter ins Solarium neben der Sauna gehen. Das hier ist perfekt!« Sie hängte das rote Kleid zurück und griff nach einem meergrünen Satinkleid mit Mieder und Reifrock, das ihre Augenfarbe gut unterstrich. »Also los, ausziehen. Wir haben nicht den ganzen Tag Zeit.«

Laura zog wortlos Jeans und Shirt aus. Jessica schüttelte den Kopf.

»Kleines, wir müssen unbedingt Unterwäsche einkaufen gehen. Das ist ja kein Zustand.«

Laura blickte verlegen auf ihre weiße Baumwollunterwäsche, die sie für schön geschnitten hielt. Die Hose saß auf der Hüfte und betonte ihre langen Beine. »So schlimm ist es doch nicht!«

»Ich freue mich schon darauf, dir die besten Läden der Stadt zu zeigen – und jetzt rein in das Kleid und zieh den BH aus. Das Kleid wird so fest geschnürt, dass du ihn nicht brauchst.«

Laura zog ihren BH aus und legte ihn auf die weiße Bank. Es dauerte eine ganze Weile, bis Jessica mit all den Röcken und Bändern fertig war. Zuletzt drückte sie Laura eine weiße Perücke mit kunstvoller Barockfrisur in die Hände. »Das wird auch helfen, dass man uns nicht verwechselt.« Sie zog die Schwester vor den Spiegel.

Laura kam sich fremd vor, aber ihr gefiel, was sie sah. Das an den Seiten weit ausgestellte Kleid wisperte bei jeder Bewegung von Bällen und Tänzen in festlichen Sälen. Jessica legte ihr eine weiße Kunstperlenkette mit mehreren miteinander verschlungenen Perlenreihen um den Hals. Dann begann sie, die Schwester zu schminken.

»Muss das sein?«

»Beweg gefälligst deine Lippen nicht.«

»Schon gut«, nuschelte Laura. Sie schloss die Augen und fühlte sich wie früher in der Theater-AG ihrer Schule. Sie hatte sich zwar nie vor Publikum auf die Bühne getraut, aber das Schminken und Verkleiden immer sehr genossen. Es erlaubte ihr, aus sich herauszugehen, für eine kurze Weile jemand anderer zu sein, nicht mehr Laura mit ihren Ängsten, sondern eine große, strahlende Dame, die den Raum mit ihrer Anwesenheit beherrschte.

Jessica drehte sie zum Spiegel. »Wundervoll. Du siehst aus wie Marie Antoinette, Prinzessin von Österreich, Königin von Frankreich. Wenn du nicht meine Schwester wärst, könnte ich mich in dich verlieben.«

»Egomanin.«

Jessica gab ihr einen Klaps auf den Po.

»Ab mit dir, Prinzessin. Du leistest jetzt Takeo am Empfang Gesellschaft. Ich muss noch was im Büro erledigen. Und verlier nicht den Kopf.«

Mit mulmigem Gefühl ging Laura zum Empfang. Sie war froh, dass Jessica sie in ein Kostüm gesteckt hatte und nicht in irgendwelche Lackklamotten. Darin hätte sie sich unwohl gefühlt. Aber Jessica kannte sie so gut wie niemand sonst. Wieder musste Laura daran denken, wie hart es gewesen war, als die Schwester Deutschland verlassen hatte. Sicher, sie waren sehr unterschiedlich, was ihren Charakter anging, aber sie waren Zwillinge, und als Kinder hatte es ein magisches Band zwischen ihnen gegeben, eine geheime Verbindung, von der Laura einmal gedacht hatte, sie sei durch nichts zu zerstören.

»Nimm!« Takeo hielt ihr ein Glas Champagner hin. Er war inzwischen angezogen – er trug einen schlichten schwarzen Seidenanzug, der vom Schnitt her an einen Judoanzug erinnerte. Schwarz schien überhaupt seine bevorzugte Farbe zu sein.

Laura nahm den Champagner. »Du erkennst mich, oder?« Laura grinste schief und nahm einen Schluck. Es gab sicherlich noch genug Menschen, die sie und Jessi verwechselten.

»An den Augen.« Takeo wies in ihr Gesicht. »Parker Zwei.«

»Sag bitte Laura zu mir. Ihr nennt euch doch untereinander auch bei den Vornamen.« *Und ich habe dich nackt gesehen*, fügte sie gedanklich hinzu.

»Laura.«

»Kannst du eigentlich auch ganze Sätze sprechen?«

»Warum? Verstehst du mich nicht?«

»Schon.« Laura wurde rot. »Es ist nur komisch, dass du immer so wenig sagst.«

»Reden ist wie kämpfen. Weniger ist mehr.«

Laura konnte mit dieser Analogie nichts anfangen.

»Du lässt dich nicht buchen«, stellte sie fest.

»Nein.«

Laura fiel auf, dass Takeo Wasser trank. Sie ließ ihre Blicke durch die große Halle mit der Voliere und den Sitzgruppen schweifen. »Dieser Ort ist verrückt.«

Takeo sagte nichts. Laura fürchtete schon, sie habe ihn beleidigt. Schnell fuhr sie fort: »Ich meine das nicht im schlechten Sinn. Arbeitest du gerne hier?«

»Ja.«

»Ihr tut viel dafür, nicht? Ich meine ... Jessica hat all ihr Geld hier reingesteckt ... Habt ihr das Haus bauen lassen?«

»Nein. Gehörte einem Millionär, der Motorteile herstellen ließ. Jessica hat nur das Innere verändert. Eigentlich waren es zwei Shinden – zwei Wohnhäuser.«

Irgendwie war Laura enttäuscht, dass Takeo überhaupt nichts zu ihrem Kleid gesagt hatte. Vielleicht war es Männern ja wirklich egal, was Frauen trugen, Hauptsache, sie konnten es ihnen schnell vom Leib reißen. Jessica kam aus ihrem Büro, winkte Laura zu und kam herüber.

»Was ist denn?«

Jessica legte ihre Hand auf den Arm der Schwester. »Tu mir einen Gefallen, Kleines. Die Kundin von André möchte das Video mitnehmen und ich habe ein Gespräch mit einer sehr wichtigen Frau.« Jessica warf Takeo einen bedeutungsvollen Blick zu, doch Takeo wandte den Blick ab.

»Das Video?«

»Komm mit.« Jessica führte die Schwester hinunter in den Keller. Gleich am Ende der Treppe gab es eine Tür, die Laura erst jetzt auffiel. Im Gegensatz zu den anderen Türen war sie unauffällig gestrichen und besaß auch keine Sopraporte.

»Hier unten ist der Überwachungsraum.« Jessica stieß die Tür auf und drückte auf einen einfachen Lichtschalter. Vor ihnen befand sich ein karger Raum mit nicht weniger als zehn Bildschirmen. Vor den Monitoren stand ein schwarzer Drehsessel. Jessica griff nach zwei Fernbedienungen und schaltete sie ein. Sie wies auf einen der unteren mittigen Monitore, auf dem nun das Arztzimmer erschien. »Die Kundin von André will ihr Video als Andenken mit nach Hause nehmen. Das ist nicht unüblich, auch wenn es weit häufiger vorkommt, dass wir die Filme sofort nach der Aufnahme löschen. Wir sehen uns auch nicht alles an. Es ist eher als zusätzlicher Schutz bei kritischen Kunden gedacht. Gerade Sakura hat viel erlebt und wir müssen ihre männlichen Kunden schon zu ihrer Sicherheit filmen.« Jessica zog eine Grimasse. »Ich will nicht sagen, dass Sakura gemeingefährlich ist, aber es ist besser, sie im Auge zu behalten. Bei SM-Spielen muss man immer aufpassen, denke ich. Krankenwagen vor der Tür sind Gift für die Publicity.«

»Und was willst du jetzt von mir?« Laura kratzte sich am Kopf. Die Perücke juckte auf Dauer.

»Drück auf diesen Knopf, wenn die Kundin von André den Raum betritt. Das ist alles. Ich würde es selbst machen, aber ich muss wieder nach oben. Es wäre eine große Hilfe.«

Laura nickte zögernd. Sie hatte noch jede Menge Fragen über Sakura und Takeo, aber sie sah der Schwester an, dass sie es eilig hatte, wegzukommen.

Sobald Jessica fort war, spielte Laura ein wenig an den Fernbedienungen herum. Man konnte direkt an den Monitoren die Lautstärke lauter und leiser drehen. Mit einer einzigen Fernbedienung ließen sich die verschiedenen Bereiche des Hauses aufrufen. Laura fand eine Kamera, die über der Tür zu Jessicas Büro sein musste, und beobachtete Takeo am Empfang. Sie seufzte. »Wie albern ist das denn«, grummelte sie, aber sie schaffte es nicht, das Gerät wieder abzuschalten. Takeo saß auf einem hohen Barhocker. Außer ihm war niemand zu sehen. Er hielt ein Buch mit rotem Einband in den Händen und las.

Laura war fast froh, als sich auf dem Monitor, den Jessica ihr gezeigt hatte, etwas regte. Sie schaltete das Bild mit Takeo weg und betrachtete, was da vor sich ging. André betrat das Ärztezimmer. Er trug einen weißen Kittel aus grobem Stoff, der seine tiefe Bräune unterstrich. Laura musste sich eingestehen, dass er gut aussah. Das dunkelblonde Haar und die azurblauen, funkelnden Augen machten ihn schön wie einen Engel. Leider hatte er nicht das Gemüt eines Engels. Jeder Schritt, jede energische Handbewegung sprachen die Sprache eines Siegers. André war derjenige, den man anzuhimmeln hatte, vor dessen langen Beinen man niederknien sollte, nur um ihm ein Lächeln abzuringen, falls er das unscheinbare Wesen zu seinen Füßen überhaupt bemerkte. Laura war froh, nicht auf Männer wie André zu stehen, die einem das Leben zur Hölle machen konnten. Andererseits – war Takeo so viel besser? Er schien sich überhaupt nicht für sie zu interessieren. Wie eine uneinnehmbare Festung wies er sie ab. Sie seufzte und ließ sich zurück auf den bequemen Drehstuhl fallen. Das Polster gab unter ihr nach und gab ihr das Gefühl, in den Sessel versinken zu können.

Mit widerwilliger Faszination beobachtete sie André. Er sah sich prüfend im Raum um und nahm dann hinter dem Schreibtisch Platz, vor dem ein weiterer Stuhl stand. Alles im Raum war weiß oder aus Metall. Außer dem großen Schreibtisch gab es zwei Regale für Ordner, einen Schrank, den man abschließen konnte, und zwei palmenähnliche Drachenbäume mit dünnen, dunkelgrünen Blättern. Die Schrankreihe auf der der Kamera abgewandten Seite konnte sie nur halb einsehen. Mit Schaudern sah sie zu dem Untersuchungsstuhl hinüber. Sie stellte sich vor, auf diesem Stuhl liegen zu müssen, und heftige Abscheu durchströmte sie. Gleichzeitig konnte sie den Blick nicht abwenden von dem großen schwarzen Ungetüm, das mit seinen Beinauflagen in den Raum ragte.

Ein Summen ertönte und eine junge Asiatin in einem dunkelblauen Hosenanzug trat ein. Eilig drückte Laura den

Knopf und blieb sitzen. Eigentlich war ihr Auftrag jetzt erledigt, sie könnte nun wieder hinauf zu Takeo gehen. Sie fragte sich, warum sie nicht wegsah, aber sie konnte nicht. Noch nie in ihrem Leben hatte man ihr so unverblümt die Gelegenheit geboten, sich als Voyeurin zu verlustieren.

Bestürzt merkte sie, dass die Möglichkeit, hier heimlich zu sitzen und sich das Liebesspiel zweier wildfremder Menschen anzusehen, eine große Faszination auf sie ausübte.

Die junge Frau im Ärztezimmer war hübsch, zierlich und schlank. Ihre langen schwarzen Haare waren zu einem Zopf zusammengefasst, der bis zu ihren Hüften reichte. Sie hielt den Blick verlegen gesenkt, als sie eintrat und sich vor André auf den Stuhl setzte. Mit der rechten Hand umklammerte sie eine kleine silberne Handtasche. Laura konnte jetzt nur ihren Rücken sehen. André lächelte. Laura bemerkte kaum, dass sie den Ton des Monitors lauter stellte.

André stand auf und ging langsam um die sitzende Frau herum, als sei er ein Richter, der ihren Körper beurteilen musste. »Kontrolluntersuchung?«, fragte er knapp, während er sich wieder in seinen Ledersessel sinken ließ.

Die fremde Japanerin senkte den Kopf. »Ja, Sensei. Zur Kontrolle.«

»Stehen Sie auf.«

Die Japanerin gehorchte.

André ließ sie nicht aus den Augen. Sein Gesicht war eine freundliche Maske. Seine Stimme war höflich, aber bestimmt. »Wenn Sie sich bitte frei machen würden.«

Die Frau sah sich hilfesuchend um, und einen Moment lang konnte Laura ihre glitzernden Augen sehen und ihre Zunge, die über trockene Lippen fuhr. Die Japanerin zögerte kurz, sie schien etwas sagen zu wollen, doch Andrés fester Blick hielt sie davon ab. Sie drehte sich ein Stück zur Seite, als wolle sie eigens für Laura die Sicht freigeben, und blickte André unverwandt an, während sie die Knöpfe ihres Blazers öffnete. André sagte kein Wort. Er sah ihr nur zu, wie sie zögernd und errötend ihre Kleidung abstreifte und zu Boden fallen ließ, bis sie in dunkelblauer Unterwäsche vor ihm stand. Ihre Brust hob und senkte sich und noch immer sah sie André in die Augen.

»Sehr schön«, kommentierte André mit nichtssagender Höflichkeit. Er spielte ganz den professionellen Arzt. »Und nun bitte den BH und das Höschen.«

Die Frau senkte den Blick und griff nach den Trägern ihres BHs, streifte erst den rechten, dann den linken Träger ab. Ihre Haut war leicht gebräunt und hatte vereinzelt Sommersprossen. Der BH fiel auf ihre Bluse. Sie griff mit ihren rot lackierten Nägeln nach dem dunkelblauen Spitzenstoff ihres Höschens und zog die Hose langsam herab.

André regte sich nicht. Erst dann, als sie zitternd und nackt bis auf die Schuhe vor ihm stand, erhob er sich.

»Nehmen Sie bitte hier drüben Platz.« André wies auf einen Metallhocker, der neben dem großen Untersuchungsstuhl stand.

Die Japanerin ging auf ihren hochhackigen Sandaletten zu dem Hocker hinüber und setzte sich. Als er bei ihr war, begann er, ihren Körper abzutasten. Besonders den zarten Brüsten widmete er seine Aufmerksamkeit. Fachkundig glitten seine Hände über die nackte Haut. Die Schwarzhaarige stöhnte leise auf und spreizte ihre Schenkel ein Stück. Laura konnte ihre Schamhaare nicht sehen, da André ihr im Bild stand. Er ging leicht in die Knie und untersuchte die Schenkel der Fremden.

Laura spürte Scham und Erregung in sich aufsteigen. Sie sollte nicht hier sein. Es gehörte sich nicht, an den Monitoren zu sitzen und einer wildfremden Asiatin bei der Auslebung ihrer Wünsche zuzusehen. Aber hatte Jessica sie nicht gebeten, die Aufnahme zu machen? Wer wusste schon, wann das Band zu Ende war und vielleicht gewechselt werden musste? Laura wusste selbst, wie billig diese Ausrede war. Vielleicht steckte doch mehr von Jessica in ihr, als ihr lieb war. Fasziniert rollte sie auf dem Stuhl noch ein Stück näher an den Bildschirm heran.

Die Asiatin hatte die Augen geschlossen und hörte auf Andrés tiefe, warme Stimme. »Feste Schenkel. Gesunde Brüste. Sie können aufstehen und auf dem Untersuchungsstuhl Platz nehmen.«

Laura schluckte trocken. Sie beobachtete, wie die Fremde aufstand und sich auf das schwarze Ungetüm setzte. Ihr schien es überhaupt nichts auszumachen.

»Legen Sie sich zurück, Okabe-san.«

Während sich die Frau zurücklegte, ging André zu einem Schrank und hielt, als er zurückkehrte, ein Fläschchen und einen bunten Dildo in seiner Hand, dessen Farben aus dem Lustgerät unverkennbar ein Spielzeug machten.

Dennoch hielt Laura kurz die Luft an. Auch die Japanerin starrte André mit großen Augen an, doch in ihren Augen lagen weder Furcht noch Abscheu. Sie waren dunkel vor Lust.

André rieb den schön geformten Dildo mit einer glänzenden Flüssigkeit aus der kleinen Flasche ein.

»Wenn Sie bitte locker bleiben würden, Okabe-san. Ich muss die Dehnbarkeit der Vagina überprüfen.« Mit der Linken zog er ihre Schamlippen auseinander, dann stieß er zu. Die Frau bäumte sich lustvoll auf.

Laura hätte schwören können, Freude in Andrés Gesicht gesehen zu haben. Ihr eigener Hals fühlte sich trocken und ausgedörrt an, während André immer wieder mit dem Dildo in die Frau eintauchte, bis auf ihren Schenkeln eine glitzernde, durchsichtige Spur aus Flüssigkeit zu sehen war. André bewegte das bunte Spielzeug in ihr, drehte und wendete es, erkundete alle Richtungen.

Schließlich zog er das Lustspielzeug aus ihr heraus. Die junge Frau keuchte.

»Schön«, stellte er scheinbar unbeteiligt fest, aber sein Blick sagte etwas anderes. Er legte den Dildo außer Sichtweite und näherte sich der vor ihm liegenden Frau. »Die Dehnbarkeit ist in Ordnung. Testen wir die Belastbarkeit.« Er lächelte charmant.

Die Frau erhob sich halb und half ihm aus seinem Kittel. André drückte sie auf den schwarzen Stuhl zurück. »Bleiben Sie liegen, Okabe-san. Ich mache das schon.« Er streifte seinen Kittel ab und zeigte seinen wohlgeformten Körper. Einen kurzen Augenblick wandte er sich der Kamera zu und zwinkerte.

Laura schrak heftig zusammen. Wusste er, dass sie hier saß? Nein, beruhigte sie sich. Das war für die Aufnahme für Frau Okabe, falls sie denn wirklich so hieß. Für sie ganz sicher nicht.

André stellte sich nun vor die Frau – Laura sah ihn und seine Gespielin von der Seite – und begann erneut, den nackten Körper zu erkunden und zu massieren. Mit geschickten Händen liebkoste er die Schwarzhaarige, die die Augen nun geschlossen hielt.

Laura wandte den Blick nicht ab, als er mit einer einzigen weichen Bewegung in die Frau eindrang und sie langsam zu stoßen begann.

»Sensei …«, setzte die vermeintliche Patientin an. »Ich weiß nicht, ob diese Untersuchungsmethode angemessen ist …«

Andrés Hand lag besitzergreifend auf ihrem Bauch. »Ganz sicher, Okabe-san. Das ist eine bewährte Methode.«

Er stieß schneller und heftiger zu. Die Frau begann, leise zu stöhnen.

»Nicht so zaghaft, Okabe-san. Ich will Sie hören.«

André fasste ihr Becken und stieß noch heftiger zu. Die Frau stöhnte lauter, schrie auf, als es ihr kam, und begann, leise zu wimmern, als André unbeeindruckt weitermachte.

»Sensei, bitte. Die Untersuchung ist vorbei …« Ihre Stimme klang halbherzig, denn trotz eines unangenehmen Gefühls schien sie zu genießen, was André mit ihr tat.

Laura wusste nicht, wann es passiert war. Der beachtlich umfangreiche Stoff ihres Barockkleides war hochgeschoben, ihre Hand lag leicht zitternd auf ihren Schamlippen, während der Zeigefinger sich zur Klitoris tastete.

André stieß zielstrebig weiter zu. »Ich entscheide, wann die Untersuchung beendet ist. Zweifeln Sie etwa an meiner Kompetenz?«

»Aber nein, Sensei. Ich dachte nur …« Sie stöhnte auf.

»Das Denken lassen Sie meine Sache sein. Entspannen Sie sich lieber.«

»Natürlich, Doktor.«

Laura spürte, wie ihre Lust immer größer wurde. Sie begann, mit dem Finger gegen ihre Klitoris zu drücken, auf und ab, weich und leicht, bis auch sie leise stöhnte.

»Sie machen das hier doch auch für Ihren Mann, nicht wahr?«, meinte André ungerührt, während er seine Kundin weiter vögelte. »Wollen Sie Ihren Mann enttäuschen?«

»Aber nein … Aber ich … kann nicht mehr …«

»Soll ich Ihrem Mann erzählen, was Sie so treiben, wenn Sie zum Arzt gehen?«

»Nein, Sensei. Sagen Sie ihm bitte nichts.«

»Wenn Sie eine brave Patientin sind, muss ich das auch nicht. Entspannen Sie bitte Ihre Schenkel. Je unverkrampfter Sie sind, desto schneller wird es Ihnen kommen.«

Er trieb die Frau nun einem zweiten Orgasmus entgegen. Auch Laura spürte, wie es ihr kam. Sie krallte ihre Hände in den Sessel und warf den Kopf mit einem lautlosen Schrei zurück, als zuckende Wärme sie durchfuhr. Aus dem Lautsprecher kam der Schrei, den sie nicht ausstieß, denn Frau Okabe machte ihrer Lust Luft, und während Laura nach Atem rang, fragte sie sich, ob man diesen Schrei bis hinüber zum Wohnhaus gehört hatte. Erschöpft blickte sie auf den flimmernden Monitor.

Als beide sich wieder angezogen hatten, gab André seiner Kundin die Hand. »Das haben Sie gut gemacht, Okabesan. Und denken Sie daran: Eine solche Untersuchung sollte man alle zwei bis drei Monate durchführen.«

Die Frau nickte begeistert. »Ich werde gleich einen weiteren Termin vereinbaren.«

»Ist es unhöflich, Ihnen zum Abschluss der Untersuchung ein Glas Champagner anzubieten?«

Sie lächelte und hängte sich bei ihm ein. »Es würde mich freuen, von Ihnen ausgeführt zu werden.«

4

Laura saß noch eine ganze Weile mit geschlossenen Augen da, nachdem André und die Asiatin fort waren. Sie hatte selten einen derart heftigen Orgasmus gehabt und fragte sich, ob es ein Fehler war, sich nie DVDs oder Sexfilme aus der Videothek ausgeliehen zu haben. Auf der anderen Seite war das hier etwas ganz anderes. Sie war eine Voyeurin. Laura spürte die Hitze in ihrem Gesicht und fragte sich, wie oft ein Mensch am Tag überhaupt rot werden konnte. Verrückterweise hatte sie noch nicht genug. Am liebsten hätte sie weitergemacht, aber ehe es so weit kommen konnte, schwang sie die Beine vom Sessel und stand leicht benommen auf. Sie zog die Perücke auf ihrem Kopf zurecht und wusste nicht recht, wo sie hingehen sollte. Es war Jessica sicher nicht entgangen, wie lange sie hier unten gewesen war. Und selbst wenn Jessica es nicht wusste – Takeo hätte sie sehen müssen, wenn sie die Treppe hinaufgegangen wäre, um zum großen Empfangssaal zurückzukehren.

Sie riss sich zusammen und bemühte sich, möglichst würdevoll nach oben zu gehen. Es kam ihr vor, als würde man ihr den Orgasmus noch ansehen, als habe er ein flammendes Mal in ihrem Gesicht hinterlassen. Ärgerlich ging sie direkt zur Theke, auf der ihr inzwischen abgestandener Champagner stand, und kippte diesen in einem Zug hinunter.

Takeo beobachtete sie, sagte aber nichts. Ihr wurde das ewige Schweigen zu dumm.

»Willst du mich nicht fragen, wo ich so lange war?«

»Warum fragen, was man weiß?« Er hob eine Augenbraue und Laura entdeckte einen beinahe eifersüchtigen Zug auf seinem Gesicht, der sie überraschte. Aber der Ausdruck verschwand sofort wieder. Takeo griff nach der Champagnerflasche. Dieses Mal goss er auch sich ein Glas ein. »Magst du André?«

Laura wurde erneut rot. »Nein, er ist nicht mein Typ. Ich meine ... er sieht schon gut aus und so, aber er ist sehr von sich überzeugt.«

»Das ist eine Untertreibung!«, erklang neben ihnen eine fröhliche Stimme. Kazuya griff nach dem Champagner, den Takeo sich eben eingegossen hatte, und nahm einen tiefen Schluck. »Danke, mein Freund. Also, André ist mit sich selbst verheiratet, wenn ihr mich fragt. Wie er immer den Kopf schüttelt mit seinen blonden Locken. Er ist ein wahrer Rauschgoldvampir.«

»Rauschgoldvampir?«, musste Laura lachen.

»Oh, ich habe Spitznamen für alle, süße Laura«, erklärte Kazuya vergnügt. »Jessica ist die Schmetterlingsdame, Yukiko die Schneeprinzessin, Hiroki der Fels in der Brandung und Sakura – je nach ihrem Auftreten – die Lacklady, die Diva, die Schlangenfrau oder das blauäugige Miststück.«

Laura kicherte. »Und was ist mit Takeo?«

Kazuya warf Takeo einen langen Blick zu. Der größere Mann stand reglos neben ihnen, als sei er überhaupt nicht da.

»Takeo? Takeo bleibt Takeo. Der unnahbare Held. Beschützer der Unschuldigen und Verführer der schönen Damen. Ist es nicht so, mein Freund?«

»Hast du nicht noch was zu tun?«

»Noch nicht«, winkte Kazuya ab. »Erst um neun Uhr. Und du? Unterhältst du unser Küken schön? Oder strafst du sie mit deiner typischen Art zu schweigen?«

Takeo sagte nichts dazu.

»Verstehe.« Kazuya nahm sich einen Barhocker und setzte sich an die Theke. »Dann mal los, Laura, stell all die Fragen, die dir unser Mann aus Stahl nicht beantwortet.«

Takeo verdrehte die Augen. »Red weiter so einen Schwachsinn und du landest mit deinem Hocker im Schwimmbecken.«

Kazuya reagierte nicht auf seine Worte und gab Laura hilfreich die Hand, als sie sich auf den Hocker zog.

»Wie habt ihr Jessica kennengelernt?«

Kazuya lächelte. »Eine gute Frage. Auch wenn sie auf eine dunkle Zeit anspielt, aber ich will ganz unverblümt darauf antworten. Es war in Roppongi. Jessica stieß damals auf Sakura und sie hat ihr … sagen wir mal, den Arsch gerettet, wenn du mich fragst. Sakura hatte damals die größten Probleme. Frag Takeo, der hat heute noch eine Narbe an der Schulter. Zeig sie ihr doch mal.«

Takeo warf ihm einen vernichtenden Blick zu.

»Ich verstehe. Du bist wütend, weil dich das Messer getroffen hat, aber es waren ja auch vier Angreifer und …«

»Ich gehe nach den Getränken sehen«, erklärte Takeo missmutig. »Ruf mich, wenn Sakuras Kundschaft kommt.« Er ging grummelnd in die Küche.

»Was hat er?« Laura sah ihm nach.

»Vergangenheit ist nicht so sein Ding.«

»Warum wurde er damals angegriffen?«

»Wegen Sakura. Sie war wunderschön und in den Händen eines richtigen Tyrannen. Solche Typen gibt es leider überall. Jedenfalls haben wir sie da rausgehauen, Yukiko, Jessica, Takeo und ich. Und so haben wir uns damals gefunden. Yukiko war mit Hiroki bekannt und André stand auf der Matte, sobald er von unserem Projekt hörte. Er steht genau wie Jessi auf diesen europäischen Kram – Frankreich und England und so. Und wie kommt es, dass du erst jetzt herkommst? Jessica redet oft von dir. Sie hat dich doch schon früher eingeladen, oder?«

Laura nahm einen Schluck Champagner. »Ich wollte eigentlich herkommen, aber dann starb unser Vater, und Jessi kam nach Deutschland. Ich dachte damals ...« Laura schwieg. Sie kannte Kazuya kaum. Nachdenklich starrte sie in sein sichtbares Auge, das andere wurde von seinem fransigen Pony überdeckt. »Ich dachte, sie bleibt bei mir«, schloss sie leise.

»Ich verstehe.« Kazuya nickte. »Du warst vermutlich ziemlich wütend.«

»Ich war ... enttäuscht. Ich hätte sie damals gebraucht.«

»Ihr seid euch sehr ähnlich.«

»Überhaupt nicht«, begehrte Laura auf. »Das ist ja das Problem. Wir sind wie zwei Seiten einer Münze. Wir gehören zusammen und sind doch ganz verschieden geprägt.«

»Sehr philosophisch.« Kazuya wandte den Kopf in Richtung Küche. »Takeo, bring bitte ein paar Lachshäppchen mit!« Er blickte in Lauras Augen. »Aber ich habe mit Yukiko über dich gesprochen und sie meinte, du seiest Jessica ähnlich. Also bist du es, denn Yukiko ist eine verdammte Zauberin. Sie sieht mit nur einem Blick in deine Seele.«

»Das ist jetzt dramatisch.«

»Bei meinem Job habe ich ein Recht auf Dramatik. Ich freue mich jedenfalls, dass du hier bist. Jessica braucht gerade jetzt jemanden.«

»Wieso gerade jetzt?«

Kazuya wich ihrem Blick aus. »Das war nur so dahingesagt.«

In dem Moment erschien Takeo mit den Lachshäppchen. Er stellte sie mit vernichtendem Blick vor Kazuya ab.

»Darf ich dir vielleicht noch die Schultern massieren oder den Arm brechen?«

»Hattest du heute Morgen deinen Espresso? Du wirkst ein wenig unausgeglichen.«

Sie wurden von einer Japanerin in mittleren Jahren unterbrochen, die zur Tür hereinkam. Sie trug einen dichten weißen Pelzmantel, der sie sehr edel, aber auch eine Spur übertrieben aussehen ließ. »Kazuya, Darling!«

Die Fremde ließ sich in westlicher Manier von Kazuya zwei Küsse auf die Wange geben. »Wie schön, dich zu sehen. Takeo, Jessica«, sie nickte den beiden zu.

Laura wollte den Irrtum richtigstellen, aber Takeo schüttelte den Kopf. Verwirrt schwieg Laura.

Die Eingangstür öffnete sich ein weiteres Mal und Sakura trat ein. Sie trug einen dunkelroten Kimono und hatte ihre Haare wieder kunstfertig aufgesteckt. Ihr geschminktes Gesicht wirkte ätherisch schön, nur der spöttische Zug um die vollen Lippen schmälerte diesen Eindruck. In der linken Hand hielt sie eine hellbraune Gerte, die sie nachlässig baumeln ließ. »Du bist spät«, merkte sie mit einem Lächeln an, das ihre Augen nicht erreichte. »Komm mit.«

Die elegant gekleidete Frau folgte ihr zur Kellertreppe. Im Gehen drehte sich Sakura noch einmal um. »Ihr dürft uns in einer halben Stunde einen schönen kühlen Champagner bringen. Aber bis dahin bitten wir darum, ungestört zu sein.« Ihr Lächeln war das einer Hyäne. *Hyäne mit Göttinengesicht,* dachte Laura schaudernd. Allein Sakuras Lippen waren Verführung. Aufreizend stieg sie die Treppe hinab. Dabei warf sie Laura einen kurzen herablassenden Blick zu, der Laura die Fäuste ballen ließ. Es genügte, Sakura nur zu sehen, und schon fühlte sie sich wie ein unbedeutendes Mauerblümchen neben einer Paradiesblume.

»Auch das noch«, stöhnte Kazuya. »Ich bringe ihr den Champagner nicht. Das ist nichts für meine Nerven. Außerdem habe ich frei.«

Takeo funkelte ihn böse an. »Du weißt, dass ich es auch nicht tue. Das ist Jessicas Job.«

»Was ist daran so gefährlich?« Laura griff nach ihrem Glas

und bemerkte verwundert, dass es leer war. Vielleicht sollte sie sich lieber ein wenig zusammenreißen. Der Champagner machte sie übermütig.

»Man muss alles ganz genau richtig machen«, erläuterte Kazuya. »Wenn du den Champagner im falschen Moment bringst oder er nicht die richtige Temperatur hat, zieht sie dir eins mit der Gerte über und hat auch noch Freude dabei.«

»Das glaube ich dir nicht.«

»Willst du wetten?«

»Und wenn?«

»Du kannst ja gehen!« Kazuya wies mit einer weit ausholenden Bewegung auf die Treppe. »Wahrscheinlich tut sie dir nichts, weil du Jessicas Schwester bist. Außerdem quält sie am liebsten Männer.«

»Warum nicht?« Laura lächelte. Dieser arroganten Sakura würde sie noch beweisen, dass sie keine Spießerin war.

Takeo schien etwas sagen zu wollen, schwieg dann aber und beschränkte sich darauf, mit der Hand vor seinem Gesicht herumzuwedeln – eine typisch japanische Geste, die Bedenken ausdrückte.

Verrückterweise war Laura die nächste halbe Stunde so nervös, als würde sie eine wichtige Prüfung schreiben. Es reizte sie, Sakura, Kazuya und Takeo zu beweisen, dass sie keine verklemmte Jungfrau war. Als Kazuya ihr das Tablett mit dem Champagner und den beiden Gläsern in die Hand drückte, waren ihre Hände feucht. Was würde sie im Keller zu sehen bekommen? Tat sie das hier nur aus Neugier, um einen Blick in Sakuras privates Spielzimmer werfen zu können?

»Bis gleich.« Laura bemühte sich, locker zu klingen, und ging in Richtung Keller davon.

Auf der Treppe kamen ihr heftige Zweifel, ihr Herz schlug, als würde sie sich auf einen Sprung beim Bungee-Jumping vorbereiten. Was hatte sie sich nur dabei gedacht? *Ich will Takeo beeindrucken,* dachte sie trotzig. *Ich ziehe das jetzt durch.*

Sie spürte ein angenehmes Kribbeln im Körper, das wohl auf den Genuss des Champagners zurückzuführen war, und ging langsam und aufrecht an der geschlossenen Tür der Gefängniszelle vorbei, um das Tablett mit möglichst viel Würde zu überreichen. Sie schob mit dem Ellbogen eine Holztür im hinteren Bereich auf und kam in das Zimmer mit den skurrilen Fotografien und dem Kreuz. Erleichtert registrierte sie, dass das Kreuz leer war und sich die Kundin von Sakura auf den Knien sitzend mitten auf dem roten Teppich befand. Sie hatte den Mantel abgelegt und trug ein knappes schwarzes Kleid. Es gab hier unten kein Bett. Nur eine Liege, über die man sich lehnen konnte. Laura errötete, als ihr klar wurde, wie gut dieses Gerät dazu geeignet war, von hinten genommen zu werden.

Sakura trat lächelnd auf sie zu. »Du kommst zur rechten Zeit.« Ehe Laura wusste, wie ihr geschah, stürzte sie zu Boden. Sie fühlte Sakuras Fuß vor ihrem und das Tablett, das ihren Händen entglitt. Der Sturz auf den Teppich war nicht schmerzhaft und einen Moment lang glaubte Laura, sie sei von selbst gestürzt. Sakura konnte ihr doch nicht einfach ein Bein gestellt haben? Sie wollte doch den Champagner! Aber als sie in Sakuras selbstzufriedenes Gesicht sah, wurde ihr klar, dass sie genau das getan hatte.

»Hoppla«, merkte Sakura an. »Der schöne Champagner. Was hast du dir nur dabei gedacht, du dummes Ding?« Sie setzte ihren Fuß lächelnd auf Lauras Rücken, als diese aufzustehen versuchte. Die Absätze ihrer Stiefel brannten unangenehm und Laura blieb zornig auf allen vieren am Boden.

»Sakura …«, presste sie hervor.

»Scht«, Sakura griff in ihre Haare. »Schweig lieber, du hast schon genug angerichtet.«

Sie schwang ihr Bein lasziv über Lauras Rücken und setzte sich. »Ganz still, mein kleines Pferdchen. Du bist ein wenig wild. Nimmst dir Dinge, die mir gehören, und lässt sie dann auch noch fallen … das spricht nicht gerade von der nötigen Demut, mein kleines Pferdchen.« Sie zog Lauras Kopf an den Haaren mit der Linken zurück, während ihre Rechte zu Lauras Brüsten fuhr. Laura versteifte sich. Sie hielt erstarrt inne, während Sakuras Hände über ihre Brüste fuhren und den Stoff über ihnen bis zum Mieder zurückzogen. Sakuras Stimme war freundlich.

»Ich denke, sechs Schläge sollten genügen. Dann wirst du dir merken können, was sich für ein kleines Pferdchen nicht gehört.« Sie beugte sich nah an Lauras Ohr und flüsterte: »Hättest du sie lieber auf den Po oder auf die Brust?«

Laura konnte nicht antworten. Sie wusste, sie könnte jetzt aufstehen und gehen. Wenn sie sich wirklich wehrte, würde Sakura sie gehen lassen … aber wieder war es der Trotz, der sie dazu brachte zu bleiben. Sakura wollte, dass sie davonlief und sich vor Takeo und Kazuya blamierte. Aber den Gefallen würde sie ihr nicht tun. Steif, mit erhobenem Kopf, wartete sie auf Sakuras Bestrafung.

* * *

Takeo sah Laura nach. »Ob das eine gute Idee war? Ich sehe mir das lieber an.«

Kazuya grinste. »Du willst ja nur Sakura in Aktion erleben.«

Er antwortete nicht und hatte ein schlechtes Gefühl bei der Sache. Obwohl er Sakura vor über vier Jahren das Leben gerettet hatte, konnte man nicht behaupten, dass sie befreundet waren. Sakuras Gefühle waren tiefer und reichten weiter, als es Takeo lieb war. Mit ihrer ständigen ungerechtfertigten Eifersucht und ihrer Lust an Rache hatte sie ihm in den letzten Jahren immer wieder das Leben schwergemacht.

Er kam rechtzeitig in den Überwachungsraum, um zu sehen, wie Sakura Laura den Fuß stellte und ihr einen geschickten Stoß in ihre instabilste Richtung versetzte. Erstarrt blieb er stehen. Noch hatte er den Ton nicht aufgedreht und sah nur, was die drei Frauen in dem Raum taten. Sakura wandte sich ihrer Kundin Miu zu, während Laura hochrot im Gesicht auf alle viere kam. Sie wollte aufstehen, doch Sakura setzte einen Fuß mit hochhackigen Stiefeln auf ihre Wirbelsäule. Takeo gingen tausend Möglichkeiten durch den Kopf, wie sich Laura aus dieser Position befreien konnte, aber leider konnte er es ihr nicht vermitteln. Endlich schaltete er den Ton an.

Ich muss da rüber, dachte er zornig, als er sah, wie Sakura in Lauras Haare griff. Aber er wandte den Blick nicht von Lauras wildem Gesichtsausdruck. Der Zorn machte sie schön wie eine Königin und er begehrte sie in diesem Moment mehr, als er sich eingestehen wollte. Ihre meergrünen Augen funkelten, das Gesicht war gerötet und die vollen Lippen leicht geöffnet. Sie schien etwas sagen zu wollen, doch Sakura zog noch fester an ihren Haaren. Sie schwang das Bein über Laura und setzte sich auf ihren Rücken.

Die Bilder, die Takeo nun durch den Kopf gingen, waren abstrus und erschreckten ihn selbst. Er wünschte sich, an Sakuras Stelle zu sein, ganz nah bei Laura, und ihren bebenden Körper unter sich zu fühlen.

Du musst da raus und ihr helfen, schimpfte er mit sich. Aber er tat nichts, hörte nur zu, wie Sakura Laura verspottete, und fragte sich, wie es wäre, wenn er jetzt dorthin ging. Wahrscheinlich würde Laura vor Scham sterben, wenn sie wüsste, dass er sie jetzt sah. Immerhin war sie eine erwachsene Frau und würde alleine mit Sakura fertig werden.

Du willst nur nicht gehen. Du träumst lieber davon, sie zu nehmen. Takeo spürte, wie sich sein Glied gegen den Stoff der Hose presste. Sakura hatte inzwischen Lauras Kleid heruntergezogen und hielt ihre Brüste. Ihre raue Stimme füllte den Raum.

»Ich denke, sechs Schläge sollten genügen. Dann wirst du dir merken können, was sich für ein kleines Pferdchen nicht gehört.«

Er sah die Lust und die Gier im Blick von Miu. Sie wartete nur darauf, die Bestrafung ausführen zu dürfen. Sakura stand auf und hielt ihr die Gerte hin.

Takeo erwartete, dass Laura nun aufstand und ging, aber sie blieb mit einem trotzigen Blick auf dem Boden, die Arme ganz durchgestreckt, während Sakura die vielen Stoffschichten des Kleides anhob und sie geschickt zusammenrollte.

Takeo schloss die Augen und ballte die Fäuste. Endlich schaffte er es, sich von dem Monitor loszureißen. Er drehte sich um und stürmte durch den Gang auf Sakuras Kerker zu. Laura wusste vermutlich gar nicht, wie ihr geschah. Es konnte gut sein, dass Sakura sie für Jessica hielt und ihre Spiele noch weiter ausdehnen wollte, und das wäre dann seine Schuld. Am besten machte er es kurz und schmerzlos.

Er riss die Tür auf und war da, als der vierte Schlag nach unten sauste. Geschickt parierte er die Hand Mius und zwang die Frau auf die Knie. Ohne zu überlegen, sprudelten die Worte unbedacht aus ihm heraus:

»Die hier übernehme ich. Sie gehört zu mir. Den Damen noch eine angenehme Zeit.« Er packte Laura, zog sie auf die Beine und zerrte sie zur Tür, ehe Sakura ihn aufhalten konnte.

Sakuras spöttische Stimme begleitete ihn. »Geh nicht zu sanft mit ihr um. Sie hat Strafe verdient.«

Takeo brachte Laura in den Flur und merkte erst jetzt, mit wie viel Kraft er ihr dünnes Handgelenk hielt. Verlegen ließ er sie los.

Sie starrte ihn an. Noch immer quollen ihre unbedeckten Brüste über das Mieder des Kleides. Takeo bereute es, sie gerettet zu haben. Die Demütigung in ihrem Gesicht sagte mehr als jedes Wort.

»Es tut mir leid«, setzte er an. »Ich denke, Sakura hat dich mit Jessica verwechselt.«

Laura zog ihr Kleid nach oben und stürzte davon. Sie lief die Treppe hinauf und war verschwunden, ehe Takeo sie einholen konnte. Er seufzte. *Jetzt rennen die Frauen auch noch vor mir weg. Das wird ja immer besser.* Verstimmt und besorgt kehrte er zu Kazuya zurück.

* * *

Laura rannte, bis sie völlig außer Atem war. Erschöpft und verwirrt blieb sie vor einem kleinen Teich stehen, hinter dem sich eine niedrige Felsformation befand. Zwei Wasserströme fielen über die Erhebung und liefen in den mit Moos umrahmten Teich. Um sie herum standen knospende Kirschbäume. Laura beruhigte sich ein wenig. Dieser Ort war von Magie durchdrungen. Die geschickte Anordnung von Steinen, Wasser und Kirschbäumen erfüllte sie mit tiefem Frieden. Sie ging auf die Knie und betrachtete die Spiegelungen der Zweige im Wasser, die die Kirschblüten idealisierten. Das Brennen auf ihren Pobacken ließ nach.

»Ein Ort zum Meditieren, nicht?«, erklang Yukikos sanfte Stimme hinter ihr. Laura drehte sich nicht zu ihr um.

»Ist etwas passiert?« Yukiko trat neben sie und blickte zu ihr herab. Sie trug bequeme Turnschuhe, eine weiche weite Hose aus hellem Baumwollstoff und ein enges schlichtes Oberteil mit ellbogenlangen, weit ausgestellten Ärmeln. In den Händen hielt sie eine Gartenschere mit sonderbar großen Griffen und eine Flasche mit Desinfektionsmittel.

»Ich …«, Laura starrte weiter auf das Wasser, »ich hatte eine unerfreuliche Begegnung mit Sakura.«

Yukiko folgte ihrem Blick. »Zwillingswasserfälle sind seit der Zen-Zeit sehr beliebt.«

Laura stand auf. »Ich weiß wirklich nicht, warum ich dir

das gesagt habe. Hier scheint jeder in seiner eigenen verdrehten Welt zu leben.«

Yukiko berührte sie nicht. Sie hielt sie mit ihren Worten fest. »Was hast du gefühlt, als Sakura dich anfasste?«

»Ich …«, Laura stockte. »Ich war wütend.«

»Das trifft es nicht ganz.«

»Ich habe sie verabscheut!«

»Nein, das auch nicht.«

»Woher weißt du das?«

»Ich sehe Lügen, wie andere Häuser sehen. Das da vorne ist ein Haus«, sie zeigte auf den »Palast der Wünsche«, der fast von den Kirschblütenzweigen verdeckt wurde, »und du hast gerade gelogen.«

»Ich … es hat mich erregt.« Laura wurde rot.

Yukiko lächelte. »Du möchtest mehr, aber du bist noch nicht so weit, es selbst zu probieren. Du willst zusehen. Unerkannt und unentdeckt. Bist eine Voyeurin, der es Freude macht, im Dunkeln zu bleiben. Erst, wenn du genug gesehen hast, wirst du den Mut finden, deine Wünsche zu leben.«

»Ich …« Laura wusste nicht, was sie zu ihrer Verteidigung sagen konnte.

»Schäm dich nicht. Tu, was du möchtest. Am Wochenende feiern wir das Fest der Kirschblüte auf unsere Art. Ich möchte, dass du es siehst. Du weißt doch, wie es in Europa heißt: Wenn man aus dem Sattel fällt, soll man gleich wieder aufsteigen.«

»Von Pferden habe ich fürs Erste genug.«

»Bitte, Laura. Mir zuliebe. Sieh uns am Samstag zu. Lern von uns. Du möchtest doch etwas lernen, oder?«

Yukikos unergründliche Augen sahen direkt in sie hinein.

»Ich werde sehen«, murmelte Laura verlegen. Sie musste an Kazuyas Worte denken, dass Yukiko eine Zauberin sei. »Pflegst du diesen Garten?«

»Hauptsächlich. Ich liebe ihn. Soll ich dich ein wenig herumführen? Es beruhigt ungemein, wenn man sich darauf einlässt.«

Laura nickte zögernd. Sie folgte Yukiko über den Steinweg. Immer wieder blieb sie stehen, um den Schnitt einer Kiefer oder einen besonderen Stein zu bewundern.

Yukiko wies auf die Pflanzen um sie herum. »In einem japanischen Garten sollten alle Elemente einem Federstrich auf dem Papier ähneln und die Klarheit einer Zeichnung ausstrahlen. Für mich ist es ›shibui‹ – wie der Kimono. Herb und unauffällig, geschmackvoll und ruhig. Es ist Kunst, aber nicht gegen die Natur. Der Garten soll eine idyllische Vision von Natur sein. Ein Paradies.«

»Man sieht die Mühe nicht, die darin steckt.«

»Man soll sie nicht sehen. Es ist wie in der Artistik: Je leichter etwas aussieht, desto schwerer ist es.« Yukiko lächelte. »Aber es ist gute Arbeit, die dich näher zu dir bringt.« Yukiko blieb am Teehaus stehen und wandte sich ganz Laura zu.

»Wenn du morgen Nacht nicht schlafen kannst, dann komm in den Garten. Die Kirschblüten öffnen sich im Mondlicht. Denk daran, kein Wort zu sagen. Kein einziges Wort.« Yukikos Lächeln wurde noch eine Spur tiefer. »Und nun entschuldige mich, ich habe noch zu tun.« Mit einer leichten Verneigung ging Yukiko, ganz in Weiß gekleidet, davon.

* * *

Laura verbrachte den Rest des Tages auf ihrem Zimmer. Jessica redete mit ihr und versuchte, sie davon zu überzeugen, dass Sakura einer Verwechslung zum Opfer gefallen war. Laura dagegen hatte das untrügliche Gefühl, dass Sakura ganz genau gewusst hatte, wer sie war, und sich einen sadistischen Spaß erlaubt hatte. Mehr noch, sie glaubte langsam, dass Sakura die Absicht hatte, sie zu vertreiben oder zumindest zu demütigen. Auch Sakuras überschwängliche Entschuldigung und ihre Beteuerung, sie habe sie mit ihrer Schwester verwechselt und wollte Miu einen Gefallen tun überzeugte Laura nicht. Wenn man in Japan eines lernte, dann war es die theatralische Entschuldigung. Als Laura Sakura das nächste Mal sah, spielte ein leichtes Lächeln um deren Lippen, das Laura zu verspotten schien. Dennoch wollte Laura nicht weiter auf dem Vorfall herumreiten. Die ganze Angelegenheit war ihr peinlich, und wann immer sie sich auf ihren schmerzenden Po setzte, wurde sie rot vor Verlegenheit.

Laura freute sich auf den nächsten Tag, an dem sich Jessi freigenommen hatte, um mit ihr zum Einkaufen zur Ginza zu fahren. Der Palast der Wünsche verwirrte und beunruhigte sie. Zugleich war hier alles aufregend und fremd. An Takeo wollte sie vorerst auch nicht denken, denn sie schämte sich dafür, dass er sie in Sakuras Reich wie ein Tier auf allen vieren gesehen hatte. Für eine traditionsbewusste Japanerin war dies doch sicher genug Anlass für Harakiri – das Selbstaufschneiden des Bauches.

Im Allgemeinen war sie dankbar, dass keiner von Jessicas Freunden traditionell japanisch war. Sie arbeitete aufgrund ihrer Sprachkenntnisse viel mit Japanern zusammen und wusste nur zu gut, wie ungewöhnlich all die Menschen waren, mit denen Jessica sich umgeben hatte.

Mit einem hörbaren Ausatmen legte sie das Buch in ihren Händen zur Seite. Sie vermisste ihre kleine einfache Wohnung in Deutschland und die Ruhe, die sie dort wie ein schützender Mantel umgab.

5

Am nächsten Vormittag frühstückten Jessica und Laura gemeinsam am silberfarbenen Esstisch in der Küche. Der Tisch bot Platz für sechs Personen und Laura hätte sich ohne die Schwester verloren an dem großen Tisch gefühlt. Ihr kam das Erlebnis mit Sakura inzwischen unwirklich vor, dagegen sprach aber, dass sie noch immer einen leichten Schmerz spürte, wenn sie sich setzte.

Jessica verzichtete auf das traditionelle japanische Frühstück aus Suppe, Reis und rohem Ei und servierte stattdessen Toast mit Marmelade, grünen Tee und importierten Fruchtsaft.

Nach dem Frühstück nahmen sie ein Taxi in die Stadt, um sich die mühsame Suche nach einem Parkplatz zu ersparen. Das Wetter spielte mit und hin und wieder zeigte sich die Sonne zwischen Bäumen und Hochhäusern.

Sie kamen noch rechtzeitig, um die Eröffnung des Kaufhauses Mitsukoshi mitzuerleben. Vor den Eingängen standen mehrere Frauen an. Hinter der Glastür konnte man einen Mann im eleganten Anzug sehen, der den lächelnden Verkäuferinnen letzte Anweisungen gab, ehe er den Laden öffnete.

Laura bestaunte den Einkaufspalast, der mit deutschen Kaufhäusern nicht zu vergleichen war. Man hatte das Gefühl, unter einem einzigen Dach alles kaufen zu können, was es auf der Erde zu kaufen gab.

Laura wurde wieder daran erinnert, wie stark der Yen

war. Es gab nichts, das in Tokyo nicht seinen Preis hatte. In einem der schicken, modernen Läden hielt sie einen Kimono in den Händen, der den Gegenwert eines neuen Opel Corsa hatte. Er war in ungewöhnlichen Grüntönen gehalten, silberne und goldene Linien zeichneten Blätter und Grashalme auf die dünne Seide. Seufzend legte sie das edle Kleidungsstück zurück. Sie war nicht bereit, ihr Geld dermaßen zu verschleudern.

In Jessica hatte sie eine gute und willige Führerin. Sie scherzten und lachten, während sie durch die Läden zogen. Laura verdrängte ihr Erlebnis mit Sakura und genoss den Tag in vollen Zügen. Zum Mittagessen entführte Jessica sie in ein kleines bezauberndes japanisches Restaurant. Sie saßen zu zweit in einem durch Seidenpapier abgeschirmten Raum auf Tatamimatten und genossen ein Fünf-Gänge-Menü aus erlesenen Meeresspeisen mit Reis. Laura wollte die Preise gar nicht wissen. Das Essen schmeckte hervorragend und den Gesprächen entnahm Laura, dass Jessica öfter in dem kleinen Restaurant speiste.

Sie streiften dann noch eine Weile durch das Viertel, ehe sie die Sachen kauften, die sie am Vormittag am meisten fasziniert hatten. Laura entschied sich für ein elegantes rubinrotes Kleid mit mehreren fächerförmigen Spaghettiträgern und Jessica erstand ein Paar Ohrringe in Tropfenform. Gemeinsam fielen sie noch in ein Geschäft für Unterwäsche ein, und Laura wurde mit einer Reihe neuer Dessous ausgestattet, zu denen Jessica sie überredete.

Es war früher Abend, als sie zum Anwesen zurückkehrten. Jessica ging hinüber in den Palast der Wünsche, um nach dem Rechten zu sehen. Laura fühlte sich so erschöpft, dass sie das Abendessen ausfallen ließ und sich hinlegte.

* * *

Laura wusste nicht, wodurch sie wach geworden war. Es war gegen ein Uhr. Im Nachthemd tappte sie zum Fenster hinüber. Unter ihr lagen der Parkplatz und die Grünanlagen in silbrigem Licht.

Sie war hellwach, fühlte sich ausgeruht und unternehmungslustig, streifte das Nachthemd ab und schlüpfte in einen von Jessicas Hauskimonos, den die Schwester ihr zur Verfügung gestellt hatte. Sie wollte noch nach der wattierten Überjacke greifen, ließ sie dann aber doch liegen. Es war noch immer angenehm warm und sie fror nicht. Ihr Blick fiel auf das rubinrote Kleid, das ordentlich auf einem Bügel aufgehängt am Schrank hing. Laura hatte es nicht über sich gebracht, es wegzuräumen. Neue Dinge mussten betrachtet und bewundert werden. Sie trat an das Kleid heran. Der dunkelrote Stoff schimmerte im Mondlicht. Eigentlich war es nicht kalt und es war so spät, dass sie vermutlich niemandem mehr begegnen würde … und selbst wenn … in diesem Haus gab es nur exaltierte, durchgeknallte Bewohnerinnen, die sich nicht daran stören würden. Laura zog den Hauskimono wieder aus. Sie probierte das neue Kleid an, dachte an die Unterwäsche, die Jessica ihr ausgesucht hatte, und schüttelte leicht den Kopf. Sie war eine Träumerin. Takeo würde nicht im Garten sein. *Aber du hoffst es*. Laura entschied sich gegen jegliche Unterwäsche. Sie mochte das Gefühl des kühlen, glatten Satinstoffes auf ihrer Haut.

Vorsichtig schlich sie aus ihrem Zimmer, die Treppe hinunter zur nicht abgeschlossenen Eingangstür. Sie trat hinaus und blieb einen Moment staunend stehen. Die Sterne funkelten am Himmel, als wollten sie sie begrüßen. Laura lächelte. Barfuß ging sie um das Haus herum und wählte einen der verschlungenen Pfade durch den Garten.

Am Teehaus sah sie Licht. In der steinernen Laterne vor dem kleinen Pavillon züngelten Flammen. Sie näherte sich vorsichtig. Eigentlich wusste sie nicht recht, ob sie Lust hatte, andere Menschen zu treffen. Dieser Ort verwirrte sie, und nachdem sie den ganzen Tag in Begleitung der Schwester verbracht hatte, wäre es schön, allein zu sein.

Sie hielt inne, als sie die Frau in dem hellroten Kimono erkannte, die vor dem Teehaus stand und rauchte. Obwohl Sakura sich nicht zu ihr umdrehte, schien sie Laura bemerkt zu haben.

»So spät noch unterwegs?«, fragte die kleinere Frau scheinheilig.

Laura spürte ein Brennen auf ihrem Gesäß. »Was geht es dich an?«

Sakura drehte sich zu ihr um. Dunkle Schatten fielen auf ihr ebenmäßiges Gesicht mit den vollen Lippen. »Takeo ist nichts für dich. Schlag ihn dir aus dem Kopf.« Sie zog an ihrer Zigarette und musterte Laura dabei feindlich. »Das wäre besser für dich, glaub mir.«

»Was denkst du, wer du bist, dass du mir Vorschriften machst?« Laura starrte Sakura trotzig an, zugleich schlug ihr Herz heftig. Sakura verunsicherte und kränkte sie, aber das wollte sie sich nicht anmerken lassen.

Sakura blies ihr den Rauch ins Gesicht, doch Laura blieb stehen, als habe sie es gar nicht bemerkt.

»Hör zu.« Sakuras Stimme war nun so freundlich, als spräche sie zu einem uneinsichtigen Kind. »Um Takeo glücklich zu machen, müsstest du ein anderer Mensch sein. Du bist so uninteressant wie eine Betonmauer und vom Sex verstehst du nicht mehr als ein Fisch vom Fliegen. Tu dir selbst einen Gefallen und hör auf, ihn so anzuschmachten. Es ist hoffnungslos.«

Laura wollte nicht darauf antworten. Sakuras Worte brannten sich in ihr Gedächtnis und entfachten glühende Zweifel in ihrem Inneren.

»Ich bin unhöflich«, erklärte Laura so spöttisch wie möglich. Es war die übliche japanische Formel, um sich zu entschuldigen, *bevor* man etwas Verwerfliches tat – wobei »verwerflich« auch bedeutete, dass man sich entfernte. Laura wandte Sakura den Rücken zu und ging in die Richtung des Palastes der Wünsche davon. Sie nahm Sakuras Atem noch einen Moment wahr, dann hatte sie das Teehaus hinter sich gelassen und hörte nur noch das leise Plätschern von Wasser und den Wind in den nachtschwarzen Ahorn- und Kirschbäumen.

Einen großen Bogen machte sie um den Vordereingang des Hauses – wer wusste schon, wer von den anderen jetzt noch Kundschaft hatte – und näherte sich dem großen, flachen Schwimmbecken, das dunkel unter den Sternen lag. Über dem Wasser hing leichter Dampf. Laura war froh, dass Sakura ihr nicht folgte, und versuchte, sie und ihre beleidigenden Worte zu vergessen.

Sie schrak leicht zusammen, als sie eine schwarze Gestalt bemerkte, die zusammengekauert an der Längsseite des Beckens verharrte. Sie wollte sich zurückziehen, als sie Takeo erkannte. Er kniete in Seizaposition auf seinen Fersen sitzend vor dem Wasser und blickte auf die stille Oberfläche. Aber wenn sie jetzt ging, machte sie das zunichte, was sie wollte. Sie hatte ihn doch gesucht. Nur deshalb hatte sie das Haus verlassen, oder? *Sei mutig*. Laura ging langsam auf ihn zu. Sie erinnerte sich an die Worte von Yukiko.

Sag nichts, hatte Yukiko gesagt, keinen einzigen Ton. Vielleicht hatte Kazuya recht und Yukiko war eine Zauberin.

Nach einer Ewigkeit wandte Takeo den Kopf und sah sie an. Stumm blickte sie zurück. Mit einem Mal fühlte Laura sich leicht und unwirklich, als sei sie nicht mehr an die Erde gebunden. Diese Nacht gehörte der Luft, den Gedanken und Träumen. Bis auf einen Schritt Abstand ging sie an ihn heran und verharrte. Ihre Blicke trafen sich und wie auf dem Flughafen fühlte Laura sich nackt und ungeschützt, aber das Gefühl war nicht demütigend. Es war aufregend fremd wie seine dunklen Augen. Ob er sie wegen der Sache in Sakuras Keller verachtete? Doch in seinen Augen konnte sie keine Verachtung sehen, nur Verlangen. Es war, als würde sein Gesicht ihre Gefühle spiegeln. Laura wollte zu ihm gehen, ihn in die Arme schließen. Ihn küssen. Aber sie wagte es nicht. Wie eine Statue stand sie in ihrem roten Kleid im Mondlicht und konnte den Blick nicht von ihm abwenden. Wenn sie malen könnte, hätte sie ihn so gemalt: in dieser ernsten, geraden Haltung, leicht angespannt wie ein wachsamer Kämpfer mit hoch erhobenem Kopf und schwarzen Haaren, die sein Gesicht umrahmten. Sternenlicht fiel auf seine gebräunte Haut und den glänzenden schwarzen Stoff seines Anzugs. Hinter ihm erhoben sich die Umrisse des Clubhauses. Gedämpftes Licht drang aus den Fenstern, doch niemand war zu hören oder zu sehen.

Plötzlich stand er auf. Laura zuckte zusammen, ohne den Blick von ihm abzuwenden. Einen verrückten Moment dachte sie, er würde sie angreifen, doch sein Arm schlang sich um sie, zog sie zu sich heran. Sie spürte seinen Körper, roch den herben Duft. Der Schreck wandelte sich in fassungsloses Glück. Er war ihr gar nicht abgeneigt. Sie war ihm nicht gleichgültig, auch wenn er kaum mit ihr gesprochen hatte. Sie neigte den Kopf zur Seite und wie unter einem Zwang folgte er der Bewegung, ihre Lippen berührten sich, lagen leicht und warm aufeinander.

Er küsst mich, triumphierte Laura. Es war, als habe sie nach einer langen Suche endlich gefunden, was sie begehrte. Eine lange Reise war erfolgreich vorüber und das Glück löschte jeden anderen Gedanken aus.

Takeo hielt ihren schmalen Kopf mit beiden Händen, während er sie wieder und wieder küsste. Laura fühlte sich warm und leicht, getragen von seinen Armen, die sie umschlangen. Jeder Kuss war ein Versprechen, ein aufregend verpacktes Geschenk, das nach mehr schmeckte, und als seine Hände den langen Reißverschluss ihres Kleides öffneten, stand sie ganz still, erwartungsvoll zitternd. Sie ließ zu, dass er sie auszog. Anschließend entkleidete auch er sich mit wenigen geschickten Griffen. Sein nackter Körper machte Laura sprachlos. Bis auf die Narbe auf der linken Schulter, eine lange weiße Linie, die ein Messer verursacht hatte, war er makellos. Und selbst die Narbe wirkte, als müsste sie dort sein. Seine Hände legten sich auf ihre Schultern und er betrachtete sie im Mondlicht. Laura sah in seinen Augen Verlangen und Sehnsucht.

Ihre Hände berührten seinen nackten Körper. Sie musste ihn erkunden, wollte jede Erhebung und Senkung der Muskeln spüren, die glatte Haut seines Oberkörpers, die Rundungen der Arme, die weichen Wangen. Zögernd bestaunte sie mit Hilfe ihrer Finger seinen Körper. Sie drängte sich näher an ihn, um auch seinen Rücken zu berühren. Takeo schloss die Augen und ließ sie gewähren. Wie ein neugieriges Kind ein neues Wunder fühlen muss, so fasste sie ihn an. Er war ein Wunder. Zu perfekt, um hier bei ihr zu stehen. Sie musste träumen. Vermutlich lag sie noch immer schlafend in ihrem Bett und fühlte sich ihm nahe. Sie schloss mit der Hand auf seiner Brust die Augen und fühlte seinen Herzschlag.

Takeo beugte sich zu ihr herab und küsste sie erneut. Behutsam, als fürchtete er, sie aufzuwecken. Laura erwiderte den Kuss. Er hielt ihren Kopf, sie umschlang seinen Hals. Immer leidenschaftlicher wurden die Berührungen ihrer Zungen, dann hob er sie auf seine Arme und trug sie über den bunten Mosaikboden zur Treppe, ohne von ihrem Mund abzulassen. Immer wieder fanden sich ihre Lippen. Er stieg mit ihr die Treppe hinab. Laura unterdrückte einen Aufschrei, als sie Wasser um sich fühlte. Es war angenehm warm, fast wie die heißen Quellen in den Bergen. Sie schlang ihre Beine um Takeos Hüften. Er roch herb und seine Lippen schmeckten jetzt leicht salzig.

Wieder und wieder küsste sie ihn und konnte nicht fassen, was gerade geschah. Ihr Körper handelte ohne ihr Zutun, ihre Finger liebkosten ihn, sie wollte ihn spüren – überall. Sein Glied presste sich an ihr Becken und Laura umschloss es lustvoll mit einer Hand. Sie genoss den Blick aus seinen halbgeschlossenen Augen, bewunderte die langen Wimpern und das ausdrucksstarke Gesicht mit der schönen, rassigen Form.

Ich muss träumen, dachte sie noch, während sie die Augen schloss und dabei Takeos Glied festhielt und rieb. *Aber wenn ich träume, dann ist es ein verdammt guter Traum.* Sie öffnete ihre Beine ein wenig und schob sein Glied an ihre Scheide. Ihre Klitoris fühlte sich heiß und geschwollen an. Er schob ihre Hand fort und hob ihren Körper etwas an. Mit einer einzigen Bewegung drang er mühelos in sie ein. Laura keuchte leise, bog ihren Kopf nach hinten, sodass ihre Haarspitzen auf dem Wasser trieben. Sie standen bis zum Bauch im geheizten Pool. Takeo hielt sie mit einem Arm, mit der anderen Hand erkundete er nun ihren Körper. Seine Finger streichelten ihre Schenkel, den Bauch und die Brüste. Laura hielt sich an seinem Nacken fest und gab sich ganz den sinnlichen Bewegungen seines Beckens hin. Er liebte sie bedächtig, fast vorsichtig. Sie sehnte sich nach mehr, aber sie wagte nicht, sich schneller zu bewegen. Zu groß war ihre Angst, dass der Zauber plötzlich brach und sie mit ihrer Ungeduld alles zerstörte.

Es war schön, ihn zu fühlen. Keuchend legte sie den Kopf noch weiter zurück und ließ ihn tief in sich hinein. Mit jedem Stoß versuchte sie, ihn mehr zu spüren, ihn tiefer in sich aufzunehmen. Ihr leises Stöhnen trieb ihn an. Seine freie Hand legte sich um ihre Hüfte. Er begann, sich schneller zu bewegen. Laura wurde lauter und hielt sich krampfhaft an ihm fest.

Takeo löste ihre Hände und ging noch tiefer ins Wasser. Die Schwere ihres Oberkörpers wurde zur Leichtigkeit. Laura ließ vorsichtig los und lehnte sich zurück. Das Wasser und seine Hände an ihren Hüften trugen sie. Mit geschlossenen Augen spürte sie das warme Nass um sich herum. Nur ihre Schenkel fühlten sich heißer an als das Wasser. Sie fühlte Takeo, die leichten Wellen und den Wind, der über sie strich. Ihr Stöhnen wurde lauter als das Schwappen der Wellen, die durch ihre gemeinsamen Bewegungen ausgelöst wurden. Sie wollte sich ganz verlieren, wollte sich gemeinsam mit ihm im Wasser auflösen. Ihre Körper waren eins. Lauras Lust steigerte sich mit jedem Stoß. Sie eilte ihm entgegen, konnte sich nicht mehr beherrschen. Sie wollte es auch nicht mehr.

In seinen Armen ließ sie sich treiben, während Wasser über ihren Körper strich. Sie ahnte, dass dieser Orgasmus heftig werden würde, und ließ ihn voller Freude kommen. Auch Takeo wirkte entfesselt. Er war bei ihr, nur bei ihr. Lauras Stöhnen wurde immer verlangender. Sie richtete den Oberkörper auf, umfasste die glatte Haut über seinem Becken und kam ihm heftig entgegen. Sie spürte, wie sie über die Schwelle katapultiert wurde, wie ihre Lust einen Punkt erreichte, den sie noch nicht kannte. Kein Mann hatte ihr bisher solche Freuden bereitet. Laura schrie auf und machte weiter. Sie wollte den Moment nicht enden lassen, diese reine Lust, die sie durchzuckte.

Es war das erste Mal, dass sie während eines Orgasmus laut wurde. Ihr helles Stöhnen klang durch die Nacht und mischte sich mit seinen dunklen Seufzern. Laura ließ sich nach einer Weile zurückfallen. Ihr Oberkörper trieb auf dem Wasser und sie konnte die Sterne zwischen den Baumzweigen sehen. Alles war leicht verschwommen. Die Kühle der Nachtluft war angenehm. Eine Weile verharrten sie so unter den Sternen. Takeo küsste ihren Hals und ihre Brüste. Laura glitt ein Stück von ihm fort und stellte sich vor ihn. Er zog sie wieder zu sich und hielt sie.

Sie standen eng umschlungen wie zwei Menschen, die wissen, dass sie bald wieder getrennt werden. Laura schob den unangenehmen Gedanken fort. Mit geschlossenen Lidern legte sie ihren Kopf an seinen Hals. *Mein Takeo,* dachte sie glücklich. *Halt mich weiter. Halt mich für den Rest des Lebens.* Wie lange sie dort standen, konnte sie nicht sagen. Sie fühlte sich geborgen. Sie war zu Hause.

Sie blinzelte, als er sie aus dem Wasser hob. Während Laura mit unsicheren Schritten über den Mosaikboden ging, holte er ein großes weiches Handtuch und begann, sie sorgsam trocken zu reiben. Laura konnte noch immer nicht sprechen. Sie wollte es auch nicht. Sie schloss die Augen, genoss seine Nähe und seine warmen Hände. Diese Nacht war für sie eine Nacht voller Zauber und Wunder und sie fürchtete, sie mit einem unbedachten Wort zu zerstören. Gleichzeitig war sie erschöpft. Eine tiefe und gute Erschöpfung, die ihre Glieder schwer machte.

Sie schmiegte sich an ihn. Ohne dabei mit dem Abtrocknen aufzuhören, ließ Takeo es nur allzu gerne zu. Er legte das Handtuch weg und Laura schlüpfte wieder in das rubinrote Kleid. Takeo zog sich ebenfalls an. Er war schneller fertig als sie und trat hinter sie. Zärtlich entwirrte er die dünnen Träger des Kleides. Laura war überrascht über diese Geste. Sie liebte seine Hände. Wie geschickt sie die Träger ordneten, wie warm sie ihre Schultern umfassten! Sie vermittelten Schutz und Geborgenheit. Ihr Blick fiel auf einen der Kirschbäume. Yukiko hatte recht. Die Blüten begannen, sich zu öffnen. Sie lächelte, fühlte sich auf eine sonderbare Weise verrückt und wollte nicht, dass dieser Zustand jemals endete. Noch immer glaubte sie, seine Lippen auf ihrem Körper und seine fordernden, neugierigen Finger, die sie erkundeten, überall zu spüren.

Gemeinsam gingen sie durch den Garten, nahmen den Weg unter den nun schwarz erscheinenden Bäumen hindurch zum kleinen See und von dort am Rande des Gartens entlang in Richtung Haupthaus.

Als sie auf der Höhe des Teehauses waren, fragte sich Laura, ob Sakura ihre Lustschreie gehört hatte. In der Nacht erschien doch jedes Geräusch lauter, oder? Der Gedanke war wie ein Giftstachel, der in den Zauber ihres Glücks drang. Sie wollte nicht von Sakura gehört werden, wenn es ihr kam.

Sie erreichten das Haus, aber Takeo schien sich nicht von ihr trennen zu wollen. Er gab ihre Hand nicht frei und sie wollte sich nicht von ihm losreißen. Laura drückte sich eng an ihn und hörte, wie sein Herz schlug, hörte auf das Wunder vor sich. Er hob sie hoch und trug sie zu seiner Wohnung, die in dem kleinen Gebäude neben der Garage lag. Im Mondlicht leuchtete der Sandweg hell und sie glaubte, das Meer riechen zu können.

Tokyo Bucht, dachte sie benommen. *Bucht meiner Träume für eine Nacht.* Sie lächelte.

Es gelang ihm, die Tür geschickt zu öffnen, und sie fragte sich, ob er Übung in solchen Situationen hatte, verwarf den Gedanken aber gleich wieder. Sie wollte nur an ihren Takeo denken, den Mann, der nur sie liebte.

Vorsichtig legte er sie auf einem großen Futonbett ab. Laura seufzte zufrieden, während er im Dunkeln umherging und plötzlich eine Kerze aufleuchtete. Sie stand in einem schlichten schwarzen Lackhalter auf einem niedrigen Tisch neben einer gefüllten Blumenvase kunstvoll arrangierter Rosen in verschiedenen Farben. Laura konnte nun den hellen Mattenboden erkennen und die vielen Papierschiebetüren, die Wandschränke verbargen oder in andere Räume führten. Hinter einer geöffneten Wand standen drei schwarz lackierte Bücherregale mit einem feinen Goldblütenmuster. Laura versuchte, den Geruch dieser Wohnung in sich aufzunehmen. Sie war gut gelüftet, doch man konnte einen schwachen Duft von Kaffee und süßen Blumen riechen.

Takeo ließ sich neben ihr auf die Knie sinken. Er blickte sie nur an, während sie die Augen schloss, seine Blicke auf sich fühlend.

Laura öffnete ihr Kleid, setzte sich auf und streifte es ab. Es war gleich, was sie trug oder nicht trug. In seinen Augen war sie immer nackt, aber es machte ihr nichts mehr aus. Sie wollte ihn ihren Körper sehen lassen, zog den roten Stoff fort und streckte sich verführerisch vor ihm. Er sollte ihren langen Hals sehen, die schlanken Beine, die sinnlichen Hüften, sollte verrückt werden nach ihren Brüsten, die frei vor ihm lagen. Ganz gleich, was er in diesem Moment von ihr verlangt hätte, sie hätte es getan. Sie wollte nur noch einmal das Glück in seinen Augen sehen wie in dem Moment, als er sie im Wasser nahm und sich in ihr ergoss.

Takeos Finger berührte ihren Bauch. Er fuhr langsam über ihre Hüfte, fand den Bereich, in dem sie am kitzeligsten war, und strich neckend über die empfindliche Haut. Laura lag ganz still, um das erregende Streicheln nicht mit einer unbedachten Bewegung zu unterbrechen. Mit geschlossenen Augen fühlte sie, wie er sie berührte, wie seine Hände sie erneut fanden und wieder Lust in ihr weckten.

Wieder fiel ihr auf, wie geschickt und geübt er war. Sie fühlte sich wie eine Anfängerin, unerfahren und peinlich, während er alles zu kennen schien und genau wusste, wie und wo er sie berühren musste, um das Ziehen in ihrem Inneren immer unerträglicher werden zu lassen. Er beugte sich über sie und liebkoste ihre Brüste mit der Zunge. Seine Lippen fuhren über ihre Rundungen, hin zu ihrem Hals und wieder zurück. Trotz der Erschöpfung regte sich erneut Verlangen in Laura. Sie wollte von ihm genommen werden, wollte ihm zeigen, dass auch sie eine Künstlerin der Liebe war, und streichelte behutsam mit ihrer Hand über seinen Rücken. Doch Takeo packte sie mit spielerischer Kraft, drückte sie auf die Matratze und hielt sie dort fest. Er fasste ihre beiden Handgelenke und blickte auf ihre Brust, die sich unter ihm hob und senkte. Seine Knie umschlossen ihr Becken und sie sah seine Brust über sich.

Eine Weile schaute er einfach auf sie herunter, erfreute sich an dem, was er sah. Laura bemühte sich, kein Geräusch zu machen. Selbst wenn seine Hände nicht ihre Arme halten würden, wenn die Beine sie nicht umschlössen, sie war wehrlos gegen ihn, bereit, alles zu tun, was er von ihr verlangte. Takeo starrte sie an, bis es überall in Laura kribbelte. Sie versuchte, sich zaghaft aus seinem Griff zu befreien, aber sie hätte ebenso gut versuchen können, das Haus kraft ihrer Gedanken in Bewegung zu versetzen. Erst, als er es wollte, ließ er sie los. Er hob ein Kissen neben Laura auf und schob es unter ihren Po, gab ihre Beine frei und spreizte ihre Schenkel. Erneut drang er in sie ein und Laura kam ihm entgegen.

Dieses Mal ließ sie die Augen offen. Sie blickten einander an, während sie sich liebten. Laura sah die dünnen Wasserperlen auf seiner Stirn und fühlte ihren eigenen Schweiß. Ihr Körper glühte fiebrig, immer wieder stieß er vor. Sie passte sich ihm an, mal schneller, mal langsamer, ganz so, wie er sie dirigierte. In seinen Augen lag nicht nur Lust. Laura sah darin Liebe, die sie glücklich machte. Sie wollte ihm gehören, ganz und gar mit ihm eins werden.

»Laura«, flüsterte er leise.

»Takeo«, das Wort war kaum zu hören.

Ihre Blicke ließen sich nicht los, als es Laura gewaltig und lange kam. Sie zuckte und wand sich unter ihm, während auch er seinerseits kam und sich in ihr ergoss.

Die Erschöpfung war so groß, dass ihr schwindelig wurde. Laura sank zurück auf die Matratze. Sie nahm kaum noch wahr, dass er sich neben sie legte. Seine Hand streichelte ihren Bauch, während er sie mit großen dunklen Augen ansah.

Bevor sie an ihn geschmiegt einschlief, hörte sie aus dem Garten den weichen, warmen Ton einer Bambusflöte, der sich wie ein Schleier um sie legte. Es war das erste Mal seit acht Jahren, dass sie den Ton einer Shakuhachi hörte, und er begleitete sie noch in ihren Träumen.

6

Als Laura aufwachte, roch es nach Espresso. Sie wollte ihren Arm um Takeo legen, aber er war nicht mehr da. Sonnenlicht fiel durch ein hohes Fenster über den versteckten Regalen. Blinzelnd setzte sie sich auf und kam sich ohne ihn in dem weißen Raum mit den makellos sauberen Seidenpapieren verlassen vor. Sie musterte das lange Rollbild in einer Nische, auf dem feingliedrige Orchideen abgebildet waren. Wie spät es wohl war? Hier in diesem kleinen Häuschen war die Zeit ausgesperrt. Nirgendwo gab es eine Uhr. Laura stand auf, suchte nach ihrem Abendkleid und fand es säuberlich zusammengelegt auf dem niedrigen Esstisch. Da Takeo – wie die meisten Japaner – zum Essen auf dem Boden saß, brauchte er keine Stühle.

Laura zog sich an und suchte vergeblich nach einem Spiegel. Sie traute sich nicht, all die Schiebetüren zu öffnen, die Schränke und weitere Räume verbargen.

»Takeo?« Er antwortete ihr nicht, anscheinend war er nicht hier. Laura ging nach draußen, und vor dem Haus sah sie ihn auf dem Parkplatz stehen. Er hielt einen Bambusstock in den Händen, machte einen Schritt nach vorne, während er den Stock herumwirbeln ließ. Eine Weile stand sie fasziniert da und beobachtete ihn, wie er tief in sich versunken sein Training durchzog. Seine ständigen Wechsel von blitzschneller Bewegung und Ruhe mussten sehr anstrengend sein. Laura verstand nicht viel vom Stock- oder Schwertkampf, aber sie war sich sicher, dass seine Fähigkeiten außergewöhnlich waren. Er bewegte sich mit einer Geschwindigkeit, die sie beeindruckte. Wenn er die Schlagfolge beendete, stand er präzise – wie in einer eingeübten Haltung – in einer bestimmten Position. Sie hätte den ganzen Tag dort stehen und ihn beobachten können, doch Takeo drehte sich zu ihr um und kam auf sie zu.

»Guten Morgen«, meinte er mit einer leichten Verneigung. Laura erschien diese Förmlichkeit absurd, immerhin hatten sie erst vor wenigen Stunden miteinander geschlafen. Trotzdem tat sie es ihm nach, verbeugte sich eine Spur tiefer als er und erwiderte den Gruß.

»Du kämpfst sehr gut«, meinte sie verlegen, weil sie nicht wusste, was sie sagen sollte. Wie viel einfacher war es in der letzten Nacht gewesen, als sie, bis auf ihre Namen, nichts gesagt hatten.

»Ich hatte gute Lehrer.« Er blieb einen Schritt vor ihr stehen. Laura erschreckte es, wie unbeteiligt seine Stimme klang. Warum umarmte er sie nicht? Hatte sie etwas falsch gemacht? War das überhaupt noch derselbe Takeo, der sie in der Nacht so leidenschaftlich geliebt hatte?

»Jessica sucht nach dir. Sie will mit dir frühstücken.«

Laura schluckte. »Ist … ist alles in Ordnung?«

»Sicher.« Er lächelte freundlich.

Sie trat an ihn heran und legte ihre Hand auf seinen Arm, doch er schob sie fort.

»Laura … du bist hier im Urlaub und das, was wir hatten, war Sex. Nicht weniger – aber auch nicht mehr.«

Sie wusste nicht, was sie erwidern sollte, wollte ihn gleichzeitig küssen und ihm ins Gesicht schlagen. Wie konnte er es wagen, nach dieser Nacht so kalt zu sein? Seine Freundlichkeit machte alles nur noch schlimmer, machte ihr gemeinsames Erlebnis bedeutungslos, ganz so, als sei nichts weiter passiert. Aber es war etwas passiert. Sie liebte ihn. Laura spürte, wie ihre Augen brannten. Hatte er recht? Was hatte sie erwartet? Einen Heiratsantrag? Sie war nur für wenige Wochen hier und er würde sie kaum nach Deutschland begleiten. Erst jetzt wurde ihr klar, wie tief sie sich an ihm verletzen konnte – aber es war zu spät. Obwohl sie genau wusste, wie unhöflich es war, drehte sie sich um und ging grußlos in Richtung Haus davon.

* * *

Takeo ließ sich auf das Futonbett sinken und hob die dünne Decke an sein Gesicht. Sie roch nach ihr.

Er war ein Arschloch. Und er war feige. Aber nur so machte es einen Sinn. Warum sollte er Laura vorspielen, dass sie füreinander bestimmt waren, wenn die Trennung unweigerlich kommen musste?

Beziehungen sind Gefängnisse, und wer aus ihnen ausbricht, hinterlässt Leichen, dachte er bitter. Er musste an seine schöne junge Mutter denken, an ihre Tränen und an die Verzweiflung seines Vaters. Die beiden hatten sich wirklich geliebt. Aber manchmal war Liebe nicht genug.

Er schmiegte sich in die Decke, unter der Laura noch vor kurzem gelegen hatte. Noch nie hatte er etwas erlebt, das der letzten Nacht gleichkam. Ohne Worte hatten sie sich verstanden, als würden sie eine Seele teilen.

Es war besser, es gleich zu beenden, was mit der Zeit nur schmerzhafter wurde. Aber diese Gedanken trösteten ihn nicht über seine innere Leere hinweg. Er schloss die Augen. Liebe war ein Dämon der Vernichtung.

* * *

Laura war überrascht, wie spät es war. Sie schlich auf ihr Zimmer und zog das Kleid aus, denn Jessi sollte sie nicht damit sehen. Nach einer Dusche schlüpfte sie in eine ausgewaschene Jeans und einen eng anliegenden dunkelgrünen Pullover. Erst danach ging sie in die Küche. Sie knabberte lustlos an einem Toast, Hunger hatte sie nicht. Jessica schien sich ihren Teil zu denken. Sie ließ Laura nach einiger Zeit in der modern eingerichteten Küche sitzen mit der Ausrede, dass sie noch zu arbeiten habe. Laura war froh, allein zu sein. Sie trank eine große Tasse Tee und ging anschließend durch den Garten. Wieder und wieder fragte sie sich, ob sie etwas falsch gemacht hatte. Ihre Gedanken ließen ihr keine Ruhe. Sie achtete kaum auf die sich öffnenden Kirschblüten und die frohen Vogelrufe in der Luft. Die Welt erblühte, aber sie war zu durcheinander, um es bewundern zu können.

Als sie ans offene Teehaus kam, fürchtete sie, wieder auf Sakura zu treffen, doch das Haus war leer. Nur ein Pfau stolzierte davor herum und schlug artig ein Rad, als er Laura erblickte.

»So früh schon unterwegs?« Die angenehme Stimme war nur halb so spöttisch wie das, was sie sagte. Immerhin wurde es bald Nachmittag.

Laura drehte sich zu Yukiko um, die wieder in ihren weißen japanischen Kleidern vor ihr stand. Die Hose war großzügig geschnitten, nur an der Taille ließ sie ihre dünne Gestalt erahnen, das Wickeloberteil hatte einen hohen Kragen. In einer Hand hielt sie eine braune Schale, in der anderen eine kleine Schaufel.

»Ich will allein sein.« Laura bemühte sich, so freundlich wie möglich zu klingen.

Yukiko schüttelte den Kopf und wies auf eine halb versteckte Steinbank. Von diesem Platz konnte man den kleinen Teich mit dem Zwillingswasserfall sehen.

»Du brauchst jemanden zum Reden.« Sie ging zur Bank hinüber und setzte sich, als gäbe es kein Gegenargument.

Laura nahm neben ihr Platz. Wenn Yukiko ihr schon ein Gespräch anbot … vielleicht brauchte sie ja tatsächlich jemanden zum Reden, damit die Gedanken in ihrem Kopf nicht zu mächtig wurden und alle Vernunft auslöschten. Außerdem kannte Yukiko Takeo. Vielleicht konnte sie ihr helfen.

Laura atmete tief ein und starrte auf den kleinen Teich, in den sich glucksend das Wasser der kleinen Wasserfälle ergoss. Über den kunstvoll zurechtgeschnittenen Bäumen wechselten sich weiße Wolken mit blauem Himmel ab. »Ich ... ich habe Angst, nicht gut genug für Takeo zu sein. Ich meine ... gut genug beim Sex.«

Yukiko lächelte. Sie legte die Schaufel neben die Bank auf den Boden und griff in die kleine braune Schale zu ihrer Linken. Behutsam hielt sie Laura ihre gewölbte Handfläche entgegen. Sie war gefüllt mit dunkelbraunen Körnern.

»Was ist das, Laura?«

»Samenkörner«, antwortete sie verwirrt.

»Sehen sie schön aus?«

»Sie sind eher unscheinbar.«

»Ja.« Yukikos Lächeln vertiefte sich. »Aber sie werden ein Garten.«

Laura betrachtete die Samenkörner und dachte darüber nach.

»Du meinst, mir fehlt Erfahrung?«

Yukiko ließ ihren Handinhalt zurück in die Schale gleiten.

»Dir fehlt Wachstum, Reife. Aber das wird von selbst kommen, jetzt, da du hier bist. Dieser Ort ist magisch. Er verändert die Menschen. Es ist der Palast der Wünsche, und du wünschst dir mehr sexuelle Reife. Du! Nicht Takeo. Also folge dem Ruf in dir, dem Ruf nach Wachstum.« Yukiko richtete sich mühelos auf und stand ganz dicht vor Laura, so dicht, dass Laura ihren Körper riechen konnte. Ihre Lippen berührten Lauras Wange, als sie sich hinabbeugte. Laura saß wie erstarrt, fasziniert und verunsichert zugleich. Yukikos

Lippen stupsten sie beim Sprechen an. Ihr Atem strich über Lauras Haut.

»Du wirst ein zauberhafter Garten sein.«

Laura schloss die Augen. Sie rührte sich nicht. Yukiko flüsterte: »Wenn du möchtest, dann komm hinüber zu einer Massage. Wie wäre es in einer Stunde? Ich denke, es würde dir guttun.«

Laura war noch nie auf diese Art von den Lippen einer Frau berührt worden. Nicht auf eine so nachlässige und zugleich aufreizende Weise. Sie nickte verwirrt. »Ich werde kommen.«

Yukiko ging einen Schritt zurück und lächelte mehrdeutig. »Ich weiß.«

* * *

Laura verbrachte die nächste Stunde im Garten. Sie fühlte sich bitter verraten von Takeo. Das Rauschen der Blätter schien sie zu trösten, und die Farbenpracht der erblühenden Kirschbäume lud zum Träumen ein. Sie legte sich auf den Rücken unter einen Kirschbaum und betrachtete die einzelnen Knospen und Blüten, fühlte den Wind auf der Haut und versuchte, nicht mehr an Takeo zu denken. Aber ihre Gedanken kehrten immer wieder zu ihm zurück. Es war, als trüge jede Kirschblüte sein Gesicht.

Ob sie nicht doch zu unerfahren für ihn war? Er hatte sie voller Kunst geliebt – sinnlich, verständig. Sie hingegen liebte wie ein unbedarftes Bauernmädchen, das nie die Kunst der Verführung erlernt hatte. Was war sie schon gegen eine Jessica oder eine Sakura? Konnte sie lernen zu lieben?

Ein Schauer überkam sie, als sie an Yukikos Rehaugen dachte. Wie viele Geheimnisse verbargen sich dahinter? Yukiko war eine Meisterin der Liebe, das sah jeder, der sie erblickte. Sie bewegte sich mit einer zurückhaltenden Grazie, verführte voller Demut. Laura erwischte sich bei dem Gedanken, wie Yukiko wohl nackt aussah.

Verrücktes Huhn, schalt sie sich selbst, aber der Gedanke wich nicht von ihr. Vielleicht lag es an diesem Ort, der voller sexueller Spannungen war. Vielleicht wollte sie auch nur an etwas anderes denken als an Takeos Körper und an seine geweiteten Augen, die verlangend in ihre sahen.

Nachdenklich stand sie auf und ging zum Palast der Wünsche hinüber. Sie begegnete Kazuya am Empfang, der sie lächelnd begrüßte.

»Kiko wartet schon auf dich«, erklärte er mit einem anzüglichen Grinsen. »Ich beneide dich. Du weißt gar nicht, wie sehr ich immer betteln muss, damit sie sich mal an mir vergreift.«

Laura lächelte spontan zurück. Kazuya strahlte eine so lebenslustige gute Laune aus, dass sie einfach nicht länger trübsinnig sein wollte. Sie musste sich eben damit abfinden, dass Takeo nicht ernsthaft an ihr interessiert war. Im Grunde hatte er recht. Sie war hier im Urlaub. Eine Beziehung auf lange Sicht war unmöglich. Also würde sie eben ihr Bestes tun, um ihren Urlaub zu genießen.

Mit einer nicht geringen Portion Trotz, aber auch voller ängstlicher Neugier ging Laura an den runden Tischen neben der großen Voliere vorbei. Die Vögel sangen in leisen, gefälligen Tönen. Ihr buntes Gefieder machte Laura neugierig. Sie hätte gerne gewusst, welche Vögel es waren.

Ob Yukiko ihr die Nervosität ansehen würde? Sicherlich. Laura zitterte leicht, als sie das Massagezimmer mit dem diffusen roten Licht und den zwei Liegen betrat. Vor dem Fenster stand ein großer Paravent. Laura betrachtete die Wände, die einen japanischen Garten zeigten. Auch auf dem Paravent waren Gartenelemente abgebildet. Ein von Bäumen umgebener Teich war dort zu sehen, der dem im Garten nicht unähnlich war. Auf dem Boden war ein einfaches Mosaik. Es gab nur zwei niedrige Schränke an der Querseite des Raumes. Auch sie waren bemalt. Die Decke wies ein helles, unaufdringliches Blau auf. Es roch angenehm nach Öl, und ein leichter Hauch von Jasmin lag in der Luft. Yukiko stand bereits in einem hellblauen Morgenmantel aus Seide an der vorderen hüfthohen Liege und senkte gespielt schüchtern den Blick. Aus unsichtbaren Lautsprechern kam leise asiatische Musik. Laura fühlte einen heftigen Schmerz, als sie an die Melodie der Bambusflöte dachte, die in der letzten Nacht nur für sie gespielt hatte.

»Komm her«, Yukiko machte eine einladende Geste mit der Hand und verneigte sich leicht. »Ich helfe dir beim Ausziehen.«

Laura ging zögernd auf sie zu. Als Yukiko die Arme nach ihr ausstreckte, öffnete sich kurz ihr Bademantel, und Laura erhaschte einen Blick auf die weiße Spitzenunterwäsche und die Strumpfhalter. Seidene weiße Strümpfe hüllten ihre Beine bis zu den silbernen hochhackigen Riemchenschuhen ein.

Laura ließ sich von Yukiko ausziehen. Willig sah sie zu, wie ein Kleidungsstück nach dem anderen von ihr genommen wurde, bis sie nackt vor Yukiko stand.

»Leg dich hin«, forderte diese lächelnd. »Den Kopf nach unten und ganz entspannt.«

Laura bemerkte das Loch auf der Liege, in das man sein Gesicht legen konnte. Ein zusammengerolltes Handtuch lag auf der Kante, damit das Ablegen des Kopfes nicht zu unangenehm wurde. Sie legte vorsichtig ihren Kopf hinein und fand die Stellung doch recht gewöhnungsbedürftig.

Yukiko begann, ihre Füße zu massieren. Sie hatte warmes Öl an den Händen, rieb und drückte geschickt Lauras Fußsohlen. Laura verlor jegliches Zeitgefühl, während Yukikos Hände erst ihre Beine, dann die Arme und schließlich den Rücken massierten. Die asiatischen Klänge hatten eine beruhigende Wirkung und langsam entspannte sich Laura. Sie hatte Yukikos Angebot sicher falsch aufgefasst. So kokett, wie sie mit ihr geflirtet hatte, hatte sie doch tatsächlich geglaubt, Yukiko wollte ihr irgendwelche Liebesspiele zeigen. Dabei tat sie nur das, was sie gesagt hatte. Sie massierte Laura.

Laura hatte die Augen geschlossen und lag in einem wohligen Dämmerzustand, als sie bemerkte, wie Yukikos Finger in ungewöhnliches Terrain stießen. Sie streichelten schon viel zu lange über die Innenseiten ihrer Schenkel. Auch war die Art, wie sie sie streichelte, eindeutig.

Durch die verbotene Berührung aufgeschreckt, zog Laura die Luft ein und hob leicht den Kopf. Yukiko tat, als habe sie nichts bemerkt. Ihre Finger suchten sich einen Weg in die feuchte Spalte zwischen Lauras Schamlippen. Sie stießen weiter vor, drangen tief in Laura ein und blieben dort, als hätten sie gefunden, wonach sie suchten.

Laura war froh, dass sie mit dem Gesicht nach unten lag. Sie wollte nicht von Yukiko gesehen werden, wollte nicht, dass ihr die erfahrene Liebhaberin ins Gesicht blickte und ihre Röte sah.

Es war verwirrend und erregend, nicht zu wissen, an welchen Körperteilen Yukiko sie als Nächstes anfassen würde. Ihre zarten Finger fühlten sich so anders an als Takeos kräftige Hände. Sie waren eine leichte Verführung und spielten mit ihr um des Spiels willen. Laura genoss die raffinierten Bewegungen, die von langer Übung und eigener Erfahrung sprachen. Obwohl Yukiko sie nicht erregen konnte, wie Takeo es getan hatte, wusste Yukiko doch besser als er, wie man eine Klitoris stimulierte. Laura unterdrückte ein Stöhnen, als sie plötzlich von ihr abließ. Hitze schoss ihr ins Gesicht, als sie einen kalten, harten Gegenstand fühlte, der in sie eindrang. Laura richtete ihren Oberkörper ein wenig auf. Ihre Hände stützte sie auf der Liege ab.

»Yukiko ... was ...«

Diese drückte ihren Rücken nach unten, so dass sich Lauras Brüste wieder gegen die Liege pressten. »Ganz ruhig.

Nur ein Spielzeug, nichts weiter. Hast du so etwas nicht in Deutschland in deinem Nachttisch liegen?«

»Nein«, empörte sich Laura und verstummte verwirrt. War sie prüde?

»Umso besser. Dann kannst du ja testen, ob du es magst. Es ist ein schönes Designerstück aus unzerbrechlichem Glas.«

Sie schob den Dildo tiefer in Laura hinein. Stück für Stück verschwand von dem Gegenstand in ihrer Scheide und Laura fragte sich, ob sie das aushielt. Sie dachte an André und seine Kundin. Es war ein ganz anderes Gefühl, einer Fremden zuzusehen, die auf diese Art bedient wurde, als nun selbst ein solches Gerät in sich zu fühlen.

Yukiko spürte ihre Zweifel offensichtlich. Mit der Linken strich sie beruhigend über Lauras Rücken und knetete ihren Po. Sie hob Lauras Becken ein Stück an und zog den kühlen Gegenstand ganz langsam aus ihr heraus, um ihn dann wieder in sie hineingleiten zu lassen. Laura stöhnte auf. Wie konnte sie nur? Was war nur mit ihr los? Sie wollte aufstehen und aus dem Raum verschwinden – schließlich war sie keine Lesbe. Aber der süße Schmerz in ihrer geweiteten Vagina ließ sie reglos liegen. Es war verdammt erregend, etwas vollkommen Neues auszuprobieren. Sie schloss ihre Augen und dachte an den sich langsam erwärmenden Gegenstand, den Yukiko wiederholt in sie hineintauchte. Als Yukikos Finger wie zufällig über ihre Klitoris glitten, biss sie sich heftig auf die Lippen. Sie wollte ihr nicht zeigen, wie erregt sie war. Aber ihr erhitzter, zitternder Körper verriet sie ohnehin. Sie spürte ihre harten Brustwarzen, die sich gegen die Unterlage drückten. Langsam, fast schamhaft, begann sie Yukikos Stößen entgegenzukommen. Sie wollte tiefer ausgefüllt werden.

»So ist es gut.« Yukikos Stimme war ein Flüstern. »Genieße es. Entspann dich. Niemand tut dir etwas.«

Laura musste an Takeo denken und fühlte einen Nachhall der Lust der vergangenen Nacht. Während sie sich immer mehr nach Yukikos Berührungen sehnte, verlor sie einen Teil ihrer Furcht. Hier war niemand außer ihnen. Sie tat nichts Verbotenes, verletzte niemanden. Sie durfte ihre Lust entdecken. Was hatte Takeo gesagt? Es ist nur Sex. Nicht weniger, aber auch nicht mehr. Vorsichtig drehte sie sich auf der Liege herum und legte ihren Kopf neben der Öffnung ab. Sie blinzelte.

»Lass die Augen zu«, riet Yukiko leise. »Das ist einfacher. Versuch, es zu spüren. Versuch, es ganz zu fühlen, und schäm dich nicht.«

Laura hob und senkte ihr Becken, während Yukikos linke Hand über ihre Brüste fuhr. Als sie deren feuchte Zunge auf sich spürte, stöhnte sie heftig auf.

Yukikos Lippen glitten über sie, während Lauras Körper mehr und mehr brannte. Laura fühlte einen heftigen Orgasmus, der sich langsam, aber unaufhaltsam näherte.

»Warte«, flüsterte Yukiko. »Halt es aus, genieß es.«

Sie stieß langsamer zu. Laura war dankbar, sie nicht berühren zu müssen. Sie gab sich ihr ganz hin, ließ sich von ihren Händen und Lippen verwöhnen. Es war ein gutes Gefühl. Erregend und lebendig.

»Was machst du mit mir?«, keuchte sie leise. Ihr war, als könnte sie Yukikos Lächeln spüren.

»Genieß es, Laura. Du hast es dir doch gewünscht.«

Laura kam. Sie versuchte, ihren Schrei durch Stöhnen zu ersticken, denn sie wollte nicht von anderen gehört werden.

»Lauter!«, forderte Yukiko und stieß fester zu. »Denkst du, du kannst hier jemanden damit stören?« Fordernd drückte sie gegen Lauras Kitzler.

Laura stöhnte lauter. Sie wand sich in ihrem Orgasmus unter Yukikos Berührungen, bis die Frau endlich von ihr abließ. Ein letztes Mal stieß Yukiko zu, dann zog sie den harten Gegenstand aus ihr heraus.

»Und? Gefällt es dir?«

Laura hatte die Augen noch immer geschlossen.

»Verspottest du mich?«, fragte sie heiser.

Yukiko strich über Lauras helles Haar. »Ich versuche nur, dich dir selbst näher zu bringen.« Sie lachte vergnügt. »Völlig selbstlos, versteht sich.«

»Den Eindruck habe ich auch.« Laura öffnete die Augen und betrachtete die schöne Frau, die sie schalkhaft angrinste. Vorsichtig setzte Laura sich auf.

In diesem Moment öffnete sich die Tür und Jessica trat ein. Sie trug einen eleganten, schwarz glänzenden Hosenanzug und hatte ihre Hand wie Halt suchend auf ihre schwarze Handtasche gelegt. Die Schwester wirkte geschäftig und schien im ersten Moment nur Yukiko zu sehen.

»Kiko, hier bist du. Ich möchte dich noch etwas fragen wegen der Geisha-Sache.« Jessica blinzelte und blickte auf die hochrote Laura. »Laura? Alle Achtung. Hast du nicht erst letzte Nacht mit … ich meine …« Sie hielt verwirrt inne. »Entschuldige …«

»Du hast ein Talent, mich in peinlichen Situationen zu erwischen«, meinte Laura kleinlaut.

»Du hast ein Talent, dich in peinlichen Situationen erwischen zu lassen, Liebes.«

Laura stand auf, wohl wissend, wie wenig sie anhatte.

»Was meinst du mit der Geisha-Sache?«

»Ach, das …« Jessica wirkte verlegen. »Das ist … keine große Sache.«

Yukiko schüttelte den Kopf. »Lüg sie nicht an. Früher oder später wird sie es eh erfahren.«

»Was wird sie erfahren?«, fragte Laura schnippisch, die es ärgerte, nur in der dritten Person erwähnt zu werden. Sie griff sich das Handtuch von der Liege. Ein wenig zu hastig wickelte sie es um ihre Hüften.

Yukiko wandte sich zu ihr um. »Jessica lässt sich buchen.

Für eine Nacht. Sie spielt eine Geisha, eine Kunstperson. Genau genommen spielt sie die Entjungferung einer solchen nach. Es gibt einige Menschen, die das geschmacklos finden würden, aber es war der Wunsch einer sehr einflussreichen Kundin, die ...«

»Das genügt«, fuhr Jessica Yukiko ins Wort. »Ich erzähle es ihr selbst.«

»Wann?« Yukikos Worte waren leise, aber gerade deswegen scharf. »In fünf Wochen, wenn sie abgereist ist?«

Jessica verdrehte die Augen. »Noch heute. Ich wollte ohnehin mit dir reden, Laura, aber heute morgen wirktest du ... niedergeschlagen.«

»Der stolze Samurai hat ihr Herz für sich beansprucht«, erklärte Yukiko mit einem Lächeln.

Jetzt war es an Laura, Yukiko böse anzufunkeln. »Ich denke, wir sollten woanders hingehen«, erklärte sie und wollte sich schon zur Tür wenden.

»Im Handtuch?«, fragte Jessica mit hochgezogener Augenbraue nach. »Kazuya freut sich sicher.«

Laura wurde erneut rot und suchte nach ihren Kleidern.

»Dieser Ort ist die reinste Hölle.«

»Ja«, grinste Jessica, »eine Hölle der Lust.« Sie hielt Laura deren schwarze Spitzenunterhose entgegen und wechselte vielsagende Blicke mit Yukiko, während Laura sich anzog.

Sie gingen zu der Voliere im orientalischen Saal. Jessica sah kurz zu den bunten Prachtfinken auf den Stangen in der zwei Meter breiten Voliere. »Vielleicht sollten wir noch zwei japanische Mövchen dazukaufen. Das wäre eine nette Ergänzung. Was würdest du ...«

»Jessi«, meinte Laura strafend, denn die Taktik, das Thema zu wechseln, übte Jessica schon seit sie sprechen konnte.

Jessica lächelte verlegen. Sie setzten sich an einen der runden Tische. Laura sank tief in die weiche Polsterung ihres Stuhls.

»Das mit Yukiko ...«, begann sie zaghaft.

Jessica winkte ab. »Vor mir braucht sich niemand zu rechtfertigen, wenn es um Sex geht. Im Gegenteil. Ich freue mich über deine Offenheit.«

Laura sah zu Boden. »Du wolltest mit mir reden?«

»Ja«, nickte Jessica. »Das, was Yukiko sagte, stimmt. Ich lasse mich für eine Nacht buchen. Das Ganze läuft in knapp zwei Wochen, und es ist eine ziemlich große Sache. Um die Wahrheit zu sagen: Ich habe viele Schulden, weil mich das alles hier überfordert.«

Laura sagte nichts dazu. Sie hatte sich bereits Gedanken darüber gemacht, wie Jessica sich den »Palast der Wünsche« leisten konnte.

»Jedenfalls«, fuhr Jessica fort, »werde ich für diese eine Nacht sehr gut bezahlt, zudem war die Aktion eine Art ungewöhnlicher Werbung. Ich habe mich innerhalb eines ausgewählten Kreises versteigern lassen und die Person, die mich buchte, darf ihre sexuelle Phantasie frei ausleben.«

»Ein ziemliches Risiko.« Laura schüttelte sich. Ihr machte der Gedanke Angst, mit einem Wildfremden ins Bett zu gehen. Selbst die Nacht mit Takeo war für sie äußerst ungewöhnlich. Aber er war so anders, exotisch und verlockend. Jessica dagegen wusste vielleicht nicht einmal, wie die Person aussah, mit der sie schlief. Gleichzeitig spürte Laura einen Anflug von Neid. Jessica lebte ihre sexuellen Phantasien aus. Ihre Schwester war um vieles erfahrener und aufgeschlossener als sie. Ob sie jemals einen One-Night-Stand mit einer Person haben würde, die sie vorher noch nie gesehen hatte? Der Gedanke war erregend. Erregend und furchteinflößend. »Du warst schon immer verrückt.«

Jessica lehnte sich in ihrem Stuhl vor. »Eine von uns beiden musste wohl so werden.« Sie zog einen weinroten Umschlag aus ihrer schwarzen Handtasche. »Das hier ist für dich.« Sie hielt ihn Laura entgegen.

Zögernd streckte Laura die Hand aus und nahm den Umschlag an. Sie öffnete ihn vorsichtig. »Was ist das?« Ein wenig ratlos blickte sie auf die verschnörkelten japanischen Schriftzeichen.

»Ein Gutschein.« Jessica richtete sich in ihrem Stuhl auf. »Es tut mir leid, was dir mit Sakura passiert ist, und außerdem bist du meine Schwester. Sieh es als ein nachträgliches Geburtstagsgeschenk an.«

»Ein Gutschein für ...« Laura stockte.

»Für ein sexuelles Erlebnis deiner Wahl mit einem meiner Mitarbeiter. Ich möchte, dass du dich selbst besser kennenlernst. Überleg dir einen Wunsch und wir werden sehen, dass wir ihn erfüllen.«

»Du bist verrückt.«

Laura saß wie erstarrt. Die Vögel zwitscherten neben ihr. Jessica ließ sich in den Stuhl zurücksinken.

»Lass dir die Gelegenheit nicht entgehen. Du hast noch ein wenig Zeit, darüber nachzudenken.«

Laura drehte den Umschlag in den Händen. »Die habe ich.«

7

In den nächsten Tagen ging ihr Takeo aus dem Weg. Sie versuchte immer wieder, in seine Nähe zu gelangen, aber er wich ihr aus. War sie so schlecht gewesen in dieser Nacht? Wenn sie ihre ungeübten Finger mit Yukikos Zauberhänden verglich, fühlte sie sich unbedarft und bäurisch. Aber Yukiko hatte gesagt, es liege nicht an ihr.

Immer öfter ging Laura mit Yukiko in den Garten. Sie lagen Seite an Seite unter den Kirschbäumen und beobachteten die Blüten. Yukiko berührte sie nie, aber Laura war dennoch oft erregt in ihrer Gegenwart. Sie hatte nie zuvor mit einer Frau geschlafen und freute sich an ihrer Erinnerung wie an einem kostbaren Geschenk. Weit häufiger aber dachte sie an Takeo. Sosehr sie auch versuchte, vernünftig zu denken, es half nichts. Es war ihr egal, dass sie ihn wieder verlassen musste, weil sie nach Deutschland zurückfliegen würde. Sie wollte ihn jetzt. Sie wollte die kurze Zeit nutzen, die sie hier hatte, und nicht aus Angst vor einer Trennung auf seine aufregende Nähe verzichten. Er hatte ihre Gedanken geraubt. Sollte er alles haben. Sie wollte ihm alles geben, was sie ihm geben konnte.

Am Freitag nahm Laura ihren Mut zusammen und ging in seine Wohnung. Er war nicht da. Laura setzte sich auf die Tatamimatten vor den niedrigen Lacktisch und wartete. Als er nach einer halben Stunde noch immer nicht aufgetaucht war, siegte ihre Neugier. Sie stand auf und betrachtete die Papierschiebetüren und das Rollbild an der Wand. Sie zog eine der Türen auf und fand dahinter ein Bücherregal. Bunte Kladden standen sorgfältig nach Größe geordnet nebeneinander. Laura zog eines der kleineren Büchlein heraus und sah sich dabei schuldbewusst in dem weißen Raum um, aber von Takeo war keine Spur zu sehen. Sie blätterte in den Seiten. Lyrik. Neugierig blickte sie auf die Zeichen vor sich. Die meisten Gedichte waren in japanisch, und obwohl Laura japanisch sprach wie ihre Muttersprache, konnte sie nicht viel davon lesen. Die japanische Schriftsprache war weit schwieriger als die deutsche Schrift. Aber sie freute sich an den schönen Schwüngen, den filigranen Linien der Kalligraphie. Anscheinend hatte Takeo dieses Buch selbst mit Zeichen gefüllt. Sie blätterte es sorgfältig durch, bis sie ein Textstück in englischer Sprache fand. Sie übersetzte für sich, was sie las.

Scheidung

Dies ist ein Gedicht für unseren Sohn Takeo,
Den wir viele tausend Mal betrogen haben,
Dessen große staunende Augen nicht begreifend zusahen,
Wie wir einander zerstörten,
Wie wir mit Schwertern auf das Band einhieben, gedankenlos
Mit mächtigen Händen, bis es zerriss.
Wir haben aus Wut und Egoismus Deine Liebe zu uns verraten,
Weil wir Dich beide wollten und keiner Dich
Dem anderen gönnte.
Und weil wir dachten, Eltern dürften alles,
Hätten den göttlichen Freibrief, für immer geachtet zu werden.
Doch jetzt wissen wir, dass nicht alles vergeben wird
Und ein Kind nicht aus blinder Ergebenheit bis zum Ende seines Lebens ein Spielball bleibt.
Du bist von uns fortgetrieben in die Leere des Weltraums,
Lichtjahre entfernt.

Dies ist ein Gedicht für unseren Sohn Takeo,
Der das Opfer unserer Fehler wurde
Mit sieben Jahren, fast acht.

Laura blinzelte. Sie starrte auf das offene Buch in ihren Händen. Wie einfühlsam Takeo dieses Gedicht geschrieben hatte. Ein fingiertes Gedicht seiner Eltern an ihn selbst. Lauras Herz schlug schnell, ihre Hände zitterten.

Sie wollte von diesem Mann gemocht werden. *Nein*, korrigierte sie sich: *Ich will von ihm geliebt werden. Von diesem Mann, der keine zwei Sätze hintereinander spricht und zugleich solche Zeilen schreibt. Er ist alles, was ich will, und ich will alles sein, was er sich wünscht.*

Entschlossen stellte sie das Buch zurück und verließ Takeos Wohnung.

Sie brauchte nicht lange, um Yukiko zu finden. Die junge Japanerin saß mit geschlossenen Augen auf der Bank am Teich. Erste Kirschblüten trieben auf dem Wasser.

»Ich will ihn.« Laura blieb breitbeinig vor Yukiko stehen und stemmte die Arme in die Hüften. »Ich will ihn und du wirst mir sagen, wie ich ihn bekommen kann.«

Yukiko öffnete die Augen und drehte sich zu ihr um. Sie betrachtete Laura eine Weile, dann stand sie auf, die größere Frau noch immer prüfend musternd.

»Vielleicht kannst du ihn bekommen. Vielleicht nicht.«

»Sag mir, was ich tun muss! Ich gebe nicht kampflos auf!«

»Wirst du das Kirschblütenfest morgen Abend besuchen? Wirst du dich verkleidet unter die Gäste mischen?«

»Wenn das hilft.«

»Das kommt auf dich an. Verlier ihn oder gewinne ihn für immer.«

»Ist das so eine Art japanisches Roulette? Wie die Leberstücke von Kugelfischen zu essen?«

Yukiko musste lachen. »Nennt ihr das in Europa japanisches Roulette? Aber ja, vielleicht ist es ein wenig wie Roulette. Wie Glücksspiel, Lustspiel. Komm auf das Fest und wir werden sehen.«

»Mich werdet ihr jedenfalls nicht dazu bekommen, mich von irgendwem buchen zu lassen. Ich bin nicht Jessi.«

Yukikos Gesichtsausdruck wurde ernst. »Jessica lässt sich buchen, um das hier zu retten, Laura. Unterschätze ihren Einsatz nicht. Wenn dieser Abend gut läuft, können wir unseren Umsatz verdreifachen.«

»Mich interessiert der ›Palast der Wünsche‹ nicht. Ich will nur Takeo.«

Yukiko wandte sich zum Teich um. »Dann lass das Spiel beginnen.«

* * *

Laura wusste nicht, wie Jessica es angestellt hatte, aber im ganzen Garten war leise japanische Instrumentalmusik zu hören. Die Bäume waren mit Lichterketten und Lampions geschmückt, unter den Kirschbäumen brannten Fackeln, damit man die Blüten im Dunkeln von unten betrachten konnte.

Laura hatte das smaragdgrüne Barockkleid an, das ihr Jessica an ihrem ersten Tag im »Palast der Wünsche« geliehen hatte. Sie trug eine weißhaarige Perücke mit kunstvoller Turmfrisur und eine weiße Spitzenmaske, die ihr halbes Gesicht verdeckte. Im Garten befanden sich gut dreißig Menschen in Kostümen und Masken, die über die Wege flanierten und sich leise unterhielten. Laura sah André, der sich als französischer Graf verkleidet hatte und zwei hübsche asiatische Hofdamen in den Armen hielt.

Erste Sterne blinkten am Himmel. Als Laura zwischen das Teehaus und den »Palast der Wünsche« kam, sah sie Takeo in der Gewandung eines Samurai. Laura blieb still stehen, unentdeckt zwischen zwei Ahornbäumen. Sie blickte Takeo an und fühlte sich in eine andere Zeit versetzt, eine Zeit, in der Ehre alles war und der Tod für die Shogune ohne Zögern in Kauf genommen wurde.

Sakura trat – in der Interpretation einer japanischen Kleopatra – an Takeo heran und legte ihm vertraulich die Hand auf den Arm. Laura fühlte heiße Eifersucht. Warum durfte Sakura ihn auf eine Weise berühren, wie es ihr verwehrt war? Wütend drückte sie sich noch näher an den Stamm des Ahornbaumes. Sakura störte den Zauber, der um Takeo lag. Ihr Kopf mit den zahlreich geflochtenen Zöpfen neigte sich zu seinem Ohr, während ihre Hand sich auf die Endkappe von Takeos Katana legte. Warum durfte Sakura das Schwert berühren? Laura erschrak, als sie sich selbst leise und bitter auflachen hörte. Sie stand unter den Bäumen wie eine Diebin. So würde sie Takeo nie für sich gewinnen.

Takeo sagte etwas zu Sakura und ging mit energischen Schritten in Richtung Haus davon.

Sakura blickte sich um und trat dann direkt auf Laura zu. Laura versteifte sich. Sakura blieb zwei Schritte vor ihr stehen. »Man könnte meinen, du seiest ein menschenscheues Tier«, spottete sie mit einem hämischen Grinsen. Ihre schönen Augen glitzerten wie Aquamarine. In ihr Haar waren unzählige goldene Bänder geflochten, die im Licht der kleinen Lämpchen funkelten.

Laura trat aus dem Schatten. »Ich mag die Nacht.«

Sakura zuckte mit den Schultern. »Solange du bei deinen Spaziergängen nicht wieder stöhnst wie ein wild gewordenes Eichhörnchen.« Sie warf den Kopf zurück und imitierte Lauras Stöhnen. »Ah, ah, em ...«

Laura spürte die Wärme in ihrem Gesicht. Sakura musste sie in der Nacht gehört haben, als sie mit Takeo im Pool war. Wut und Eifersucht stiegen in ihr auf.

»Immerhin hat er mit mir geschlafen. Du kannst nur davon träumen, von Takeo genommen zu werden – aber es wird niemals passieren.«

Sakuras Gesichtszüge entglitten für einen Moment, Laura sah es an den Augen hinter der goldenen Maske und an den vollen rot bemalten Lippen, die erzitterten. Dann aber lächelte Sakura wieder und deutete eine leichte Verneigung an. »Ich wünsche dir noch eine angenehme Nacht, mein kleines Eichhörnchen.« Sie drehte sich um und ging bewusst langsam davon. Laura hatte das Gefühl, sie tiefer getroffen zu haben als beabsichtigt, und einen Moment überlegte sie sogar, sich zu entschuldigen. Aber dann fielen ihr die Schmerzen auf ihrem Gesäß wieder ein, die sie drei Tage lang begleitet hatten, nachdem Sakuras Kundin Miu sie geschlagen hatte.

»Gleichfalls«, murmelte sie und lief in die Richtung des hell erleuchteten Hauses.

Laura näherte sich dem Haus von hinten. Immer wieder sah sie Paare, die Hand in Hand durch den Garten gingen oder ineinander verschlungen im Schatten der Bäume standen. Die Luft war erfüllt von einem süßen Geruch und vom Lachen und Stimmengemurmel der Gäste.

Auf der Terrasse herrschte reger Betrieb. Amazonen, Prinzen und Mangahelden standen in kleinen Grüppchen zusammen, sich mit Champagner zuprostend. Es mussten knapp sechzig Menschen sein, die sich auf dem Grundstück befanden.

Yukiko trat auf Laura zu. Sie trug ein weißes fließendes Gewand, sah aus wie die Schneekönigin aus Andersens Märchen und stellte eine japanische Halbgöttin dar. Wäre der Trubel nicht gewesen, hätte man sie wirklich für eine entrückte Göttin in wehenden weißen Schleiern halten können.

»Du denkst an unsere Abmachung?« Yukiko senkte kokett den Blick und hielt Laura ein langstieliges Glas entgegen. Laura nickte und nahm das Glas mit feuchten Fingern.

»Wir werden unter den Kirschbäumen im Südgarten sein.«

»Ich werde es mir ansehen.«

Yukiko nickte und ging zu Hiroki hinüber, der wie üblich einen schlichten schwarzen Anzug anhatte und nur eine schwarze Maske trug, die sein Gesicht verfremdete. Ob er einen der Typen aus »Kill Bill« darstellte?

Laura nahm einen großen Schluck Champagner. Die Nacht und das Fest verwirrten sie mehr, als sie sich selbst eingestehen wollte. Immer wieder sah sie Pärchen, die auf Matten unter den Kirschblüten lagen und recht eindeutige Dinge taten. Im Gegensatz zu ihrem Erlebnis im Überwachungsraum war es Laura hier peinlich, gesehen zu werden. Sie war froh über den Fächer, den Jessi ihr gegeben hatte. Wenn ein Mann – einmal war es auch eine Frau – zu ihr trat und sie aufforderte zu folgen, wedelte sie schnell mit dem Fächer, was so viel wie »Nein« bedeutete. Laura war dankbar, eine Maske zu tragen. Die Kostümierung erlaubte es ihr, sich weiter vorzuwagen als jemals zuvor. Ohne die Maske wäre sie längst geflohen, hätte sich auf ihrem Zimmer eingeschlossen und sich selbst befriedigt. Die Bilder und Geräusche um sie herum, das leise und lautere Stöhnen und die kaum bekleideten Körper machten sie an. *In diesem Garten würde vermutlich auch eine Nonne auf den Geschmack kommen,* dachte Laura zynisch. Sie würde ihre Zeit nicht mit einem schlechten Gewissen vergeuden. *Es ist nur Sex. Nicht weniger, aber auch nicht mehr.*

Sie wedelte ein weiteres Mal mit dem Fächer, als ein junger Mann auf sie zutrat, und dann machte sie sich auf den Weg zum orientalischen Empfangssaal.

Laura blieb an einer der Mosaiksäulen stehen und starrte gebannt in die Mitte des Raumes. Die Voliere war verschwunden. Vermutlich wollte man den Vögeln diese Geräuschkulisse nicht zumuten. Stattdessen hing ein schwerer Leuchter mit gut vier Dutzend brennenden Kerzen von dem eisernen Halter herab. Auch die Tische und Stühle waren nicht mehr da. An ihrer Stelle lagen Tatamimatten auf dem Boden, die das gesamte abgesenkte Rund ausfüllten. Auf den Matten befanden sich mindestens zehn Menschen, die sich gegenseitig berührten.

Laura erkannte Hiroki, der gerade auf das Rund zutrat. Er streifte sich im Gehen das Oberteil ab und ging selbstbewusst auf eine dunkelhäutige Frau mit langen schwarzen Locken zu, die allein am Rand der Matten saß. Vertraulich beugte er sich zu ihr und flüsterte in ihr Ohr. Sie stand auf und zog ihm die Hose aus. Neugierig versuchte Laura, einen Blick auf Hiroki zu erhaschen. Er stand mit dem Rücken zu ihr, eng umschlungen von der schwarzhaarigen Schönheit mit den langen Locken. Beide waren nun nackt und trugen nur ihre Masken. Ob er wirklich so gut gebaut war? Aufmerksam beobachtete sie, wie die dunkelhäutige Frau sich ein Stück von ihm löste. Hiroki drehte sich halb um und fuhr mit den Fingern und einem Lächeln über ihr Schlüsselbein.

Laura öffnete leicht den Mund. Was die rassige, spanisch aussehende Frau da mit beiden Händen hielt, war unheimlich! Laura presste sich noch enger an die Säule. Welche Frau nahm das in sich auf? Durchaus beeindruckend – außergewöhnlich gut.

Hiroki stand stramm, sein mächtiges Glied schmiegte sich in die Hände der Spanierin. Die Maskierte beugte sich hinab und leckte neckend über seine Eichel. Hiroki sagte etwas und die Frau lachte. Ob Hiroki sich hier für sein späteres Zusammentreffen mit Yukiko aufwärmte? Laura konnte sich die beiden gut zusammen vorstellen. Yukiko, die Liebeskünstlerin, und Hiroki, das Sexwunder. Sie grinste. Hiroki wandte sich zurück und drehte Laura somit wieder den Rücken zu. Die dunkelhäutige Frau zog ihn hinunter auf die Matten. Er legte sich auf sie und stützte sich mit den Armen ab. Es dauerte nicht lange und Hiroki war halb in ihr. Laura sah fasziniert zu. Sein Schwanz sank tief in die Scheide der

Frau, die stöhnend lustvoll den Kopf schüttelte. Verrückt. Aber es ging tatsächlich.

Laura sah zu den anderen Paaren.

Eine Frau kniete auf allen vieren und bedeutete einem Mann, sie zu nehmen. Ein anderer Mann kniete vor ihr, küsste sie und streichelte ihre Brüste. Laura trat fasziniert näher zur nächsten Säule und blieb dort halb verborgen stehen. Fast alle trugen altertümliche Gewandungen – wenn sie sie noch trugen und die Kleider nicht achtlos neben ihnen lagen.

Laura entdeckte Jessi, die noch immer ihre dunkelrote Maske vor dem Gesicht hatte, aber sonst nackt war und ihren Kopf zwischen den Beinen einer braunhaarigen Frau vergrub. Die Frau saß mit gespreizten Schenkeln vor ihr und stützte sich auf den Händen ab. Eine Japanerin kniete halb über Jessi und fuhr mit ihrer Zunge über den Rücken der blonden Frau. Laura schloss die Augen, aber das Bild vor ihr verschwand nicht. Hitze breitete sich zwischen ihren Schenkeln aus. Sie sehnte sich nach Takeos Händen, seinen Lippen, die über sie fuhren. Gleichzeitig kämpfte sie gegen ein erregtes Zittern an. Das alles hier war ein Spiel und sie hatte das Glück, es beobachten zu dürfen.

Sie blinzelte. Jessica leckte die braunhaarige Frau, als sei es das Normalste auf der Welt. Laura drückte sich noch enger an die Säule. War sie prüde? Sie sah zu dem Pärchen neben den drei Frauen. Die Haut der Frau war weiß wie Schnee. Immer wieder stießen die gebräunten Schenkel ihres Begleiters gegen sie. Sie streckte den Rücken, bog ihren Kopf zurück, hielt die Augen geschlossen und stöhnte mit leicht geöffneten Lippen. Ihre Brüste wippten im Takt der Stöße. Laura konnte den Blick nicht von dem jungen Paar abwenden.

Plötzlich hob der schwarzhaarige Mann den Blick und sah sie an. Auch er trug eine schwarze Maske. Seine tiefbraunen Augen richteten ihren Blick auf sie. Laura zog scharf die Luft ein. Würde er jetzt innehalten? Fühlte er sich gestört, weil sie ihn beobachtete? Sie wollte den Blick abwenden, aber sie konnte es nicht. Der Fremde zeigte kein Zeichen von Missachtung oder Zorn. Er sah sie einfach nur an und stieß weiter rhythmisch seine Begleiterin, die ihre Augen nach wie vor geschlossen hielt und deren Stöhnen immer lauter wurde. Einen verrückten Moment stellte sich Laura vor, der fremde Mann sei Takeo, und wütende Eifersucht überkam sie. *Ganz ruhig*, dachte sie benommen. Sie zwang sich, dem fremden Mann weiter in die Augen zu sehen, obwohl sie am liebsten weggerannt wäre. Er sah sie an, während er eine andere vögelte. Und der Blick seiner Augen ließ keinen Zweifel, woran er dabei dachte. Laura senkte devot den Blick, wie sie es so oft bei Yukiko gesehen hatte. Sie griff sich mit der Hand an die Brust. Langsam drückte sie das Mieder zurück, bis ihre Brust über den dunkelgrünen Stoff quoll. Der Mann sah sie interessiert an und fuhr sich mit der Zungenspitze über die Lippen. Laura spürte, dass sie rot wurde, aber das war jetzt egal. Sie wollte Teil sein von dem, was sie umgab. Vorsichtig drängte sie auch den Stoff über ihrer anderen Brust zurück, bis sie beide Brüste in den Händen halten konnte. Ihre Zeigefinger glitten sinnlich über ihre Brustknospen, während sie den Blick wieder hob. Das Stöhnen der Frau übertönte die anderen Paare um sie herum. Sie stieß kleine Schreie aus, während der Mann sie unbarmherzig weiter nahm, seine Blicke auf Lauras Brüste gerichtet. Wieder und wieder tauchte er in seine Begleiterin ein, ohne seine Aufmerksamkeit von Laura zu nehmen. Laura verfluchte das lange Kleid, das ihre Beine umfloss. Sie wollte ihre Hand auf ihrer Klitoris spüren. Sie stöhnte leise auf und ließ die Finger hinunter zu der heißen Stelle zwischen ihren Beinen gleiten. Ihre Hand drückte auf den Stoff gegen das Zentrum ihrer Lust, aber das konnte ihr kaum Befriedigung verschaffen.

Der Mann sah sie noch immer an, als auch er aufstöhnte.

Seine Bewegungen waren wild und ungestüm, während die Frau unter ihm aufschrie. Er verlangsamte seine Bewegungen nicht. Ekstatisch wand sie sich unter ihm.

Laura sah ihr zu, wie sie zwischen Lust und Qual kam. Sie wünschte sich an die Stelle dieser Frau. Sie wollte erfüllt werden und einen Schwanz in sich spüren. Der Mann wandte den Blick endlich ab und wechselte die Stellung. Er löste sich von der Frau und drehte sie auf den Rücken. Laura sah nur noch seinen Hinterkopf, während seine Zunge eine feuchte Spur auf den Brüsten seiner Begleiterin hinterließ. Warum schämte sie sich? Dies war ein Ort, der genau dafür geschaffen worden war, um sexuelle Phantasien auszuleben. Ihr Blick fiel auf Jessi, die auf dem Rücken lag und sich nun ihrerseits zuckend lecken ließ.

Mit einem warmen, prickelnden Gefühl zwischen den Beinen sah Laura zu.

* * *

Yori war enttäuscht, weil André keine Zeit für ihn hatte. Auch sein Bruder Kazuya war beschäftigt, und so stand er einsam am Rand des großen geheizten Schwimmbeckens, in dem sich zurzeit niemand aufhielt. Yori wusste, dass sich das noch ändern würde. Zu Beginn eines solchen Abends waren die Leute noch auf ihre Kostüme und Schminke bedacht, aber je später der Abend war, desto zügelloser würden sie sein. Der Alkohol tat sein Übriges dazu.

Als Sakura in ihrem weißgoldenen Kleopatragewand zu ihm trat, war er froh, sie zu sehen.

»Gefällt es dir?«, fragte er sie mit einem Lächeln. Wie immer sah sie großartig aus, eine brennende Göttin, grausam und schön.

»Es ist wie in den Jahren zuvor. Hast du Zeit?«

Yori musterte sie neugierig. »Hast du Arbeit für mich?«

Sakura nickte. »Hätte ich, aber nur, wenn du interessiert

bist. Es geht um Laura. Wie du vielleicht mitbekommen hast, hat Jessi ihr einen Gutschein geschenkt, und Laura hat sich etwas ganz Spezielles gewünscht. Interessiert?«

Yori nickte neugierig.

Sakura ging auf ihn zu, bis sie einander berühren konnten, und legte ihre Lippen an sein Ohr. Staunend hörte Yori zu, was sie ihm erzählte.

»Nein«, murmelte er verwundert. »Das hat sich Laura gewünscht?«

»Stille Wasser sind tief, heißt es doch«, lächelte Sakura betörend. »Aber wenn Laura nicht dein Typ ist, musst du es nicht machen. Die Regel gilt auch bei ihr.«

»Laura ist wundervoll«, schluckte Yori. »Ich weiß nur nicht, ob ich das kann. Im Allgemeinen vermeide ich solche Nummern.«

Sakura legte ihm die Hand auf die Schulter. »Du schaffst das schon.«

»Wie sind die Zeichen, falls es ihr zu viel wird?«

»Das Übliche. Abschlagen mit der Hand, das Wort ›Shanaya‹ und ein handelsübliches ›Stopp‹. Du musst nur dafür sorgen, dass sie entweder die Hand oder den Mund frei hat.«

»Für was hältst du mich?« Yori sah sie entrüstet an. Er hatte ein unangenehmes Gefühl bei der Sache, auf der anderen Seite ehrte es ihn, dass Jessicas hübsche Schwester ihn ausgesucht hatte.

»Ach …«, Sakura senkte den Kopf. »Denk daran, dass sie eine begnadete Schauspielerin ist. Solange sie nicht abbrechen will, brauchst du dir keine Gedanken zu machen.«

Yori nickte. »Ich gebe mir Mühe.«

Sakuras Lächeln vertiefte sich. Trotz ihrer Schönheit erinnerte sie Yori an einen tasmanischen Teufel. »Viel Vergnügen.«

* * *

Laura stand noch immer gebannt an der Säule und sah Jessi und den anderen zu, als sie Schritte hinter sich hörte. Sie errötete und wusste nicht, ob sie dieses Mal die Kraft hatte, den Fächer auch nur zu heben. Wenn sie jetzt jemand zu der Matte in der Mitte gezogen hätte, wäre sie vermutlich widerstandslos gefolgt. Sie wollte dem Verlangen nachgeben, das sie beherrschte.

Langsam drehte sie sich herum und sah Yori in einem nachtblauen Kimono. Kazuyas Bruder war geschminkt und sah aus wie ein Kabuki-Schauspieler auf dem Weg zur Bühne. Seine langen blauschwarzen Haare hingen offen über seine Schultern und erreichten die Höhe seines Gürtels. Wie Hiroki trug er eine einfache Maske, nur dass die seine dunkelblau war und gut zu seinen Haaren und der Kleidung passte. Er erinnerte Laura an einen Windgott, der eigens zu ihr hinabgestiegen war. Aber kam er, um sie zu grüßen oder um sie zu strafen?

Yoris Augen waren mit ihren auf einer Höhe. Sein feminines Gesicht wirkte abweisend. »Komm mit«, befahl er in einem Ton, der ihr an ihm fremd war, aber sie zögerte nur kurz, als er ihre Hand packte und sie mit sich zog.

Laura folgte ihm wie in Trance. Vor ihrem inneren Auge sah sie Jessi und ihre Gespielen. Sie musste an Yukiko denken, die sie ja eigentlich beobachten wollte. Kurz hielt sie inne, aber Yori zerrte sie weiter. Irritiert betrachtete Laura sein entschlossenes Gesicht von der Seite. Was hatte er vor? Angst stieg in ihr auf. Inzwischen erreichten sie die Treppe nach unten, und obwohl auch vor der Treppe zwei Menschen standen, fühlte sich Laura verloren und ausgeliefert.

»Wo willst du hin?«, fragte sie verunsichert.

Yori antwortete ihr nicht. Er ignorierte sie und Laura glaubte, etwas Psychopathisches in seinen Zügen zu sehen, das sie alarmierte.

»Yori, was soll das?« Sie war nicht abgeneigt, mit ihm zu

schlafen, aber langsam wich ihre Lust und zurück blieb Furcht.

Er stieß sie rückwärts in die offene Kerkerzelle und zwang sie, sich auf die weiße Pritsche zu setzen.

»Runter mit dem Kleid«, befahl er barsch.

Laura blickte ihn fassungslos an. »Yori, ich …«

Er zog sie wieder hoch, als würde sie nichts wiegen. Laura erschrak über seine Kraft. Das traute man dem zartgliedrigen Mann überhaupt nicht zu. Er zog ein Messer aus dem Ärmel seines weiten Gewandes hervor. Laura fixierte es entsetzt. Sie wagte nicht mehr zu reden.

»Wird's bald? Oder soll ich dein schönes Kleid zerschneiden, Prinzessin?«

Laura holte tief Luft. Sie war hier nicht allein. Es gab genug Menschen, die ihr im Notfall helfen konnten. Entrüstung machte sich in ihr breit.

»Was soll dieser Unsinn? Hör sofort auf damit! Ich habe keine Lust auf deine Spielchen!«

Yori stieß das Messer vor und zertrennte die Schnüre des Mieders. Laura wich bis an die Wand zurück und zitterte. Das konnte er nicht tun! Dazu hatte er kein Recht!

Mit wenigen harten Griffen lag das Kleid zu ihren Füßen und Laura stand in schwarzer Unterwäsche vor dem schönen Mann, der sie prüfend betrachtete.

»Worauf wartest du? Fang an!«

Das Messer lag an ihrer Kehle. Laura glaubte, keine Luft mehr zu bekommen. Es war so einfach, sie zu töten. Er musste nur zustechen. Eine leichte Bewegung nach vorne, und die Klinge würde in ihren Hals gleiten wie in ein Stück geschmolzene Butter. Laura sank langsam hinunter auf die Pritsche. Yori gab ihr genügend Spielraum. Er drängte sein Becken nah an ihr Gesicht.

Laura wusste nicht, was sie tun sollte. Wenn sie um Hilfe rief, stach er vielleicht zu. »Yori …«, flüsterte sie erstickt.

Er griff in ihren Nacken und zog das Messer ein Stück zurück. »Zier dich nicht so, du Schlampe. Du willst es doch. Du weißt, was du zu tun hast.«

Laura hob zitternd die Hände. Ihre Augen brannten. Sie zog das schwarze Höschen zögernd aus. Sie fühlte seine Blicke auf der Haut. Fahrig berührte sie ihre halterlosen Strümpfe.

Plötzlich wurde Yori von ihr fortgeschleudert. Laura blinzelte und sah Takeo, der wütend vor Yori stand. Takeo war nicht allein. Ein paar andere Leute hatten sich ihnen zugewandt und betrachteten neugierig das Schauspiel. Laura versuchte, sich mit den Händen zu bedecken. Sie griff nach ihrem Kleid.

»Bist du wahnsinnig geworden?«, herrschte Takeo Yori an. »Was ist mit dir los? Hast du dir Drogen besorgt?«

Yori schluckte sichtlich und blinzelte. »Sachte, Takeo. Komm runter. Das ist ein Job. Jessi wollte …«

»Was?«, fragte Takeo hart und wies auf Laura. »Dass du ihre Schwester vergewaltigst? Wen willst du hier eigentlich verarschen? Sieh dir Laura doch an!«

Der schöne Mann vor ihm wurde merklich blasser. »Vergewaltigen?«, hauchte er. »Ich … Sakura hat gesagt, ich soll … ich meine …«

»Sakura?« Takeos Gesicht bekam einen grimmigen Ausdruck. Wäre Laura diesem Takeo nachts auf offener Straße begegnet, sie wäre geflohen.

»Sakura!«, rief er so herrisch, wie ein König seine Lakaien ruft.

Sakura trat lächelnd von der Wand fort. Laura bemerkte sie erst jetzt. Sie zitterte. Konnte es sein? War Sakura so weit gegangen? Hatte sie Yori mit irgendeiner Lüge dazu gebracht, das zu tun? Sie wollte die Schwarzhaarige fragen, aber ihr versagte die Stimme. Verstört saß sie auf der schmalen Pritsche und sah aus der geöffneten Tür auf die verführerische

Kleopatra, die so unschuldig wirkte wie ein neugeborenes Kätzchen.

Sakura machte eine wegwerfende Geste mit der Hand. »Es war ein Spaß. Ich dachte, Yori durchschaut es früher.«

»Früher?«, echote Takeo verständnislos. »Wie sollte er es denn merken? Wie ich dich einschätze, hast du Laura nicht verraten, wie sie dieses Spiel beenden kann, oder?« Seine Stimme war gefährlich ruhig.

Yori starrte Sakura fassungslos an. »Das hast du nicht getan …« Er zitterte und hob schwach die Hände. »Sakura, das ist … mir ist schlecht.« Er wandte sich zu Laura um, senkte aber den Blick, und sie glaubte, ein feuchtes Glitzern in seinen Augen zu sehen. »Entschuldigt mich.« Er ging hinüber zur Treppe. Takeo beachtete ihn gar nicht mehr. Außer Sakura schien für ihn niemand anwesend zu sein. Seine geballte Aufmerksamkeit richtete sich auf die lächelnde Frau. Laura wünschte sich, sie könnte Sakura anschreien und auf sie einschlagen, aber ihr fehlte jede Kraft. Ihr war kalt.

Sakura verzog spöttisch die Mundwinkel. »Ich wollte Lauras Horizont erweitern.«

Der Schlag von Takeos Handrücken brachte sie fast auf den Boden. Sie fing sich keuchend und ballte ihre Hände zu Fäusten. Laura wünschte ihr die irrsinnigsten Kopfschmerzen, die ein Mensch nur haben konnte. Wie konnte Sakura es wagen, derart niederträchtig zu handeln?

Sakura hob stolz den Kopf, ein glühendes rotes Mal zierte ihre Wange. Takeo hatte die Hände ebenfalls zu Fäusten geballt. »Für dich ist die Party vorbei. Du hast Hausverbot. Ich werde mit Jessica reden, was mit dir passiert, und jetzt verschwinde, ehe ich dir die Nase breche.«

Sakura sah ihn so gleichmütig an, als sei sie Schläge gewohnt. »Moralist«, zischte sie abfällig und ging in Richtung Treppe. Auch einige der Umstehenden gingen mit schüttelnden Köpfen und verlegenen Gesichtern. Nur Takeo stand noch dort und blickte Sakura erstarrt hinterher. Laura stand auf.

»Danke«, flüsterte sie. Er wandte sich zu ihr um. Sie schämte sich, erneut halbnackt vor ihm zu stehen. »Du kamst rechtzeitig.« Sie suchte in Takeos Gesicht nach den Anzeichen für ein Gefühl, aber sie konnte keines finden.

»Das ist meine Aufgabe, nicht mehr und nicht weniger.« Takeo sah sie kalt an. »Vielleicht wäre es besser, wenn du nicht aufgedonnert herumspazierst und allen schöne Augen machst!«

Laura glaubte, sich verhört zu haben.

»Was?«

»Zieh dich an und geh rüber ins Wohnhaus. Du gehörst nicht hierher.« Er wandte sich von ihr ab und ließ sie stehen.

Laura konnte noch immer nicht fassen, was er gesagt hatte. Endlich ließ die Kälte in ihr nach und sie fühlte Tränen auf ihrem Gesicht. Sie hob ihr Kleid auf, aber die Schnürung war völlig zerschnitten und würde ihre Brüste nicht bedecken können. Erneut sank sie auf die Pritsche und verbarg ihr Gesicht in den Händen. Es kostete sie Kraft, zumindest den Rock des Kleides wieder anzuziehen.

Eine Decke wurde über ihre Schultern gelegt. Laura sah auf und konnte verschwommen Kazuyas besorgtes Gesicht erkennen.

»Laura, es tut mir so leid. Yori hat mir erzählt, was passiert ist. Er ist nach Hause gefahren, aber glaub mir, er schämt sich in Grund und Boden. Er wollte dir nicht weh tun, Kleines.« Kazuya wickelte sie in die Decke und nahm sie in den Arm. Laura lehnte ihr Gesicht an seine Schulter und weinte.

»Wie kann Sakura so boshaft sein?«

»Du musst sie hart getroffen haben.« Kazuya sah sie nachdenklich an. »Es ist kein Geheimnis, dass sie Takeo liebt.«

»Ach, Takeo«, schimpfte Laura verletzt. »Zur Hölle mit ihm. Er hat mich hier einfach stehen lassen.«

Kazuya sah auf. Gerade war ein neues Pärchen in den Keller gekommen, das sich interessiert umsah. »Lass uns nach oben gehen. Ich hab mir das französische Zimmer reserviert, aber das hier ist jetzt wichtiger.« Er half ihr auf die Beine. »Es tut mir leid, dass dieser schöne Abend so enden musste.«

Laura ging mit ihm die Treppe hinauf und versuchte, die fragenden Blicke der anderen zu ignorieren. Sie sah sich nach Jessi um, aber weder sie noch Takeo waren zu finden.

Kazuya brachte sie in den Rokokoraum und schloss die Tür.

Er führte Laura zu dem ausladenden Bett und ging hinüber zu dem kunstvollen dunkelbraunen Tischchen, auf dem eine Flasche Champagner in einem Kühlbehälter stand. So leise wie möglich öffnete er sie und goss zwei Gläser voll. Laura nahm ihres dankbar entgegen und trank es in einem Zug aus. Die Trockenheit in ihrem Hals ließ nach. Auch Kazuya trank sein Glas zügig leer. Er zog sich einen verspielt gearbeiteten Stuhl heran und setzte sich ihr gegenüber.

»Ich hoffe, du kannst Yori irgendwann vergeben«, murmelte er.

Laura schüttelte leicht den Kopf. »Ich bin nicht wütend auf Yori. Er kann nichts dafür. Das war Sakuras Tat.«

»Sie ist zu weit gegangen«, pflichtete Kazuya ihr bei. »Vermutlich wird Jessi sie rauswerfen, und das wird sie hart treffen. Sie liebt ›Shanaya‹. Wie jeder von uns.«

»Soll ich jetzt Mitleid mit ihr haben?«

Kazuya goss Champagner nach. »Nein. Sakura kann man nur verstehen, wenn man sie länger kennt.« Er lächelte schmerzhaft. »Aber versuch lieber, an etwas Schöneres zu denken.«

»Ich möchte nach Hause.« Laura ärgerte sich darüber, dass sie wie ein kleines Mädchen klang. »Das hier … das ist zu viel für mich. Ich fühle mich wie in einem Alptraum. Ich weiß, dass ich träume, aber ich kann nicht aufwachen.« Wieder fühlte sie, wie ihre Augen feucht wurden.

Kazuya nahm ihr das Glas ab und Laura spürte einen leichten Schwindel. Er sah Yori ähnlich. Beide waren sie auf ihre eigene Weise faszinierend. Das Haar fiel über sein linkes Auge, mit dem anderen sah er sie mitfühlend an. Wieder setzte er sich neben sie und nahm sie in die Arme. »Du bist wunderschön, wenn du weinst«, flüsterte er in ihr Ohr. »Aber du solltest trotzdem damit aufhören.«

Sie schmiegte sich an ihn. Seine Nähe beruhigte sie. Sie brauchte nicht nervös oder ängstlich zu sein wie in der Gegenwart von Takeo oder Yukiko. Seine Haut roch nach einem leichten Parfüm. Laura schloss die Augen. Ihre Hand berührte seine schwarzen Haare. »Lass mich vergessen, dass Liebe weh tun kann.«

Kazuya nahm ihr die Perücke ab. Als spiegele er ihre Bewegungen, fuhren nun auch seine Finger über ihr helles Haar. Er löste die Haarnadeln und den verstrubbelten Zopf auf ihrem Hinterkopf. Seine Hände waren wohltuend und seine Berührungen zaghaft.

»Du hast viel getrunken. Es wäre besser, wenn du jetzt schläfst.«

»Takeo will mich nicht. Er hat mich von sich gestoßen und jetzt ist alles dunkel.« Laura merkte, wie sie zu nuscheln begann. Der Champagner wirkte schnell und entspannte sie. »Hast du nicht eine Kerze dabei?«

Kazuya lächelte und gab ihr einen Kuss auf die Stirn. Er wollte aufstehen, aber Laura hielt ihn fest. Sie sehnte sich nach Nähe, nach Trost. Nach jemandem, der nur für sie da war, denn noch immer war ihr Körper erregt. Auch Yori gegenüber war sie nicht abgeneigt gewesen, aber die Sache war außer Kontrolle geraten. Sie zog Kazuya näher zu sich heran und küsste ihn auf den Mund.

Einen Moment regte Kazuya sich nicht, dann erwiderte er ihren Kuss. Leicht und weich lagen seine Lippen auf ihren. Ihre Hände berührten seine Schultern. »Nimm mir die Maske ab«, flüsterte sie und er tat es. Sie mochte es, ihm befehlen zu können. Er würde alles tun, was sie von ihm wollte, würde gehen oder bleiben, ganz wie sie es verlangte.

Er tat, was sie ihm sagte, dann wollte er sich erneut erheben.

»Es ist besser, ich gehe jetzt. Ruh dich aus.«

»Du wirst nicht gehen.« Laura hielt ihn fest. »Ich lasse nicht zu, dass Sakuras ungerechtfertigte Eifersucht mir den Abend verdirbt.« Das Sprechen fiel ihr immer schwerer. »Zum ersten Mal in meinem Leben bin ich frei. Ganz schrecklich frei ...« Laura schlang ihre Arme um seinen Hals und zog ihn zu sich.

Wie hatte Jessica es geschafft, so schöne Menschen zu finden, die mit ihr zusammenarbeiteten? Jessica war umso vieles aufgeschlossener als sie.

Wieder musste Laura daran denken, wie Jessicas Kopf zwischen den Beinen der fremden Frau ruhte. Sie dachte an Takeo, der sie nicht wollte. Sie dachte daran, dass es keine Rolle spielte. In wenigen Wochen würde sie von hier weg sein und die Zeit in Japan würde zu einem exotischen, farbenfrohen Traum verblassen. War nicht das ganze Leben nur ein Traum? Laura kämpfte gegen ein Kichern an, während ihre Hände Kazuyas einfachen Kimono öffneten. Sie genoss seinen Blick, in dem Bewunderung und Lust lagen. Er zumindest wollte sie und er würde sie bekommen.

Einen kurzen Moment dachte sie daran, ob sie das hier aus Rache tat. Ob Takeo sie sehen konnte. Und wenn schon.

Sie glitt aus ihrem Rock, ließ sich von Kazuya helfen, um das sperrige Ding loszuwerden.

Laura drehte sich vor ihm. Ihr war leicht schwindelig. »Gefällt dir, was du siehst?«

Kazuya blickte sie mit unverhohlenem Interesse an. »Ich würde lügen, wenn ich das abstreiten würde.«

»Dann komm mit.« Laura ging zu dem niedrigen dunkelbraunen Tisch und setzte sich aufreizend darauf. »Der langweiligste Ort, an dem zwei Menschen miteinander schlafen können, ist ein Bett.«

»Das sagt Jessi auch immer.« Kazuya stand vorsichtig auf. »Bist du sicher, dass du Laura bist?«

Laura lachte. »Ganz sicher.« Sie strich sich durch die Haare. »Siehst du hellblonde Strähnen?«

»Nein.« Kazuya trat langsam zu ihr. »Ich sehe nur Schönheit.«

Laura sah ihn an. Sein Gesicht war weich, fast feminin. Er wirkte wie einer dieser Mangahelden, die sich nicht recht entscheiden konnten, ob sie männlich oder weiblich waren. Wie immer lag sein linkes Auge unter seinen Haaren verborgen, während der Blick des rechten Auges umso intensiver war.

»Willst du mich?«, fragte Laura heiser. Er war schön. Er sollte sie wollen. Er sollte ihr zeigen, dass sie es wert war, geliebt zu werden. Er sollte der Lust endlich abhelfen, die ihr das Gefühl gab, hilflos zu sein. Wieder dachte sie an Jessi, an die Menschen unter dem Kerzenleuchter und an den Mann mit dem durchdringenden Blick, der ihre Brüste anstarrte, während er seine Begleiterin fickte. Sie wollte genommen werden. Sie wollte es ihnen allen zeigen.

»Ja«, flüsterte Kazuya heiser zurück. »Natürlich will ich dich.«

»Komm her.« Laura streckte ihm die Hand entgegen und zog ihn zu dem Tisch.

Kazuya beugte sich hinab, um sie auf den Mund zu küssen. Laura schob ihn ein Stück von sich. »Von Küssen war nicht die Rede. Nimm mich, wenn du es willst.«

»Du spielst mit dem Feuer.« Kazuya zog sie vom Tisch.

»Aber wenn das dein Wunsch ist …« Er drehte sie um und drängte sich hinter sie.

Laura streckte ihm benommen ihr Becken entgegen. Ob sie das morgen bereuen würde? Sie wollte nicht daran denken. Sie wollte nicht an Takeo und Sakura denken. Nicht daran, wie Takeo sie behandelt hatte, als er sie stehen ließ. Wie ein kleines Mädchen. Aber sie war kein Kind. Sie war eine Frau.

Laura stellte ein Bein auf dem braunen Tisch ab. Sie konnte Kazuyas leichtes Parfüm riechen. Er stand so nah an ihr, dass sie spürte, wie sich seine Brust hob und senkte. Und sie merkte noch etwas anderes, das sie siegessicher lächeln ließ. Sie drängte sich noch enger an ihn, wollte seine Wärme und Nähe fühlen. Er war aufregend, exotisch. Gar nicht wie die meisten Männer, mit denen sie bisher geschlafen hatte. In Deutschland hätte sie sich vermutlich nicht einmal getraut, ihn anzusprechen.

Kazuya hielt sie fest, während er in sie eindrang.

Laura stöhnte auf. Den ganzen Tag über war sie immer wieder erregt gewesen. Endlich nahte Erlösung. Sie schmiegte sich an ihn, ließ sich ganz von ihm halten.

»Weiter«, flüsterte sie, während er sie rhythmisch stieß und sie dabei spielerisch festhielt. Laura gab sich ganz der Lust hin und wand sich in seinem Griff. Ihr Becken passte sich seinen Bewegungen an. Sie spürte seine Hände, die sie hielten. Seine halblangen Haare fielen auf ihren Rücken, während er neckend in ihren Hals biss. Laura begriff schnell, dass er sie durchschaute. Sowie ihre Lust zu groß wurde und sie kurz vor einem Orgasmus stand, verlangsamte er seine Bewegungen und hörte schließlich ganz damit auf.

»Mach weiter«, forderte Laura ungeduldig.

»Du bist viel zu gierig.« Kazuya griff in ihre Haare und zog ihren Kopf zurück. »Genießen ist eine Kunst.«

Laura stöhnte auf. Sie spürte Kazuya in sich und wollte ihn noch intensiver fühlen. Jeder Stoß steigerte ihre Lust.

»Ich warte schon den ganzen Tag«, flüsterte sie heiser. »Mach dem endlich ein Ende.«

»Ein Ende?«, lachte Kazuya leise. »Wir haben noch gar nicht angefangen. Denkst du, das hier ist eine Sache, die ich in zwei Minuten abhandeln möchte?« Er zog sich zurück und drehte sie zu sich um. Laura sah in sein eines Auge, dessen Blick verlangend auf sie gerichtet war. Sie hob die Hand und strich ihm die Haare aus dem Gesicht. Einen kurzen Moment lag sein Gesicht frei, dann fielen seine Haare wieder wie ein weicher Schleier zurück. »Ich will es jetzt«, flüsterte sie. Er war schön und sie wollte ihn. Wollte ihn so verzweifelt, als würde ihr Leben davon abhängen.

Kazuya sank auf die Knie und umfasste ihre Schenkel. Seine Zunge suchte fachkundig die Quelle ihrer Lust. Mit kleinen Kreisen brachte er sie immer näher ihrer Erfüllung entgegen. Laura war durch den Alkohol enthemmt. Sie drängte sich ihm entgegen und stöhnte laut, während seine Zunge sie verwöhnte. »Hör nicht auf«, flüsterte sie, als er sich erneut zurückzog. »Du kannst das so gut.«

Kazuya legte sich auf dem dicken Teppich zurück und zog sie mit sich zu Boden. Laura glitt über ihn, erwartungsvoll hielt sie sein steifes Glied. Er packte ihre Hüften und half ihr, sich auf ihn zu setzen. Genussvoll bewegte er sein Becken unter ihr. Sie schloss die Augen und konzentrierte sich darauf, ihn in sich zu spüren. Seine Hände streichelten ihre Hüften, verwöhnten ihren Bauch und ihre Brüste, aber sie fanden immer wieder zu ihren Pobacken zurück, hielten und kneteten sie liebevoll, während sie sich auf- und niedersetzte.

Im gedämpften Licht der Lampen glaubte Laura sich in eine andere Zeit versetzt. Sie war eine Adelige, die vor ihrer Hochzeit geflohen war. Und nun traf sie sich hier mit ihrem Geliebten in einem Hotel, sah ihn endlich wieder, nachdem sie so viele Hürden überwunden hatte, um bei ihm zu sein.

Ihre Blicke streiften den geschmackvollen Raum. Sie lächelte über die weißgoldenen Porzellanvasen, in denen rote und weiße Rosen standen. Ein geliehenes Zauberreich, in dem sie eine Prinzessin sein durfte.

Kazuya wollte sie erneut warten lassen, aber dieses Mal ließ es Laura nicht zu. Sie wollte ihren Spaß jetzt. Ihre Hände umschlossen seine Handgelenke, sie drückte seine Arme mit ihrem Gewicht fort und bewegte sich weiter auf ihm. Ihre Lust nahm zu, als gäbe es dafür keine Grenzen. Lauras Stöhnen wurde zu kleinen spitzen Schreien, während sie auf und nieder rutschte. Er setzte sich auf und sie fühlte ihn noch tiefer in sich. Laura spürte, dass sie einem heftigen Orgasmus entgegenfieberte. Seine Lippen umschlossen ihre steifen Brustwarzen, während seine Zunge sie neckte. Seine Arme schlossen sich um sie und drückten sie noch fester nach unten. Sie hörte seinen schnellen erregten Atem, spürte den biegsamen Körper um sich herum. Als es ihnen kam, durchliefen heiße Schauer ihre Körper, und Laura wand sich auf Kazuya, unfähig, mit ihren Bewegungen aufzuhören. Erst nach einigen Minuten merkte sie, dass sie reglos auf ihm lag. Es dauerte, bis sie sich von ihm lösen konnte. Er hob sie hoch und trug sie zum Bett.

»Du bist wie ein gieriges Kätzchen, Kleines. Deine Lust an der Sache macht die mangelnde Kunstfertigkeit allerdings wett.«

Laura wollte wegen dieser Beleidigung nach ihm schlagen, aber sie war zu kraftlos und begnügte sich damit, ihm die Zunge herauszustrecken. Der Raum drehte sich um sie und die Decke hatte ein Eigenleben, als sie auf dem Rücken auf dem Bett lag und sie anstarrte.

»Das war ein irrer Orgasmus. Danke«, flüsterte sie.

»Keine Ursache.« Kazuya beugte sich grinsend über sie und gab ihr einen Kuss auf die Stirn. »Männer bedanken sich bei Frauen, Kleines. Nicht umgekehrt.«

Laura rollte sich auf die Seite und nahm eine seiner Haarsträhnen zwischen zwei Finger. Zärtlich spielte sie mit dem Gespinst. »Du bist wie ein Windgott.«

Er lachte. »Hoffentlich nicht wie Susano, der Gott des Sturms. Er hat ganz schlechte Angewohnheiten.«

Seine Hand umschloss ihre. Lauras Kopf ruhte auf seiner Schulter. Sie schwiegen gedankenvoll. Nach einer Weile regte sich Laura in seinen Armen. »Kennst … kennst du eigentlich Shakespeare?« Laura bemerkte, wie schwer ihr die Aussprache der S-Laute fiel.

»Den alten William?« Er kicherte. Seine Hand lag wie selbstverständlich auf ihrer nackten Brust. »Klar kenn ich den … nich' persönlich, aber … ich liebe seine Texte. Ich hab' 'ne Gesamtausgabe. Steht noch bei Takeo, glaub ich …«

Laura bedachte das Wort Takeo mit einem Schnauben. »Dann kennst du auch Romeo und Julia … ich mein, da, wo Julia erfährt … also vom Tod ihres Vetters, und wo sie über Romeo nachdenkt – warte: ›O Schlangenherz von Rosen übersät!‹ Oder so ähnlich.«

Laura fuhr fort und wurde mit jeder Zeile schneller und anklagender: »Wohnt in so schöner Höhl' ein Drache je? Holdsel'ger Wüterich! Engelgleicher Unhold! Ergrimmte Taube! Lamm mit Wolfesgier! Verworfne Art in göttlicher Gestalt!

Das rechte Gegenteil dessen, was mit Recht du scheinst. Du verdammter Heiliger! Ein ehrenwerter Schurke! – O Natur! Was hattest du zu schaffen in der Hölle, als du des holden Leibes Paradies zum Lustsitz einem Teufel übergabst? War je ein Buch so arger Dinge voll, so schön gebunden? O, dass Falschheit solch herrlichen Palast bewohnen kann!«

»Wow.« Kazuya setzte sich auf und blickte auf ihren unbedeckten Körper. »Woher kannst du das?«

»Theater. Zwölfte Klasse.«

»Du warst sicher großartig.«

»Na ja. Ich hab mich nicht auf die Bühne getraut, deshalb war ich nur Ersatz. Zum Glück musste ich nicht einspringen.«

»Du lernst Julias Rolle und bist froh, sie nicht spielen zu dürfen?« Er schlug die Hände über dem Kopf zusammen. »Du bist verrückt, Kleines. Echt verrückt.«

»Warum macht er das?«

»Takeo?«

»Der verräterische Samurai.«

»Keine Ahnung. Vielleicht bist du einfach nicht sein Typ?«

»Bin ich dein Typ?«

Kazuya hob ihre blonden Haare hoch und küsste ihren Nacken. »Du bist schön wie Helena, Kleines.«

* * *

Takeo saß wie zuvor an diesem Abend im Überwachungsraum. Er hatte es kaum ertragen können, Laura mit Kazuya zu sehen, aber er hatte kein Recht einzugreifen. Fassungslos hörte er zu, wie Laura eine Stelle aus Shakespeare zitierte. Ihre helle Stimme kam richtig in Fahrt. Sie drang aus den Lautsprechern direkt in sein Herz.

»Wohnt in so schöner Höhl' ein Drache je?«

»Das hab ich mich auch gefragt!« Takeo zeigte anklagend auf den Monitor und die beiden nackten Menschen. »Ganz genau das!«

»Holdsel'ger Wüterich! Engelgleicher Unhold!«

»Verdorbener Engel! Göttliche Hure! Warum zur Hölle liegst du bei Kazuya?«

»Ergrimmte Taube! Lamm mit Wolfesgier!«

»Treuloser Schwan! Wollüstige Gans! Verflucht!« Takeo drückte wütend den Ton weg und warf die Fernbedienung von sich.

»Unschuldige Sünderin«, flüsterte er bitter.

Ich bin selbst schuld. Der Gedanke war schlimmer als jeder Treffer von einer Übungswaffe. Er hatte die Beherrschung verloren, weil er eifersüchtig auf Yori gewesen war, der Laura berührt hatte. Und weil er Laura die Schuld geben wollte dafür, dass er verletzt worden war. Dabei hätte sie seinen Trost gebraucht. Jetzt erledigte das Kazuya. Er hatte nicht übel Lust, Kazuya die Seele aus dem Leib zu prügeln. Aber was sollte er andere für seine Fehler bestrafen? Seufzend ließ er sich in den Drehstuhl sinken und schloss die Augen. Wenn es um Beziehungen ging, war er ein Feigling. Nur deshalb hatte er Laura verloren und vielleicht den größten Fehler seines Lebens begangen.

8

Als Laura erwachte, lag sie im Haupthaus in ihrem Bett. Der Spuk des Maskenballs unter Kirschblüten war vorüber und einen Moment lang fragte sie sich, ob all das nur ein Traum gewesen war. Sonnenstrahlen fielen in den Raum. Sie erinnerte sich nicht, wie sie in ihr eigenes Bett gekommen war.

Dafür erinnerte sie sich an Yori und Kazuya. Mit einem Aufstöhnen drückte sie ihr Kissen gegen ihr Gesicht, als wollte sie sich dahinter verstecken. Was war nur los mit ihr? Wie hatte sie innerhalb so kurzer Zeit so viel Sex haben können? Die Erinnerungen der vergangenen Nacht erregten sie.

Alle, bis auf eine. Wut auf Sakura brannte in ihr, aber auch Wut auf Jessi, die sich nicht um sie gekümmert hatte. Sakura war wahnsinnig. Wollte sie in einem Haus mit einer Wahnsinnigen leben?

Sie senkte das Kissen und sah sich in dem verspielt eingerichteten Zimmer um. Dieser ganze Ort war wahnsinnig. Es war Zeit, von hier zu verschwinden.

Ihr Kopf dröhnte, als sie sich aufrichtete. Sie hatte immer in Maßen getrunken – bevor sie in dieses Irrenhaus kam. Mit einem Seufzen ließ sie sich ins Bett zurückfallen. Sobald dieser elende Kopfschmerz nachließ, würde sie ihre Koffer packen.

* * *

Kazuya streckte sich. Er musste unbedingt mit Yori telefonieren, aber erst brauchte er einen Kaffee. Sein Kopf dröhnte dumpf, aber Laura musste es schlimmer gehen. Sie hatte weit mehr getrunken als er. Ob es falsch gewesen war, mit ihr zu schlafen? Er hatte ihr mehrmals die Möglichkeit gegeben, es zu lassen. Hatte er ihren Zustand trotzdem ausgenutzt? Müde ging er auf das Haupthaus zu. In seiner eigenen Wohnung war kein Kaffee mehr. Einkaufen war nicht gerade seine Lieblingsbeschäftigung.

»Oh, hi Takeo-kun.« Kazuya winkte dem Freund zu, der nur mit einer schwarzen Hose bekleidet auf dem weichen Gras neben dem Parkplatz stand und eine Reihe komplizierter Bewegungsabfolgen ausübte. Es war beeindruckend, wie sich die Muskeln seiner Arme und seines Oberkörpers bewegten. Sein Stock wirbelte in einer nie abreißenden Bewegung durch die Luft.

»Training, was?« Kazuya näherte sich ihm zögernd. Er wollte mit Takeo reden und war unsicher, ob er gestern nicht einen Fehler gemacht hatte. »Wir wollten doch zusammen trainieren.«

Takeo hielt mitten im Schlag inne und wies mit einer harten Bewegung auf einen zweiten Bambusstock, der im Gras lag. »Ich habe auf dich gewartet.«

»Gut.« Kazuya schluckte trocken. Takeo hatte eine mörderische Ausstrahlung. Wenn er sich jetzt für einen Psychothriller als Psychopath bewerben würde, könnte ihn kein Regisseur der Welt ablehnen.

Zaghaft griff Kazuya nach dem Stock und nahm Kampfhaltung ein. Die beiden Männer trainierten seit zwei Jahren miteinander und waren gut aufeinander abgestimmt. Dennoch wusste Kazuya, dass er Takeo im Ernstfall nichts entgegenzusetzen hatte. Sie waren nicht nur eine andere Gewichtsklasse, sondern hatten auch unterschiedliche Erfahrungen. Takeo trainierte, seitdem er laufen konnte, Kazuya hatte erst mit sechzehn Jahren begonnen.

Takeos erster Angriff kam wesentlicher schneller und unbeherrschter als sonst. Er prallte hart gegen Kazuyas linken Oberarm.

»Au! Hör auf mit dem Scheiß, ich hab nachher noch 'ne Kundin!«

Takeo griff erneut an. Es gelang Kazuya im letzten Moment, den Schlag zu blocken. Er wich zurück und verharrte in einem sicheren Abstand. »Geht es um Laura?«

Takeo machte zwei Schritte, überwand die weite Mensur und hatte Kazuya entwaffnet, ehe dieser eine weitere Silbe hervorbringen konnte. Unbarmherzig verdrehte er Kazuyas Arm in einen Hebel. Der Freund beugte sich den Gesetzmäßigkeiten der Physik und ging stöhnend auf die Knie. Takeo drückte seinen Kopf mit der Linken gegen den Rasen und Kazuyas freie Hand legte sich kraftlos auf Takeos Arm, der ihn unbarmherzig wie eine Stahlstange auf dem Boden hielt.

»Wie kommst du darauf?«, fragte Takeo unbeteiligt. Er war nicht mal außer Atem.

Kazuya hustete und schmeckte Gras. »Nur so eine Vermutung«, brachte er gepresst heraus.

»Vielleicht geht es um Laura. Warum musstest du sie ficken?« Er ließ Kazuya gerade so viel Raum, dass der kleinere Mann nach Luft schnappen konnte.

»Du wolltest sie doch nicht!«

Takeo drückte seinen Kopf wieder zu Boden.

»Lass den Mist!« Kazuya wand sich in Takeos Griff.

Endlich ließ Takeo von ihm ab.

Keuchend setzte sich Kazuya auf und rieb sich den Arm. »Liebst du sie?«

Takeo antwortete nicht.

»Hallo, großer böser Krieger, der unwürdige Wurm spricht zu dir!«

Takeo setzte sich vor ihm auf den Rasen und verbarg das Gesicht in den Händen. »Ich habe nie eine Frau geliebt wie sie.«

Kazuya kroch auf allen vieren zu ihm hin und kniete sich vor ihn. »Ich hätte nicht mit ihr geschlafen, wenn ich das gewusst hätte. Takeo, du bist mein bester Freund. Glaub mir bitte.«

Takeo sah auf. Sie sahen einander einen Moment schweigend an, dann nickte Takeo.

»Ich glaube dir.«

»Vielleicht … solltest du mal mit ihr reden …«, schlug Kazuya zögernd vor. »Das ist sicher besser als deine sonstige Methode … ich meine … sie steht vermutlich nicht darauf, wenn du ihr mit dem Bambusstock eins überziehst, obwohl … es soll ja auch Frauen geben, die … vergiss es.« Takeo machte nicht den Eindruck, als würde er ihm zuhören. Kazuya seufzte. »Reden ist nicht so dein Ding, was?«

Takeo antwortete nicht. Er erhob sich wieder und setzte sein Training gegen einen unsichtbaren Feind fort.

Wenn er mal so gegen sich selbst kämpfen würde, dachte Kazuya kopfschüttelnd. Aber vielleicht tat Takeo in diesem Moment genau das.

Kazuya stand leise auf und betrachtete den Freund eine Weile, wie er den hölzernen Stab in tödlicher Präzision schwang.

»Ich wünsch dir Glück«, murmelte er, ehe er Takeo allein ließ.

* * *

Laura kam in Jeans und einem ausgewaschenen roten Pullover in die Küche. Inzwischen war es Mittag. Sie blickte sich in dem modern eingerichteten Raum um und sah Yukiko am Tisch sitzen, deren Kopf von einem großen Strauß weißer Rosen fast verborgen war. Laura ging um den Tisch herum und starrte zuerst auf die gut dreißig Blumen in der breiten Vase, danach auf Yukiko.

»Hat jemand Geburtstag?«

Yukiko schüttelte den Kopf und wies auf die Karte mit den japanischen Schriftzeichen, die an der Vase lehnte.

»Der ist von Yori. Für dich. Ich soll dir ausrichten, dass es ihm leidtut.« Yukiko wies neben sich. Es war bereits für Laura gedeckt, auf ihrem Teller lag ein Brötchen.

Laura setzte sich. »Es war nicht Yoris Schuld«, murmelte sie leise. Sie rührte das Brötchen nicht an. »Wo ist sie überhaupt? In ihrem Zimmer?«

»Jessi hat sie gebeten, ein paar Tage nicht hierherzukommen.«

»Gebeten?«, echote Laura.

Yukiko goss Kaffee in eine japanische Tasse.

»Ich schneide sie, falls dich das tröstet. Ich werde nicht mehr mit ihr reden, bis sie das wieder gutgemacht hat.«

Laura zog eine Grimasse. »Wie soll sie das wiedergutmachen? Glaubst du, ich vergebe ihr, wenn sie eine verlogene Entschuldigung vor sich hin stammelt?«

Yukiko musterte Laura eindringlich. »Du willst abfliegen.« Es war eine Feststellung.

»Woher weißt du das?« Laura nahm unbehaglich einen Schluck Kaffee. Wenn wenigstens ihr Kopf nicht so schmerzen würde.

»Ich könnte behaupten, es in deinen Augen zu sehen«, grinste Yukiko leicht, »aber die Wahrheit ist, dass ich gehört habe, wie dir beim Packen der Koffer vom Bett fiel.«

Laura blickte in den schwarzen Kaffeeteich in der Tasse. Ihre Feinmotorik hatte durch den Missbrauch des Champagners deutlich gelitten. »Ich will nach Hause.«

Yukiko lehnte sich auf dem silbrig glänzenden Stuhl zurück. »Wenn du jetzt abreist, hast du alles verloren und nichts gewonnen. Außerdem hat Sakura dann genau das erreicht, was sie will.«

»Weißt du, wann der nächste Flieger geht?«

Yukiko schüttelte leicht den Kopf. »Geh nicht, Laura. Nicht jetzt.«

Laura nahm einen Schluck Kaffee. Sie wusste nicht, ob sie es hier länger aushalten konnte.

Nach dem Frühstück ging Laura in das Wohnzimmer des Hauses. Jessi saß schon dort, als würde sie auf sie warten. Laura musterte sie feindselig. Sie fühlte sich von der Schwester im Stich gelassen. Schweigend setzte sich Laura auf das blassgrüne Sofa an der Wand. Sie wollte sich nicht auf das Couchteil von Jessi setzen, die gegenüber vom Kamin saß.

Jessi sah sie mitfühlend an. »Wie geht es dir?«

»Ich habe Kopfschmerzen.« Laura musste daran denken, wie Jessi in der vergangenen Nacht in diesem menschlichen Knoten von Leibern lag, ihr Kopf im Schoß einer braunhaarigen Frau. »Du hast Sakura rausgeschmissen?«

»Für ein paar Tage«, meinte Jessica vorsichtig. Ihre dunkelgrünen Augen musterten Laura prüfend.

»Warum nicht für immer?«, platzte es aus Laura heraus. »Warum hältst du zu dieser Schlampe? Das, was sie getan hat, ist kriminell!«

Jessica versuchte, dem wütenden Blick Lauras standzuhalten, schaffte es aber nicht und senkte die Lider. »Es war ein Spaß von Sakura. Sie wusste nicht, dass du das Zeichen nicht kennst.«

»Es war kein Spaß und sie hat sehr wohl vermutet, dass ich das Zeichen nicht kenne, weil sie es sich ausgedacht hat! Sie hat mich da reinlaufen lassen, Jessica! Sie wollte mich vergewaltigen lassen!«

»Du übertreibst, Laura. Sakura hat nicht gedacht, dass Yori so weit geht. Sie wollte dich nur erschrecken.«

»Auf welcher Seite stehst du eigentlich?«

»Wenn du nicht so schrecklich prüde wärst, wäre das alles halb so schlimm!«

Laura glaubte, sich verhört zu haben. Eine Wut, die schon

seit Jahren in ihr schwelte, bahnte sich ihren Weg an die Oberfläche. Sie stand zornig auf. »Immerhin bin ich keine verkappte Zuhälterin!«

Jessica stand plötzlich ebenfalls. Ihr Zeigefinger war anklagend erhoben. »Nein, du bist eine verklemmte Nonne!«

»Neurotisches Miststück!«

»Du kannst einfach keinen Spaß an deinem Körper haben!«

Laura ballte zornig die Fäuste. »Das reicht! Wir benehmen uns wie im Kindergarten! Ich reise ab! Ich schlafe lieber in einer Wabe, als in diesem Irrenhaus noch eine Nacht zu verbringen! Dein sogenannter Sexclub ist eine Traumwelt!« Laura zeigte heftig in Richtung Eingangstür.

»Hinter diesem Drachentor endet die Realität! Da hört das logische Denken auf! Ich hätte nicht gedacht, dass du so hirnverbrannt bist, eine Frau wie Sakura zu schützen!«

Jessica ließ die Arme sinken, ihre Wut schien verraucht zu sein. Sie sah abgespannt und blass aus, verbraucht, als trage sie schon viel zu lange eine erdrückende Last mit sich. »Es stimmt. Ich schütze Sakura, obwohl sie Scheiße gebaut hat, und du hast ein Recht darauf, zu erfahren, warum.« Jessica sah Laura unverwandt in die Augen. »Ich liebe Sakura, Laura. Sie ist der wichtigste Mensch in meinem Leben, der Stern, der in der Nacht nur für mich leuchtet, der Schatz, der in einer verborgenen Höhle auf mich wartet ... ich liebe sie. Obwohl sie so ist, wie sie ist. Und wenn wir gerade dabei sind, dir klarzumachen, warum ich so ein unsensibles Arschloch bin ...«

Laura stand nun ganz ruhig und starrte sie an. Sie versuchte zu verstehen, was sie hörte. Jessica fuhr fort: »Ich bin damals aus Deutschland weg, von dir fort, weil ... Laura, ich bin lesbisch. Das ist der Grund, warum ich damals wegging. Um frei zu sein. Frei in Tokyo. Ich brauchte die verdammten fünftausendfünfhundert Meilen zwischen uns, weil ... weil ich eine verdammte Lesbe bin und es nicht ertragen hätte, wenn Onkel Raimund und Tante Kitty es herausgefunden hätten und all die anderen, vom Kioskbesitzer an der Ecke bis hin zum Pfarrer, der uns getauft hat. Ich hatte Angst, dass sie mich verurteilen. Ich hatte Angst, dass du mich verurteilst. Immer hast du alles richtig gemacht, und ich alles falsch. Ich habe mich immer wieder gefragt, wie es sein kann. Wir sind Zwillinge und du bist hetero. Ich meine ... ich habe mich so verdammt anders gefühlt.«

Eine Weile war im Raum nichts zu hören als das Ticken der weißen Standuhr mit dem goldenen Pendel. Laura wusste nicht, was sie sagen sollte, sie wusste nicht einmal, was sie denken sollte. Sie spürte Tränen der Erleichterung und des Verstehens in ihren Augen. Die Mauer aus ungesagten Worten war endlich gefallen. Endlich hatte Jessica sie eingerissen, hatte ihr die Sicht frei gemacht.

»Du bist eine Idiotin, Jessica Parker. Du bist eine Idiotin und ich liebe dich. Wie hast du nur denken können, es würde mich stören, dass du eine Lesbe bist? Blöde Idiotin!«

Jessica lachte zitternd. Die Erleichterung auf ihrem Gesicht machte sie wieder zu einem kleinen Mädchen, zu Lauras Verbündeter. Da war sie wieder: die Zwillingsschwester, die mit ihr durch dick und dünn ging, verbunden durch ein magisches Band. Sie gingen aufeinander zu und lagen sich in den Armen. Laura hielt Jessicas Kopf. »Blöde Idiotin«, murmelte sie immer wieder. Etwas anderes fiel ihr nicht ein.

Erst nach einer gefühlten Ewigkeit lösten sie sich voneinander. Jessica sah sie ängstlich an. »Willst du immer noch abreisen? Ich bin den Streit zwischen uns so leid. Ich brauche dich. Gerade jetzt. Der Termin steht an, meine erste und einzige Buchung und ich bin ... verdammt nervös.«

Laura legte die Hand an ihre Wange. Sie war rot und heiß. »Ich bleibe. Aber ich möchte, dass du Sakura sagst, sie soll sich von mir fernhalten. Ich will sie nicht zu Gesicht bekommen.«

Jessica nickte.

* * *

Die nächsten beiden Tage beruhigten Laura ein wenig. Sakura ließ sich nicht blicken und Laura hatte Zeit, sich mit Yori auszusprechen. Immer wieder ging sie mit einem Buch und einer Rollmatte zu einem bestimmten Platz hinter dem See mit dem Zwillingswasserfall und setzte sich dort unter die blühenden Kirschbäume. Jessica leistete ihr, sooft sie konnte, Gesellschaft. Es tat Laura gut, mit der Schwester wieder wie in alten Zeiten zu plaudern. Und es gab so viel zu erzählen. Jessicas gesamtes Liebesleben musste neu berichtet und besprochen werden. Es begann bei ihrer ersten Liebe Melanie, die Laura auch gekannt hatte, aber sie hatte ja keine Ahnung gehabt. Wie Schulmädchen steckten die beiden ihre Köpfe zusammen und flüsterten sich uralte Geheimnisse ins Ohr.

Den »Palast der Wünsche« mied Laura, und auch Kazuya ging sie aus dem Weg. Zugleich hatte sie ihrerseits das Gefühl, Kazuya würde sie meiden. Dennoch gingen sie freundlich miteinander um.

Takeo ließ sich kaum blicken. Er war immer schwer beschäftigt, und wenn er mit ihr in einem Raum war, bekam er die Zähne nicht auseinander.

Am Mittwoch machten Yukiko, Jessica und Laura einen Onsen-Badetag. Sie fuhren mit dem Wagen zu mehreren heißen Quellen in den Bergen und badeten in dem angenehmen Wasser. Am Abend war Laura wie erschlagen. Sie schlief ein, sobald sie im Bett lag.

9

Jessica war zum Einkaufen in die Stadt gefahren, während Laura mit Yukiko in der Küche das Mittagessen vorbereitete. Sie machten Hähnchen nach einem französischen Rezept und André hatte bereits großes Interesse angemeldet. Alle gaben sich sehr viel Mühe, nett zu Laura zu sein, was Laura schon fast nervte.

Yukiko bereitete den Knoblauch zu und lächelte Laura beim Schneiden an. »Wie sieht es eigentlich mit deinem Eroberungsfeldzug aus?«

»Du meinst Takeo?« Laura rührte mit einem Schneebesen in der pfefferschwarzen Marinade. »Er hat sich wie ein Idiot benommen. Zuerst rettet er mich, dann lässt er mich stehen. Ich verstehe ihn nicht.«

»Männer benehmen sich oft wie Idioten, wenn sie verliebt sind.«

Das Telefon im Flur klingelte. Yukiko drehte den Wasserhahn auf und spülte sich flüchtig die Hände ab. »Ich geh schon.«

Laura schüttelte den Kopf. Sie konnte sich beim besten Willen nicht vorstellen, dass Takeo sie liebte. Das war völlig ausgeschlossen. Er war ein unsensibler Holzklotz, ein Ding ohne Gefühle. Laura merkte kaum, wie heftig sie auf die Marinade einschlug.

Yukiko kam in die Küche zurück. Ihre dunkelbraunen Augen waren vor Schreck geweitet. Sie brachte kein Wort heraus.

Alarmiert stellte Laura die Schüssel zur Seite.

»Was ist los?«, fragte sie gepresst. Die Küche erschien plötzlich kleiner und enger.

Yukiko trat an den Küchentisch und stützte ihren Körper mit den Händen. Sie schloss die Augen. »Es ... es ist nicht lebensbedrohlich oder so ...« Sie sah Laura ernst an. »Jessi hatte einen Unfall. Jemand hat sie beim Einkaufen angefahren. Sie hat einen Beinbruch, mehr weiß ich auch nicht ...«

»Jessi ...«, flüsterte Laura benommen. Verständnislos blickte sie auf Yukiko, die in Tränen ausgebrochen war. Sie legte ihre Hände auf die Schultern der kleineren Frau. »Yukiko, was ist denn? Jessi wird doch wieder gesund. Das ist nur ein Knochenbruch. In sechs Wochen ist sie so gut wie neu ...«

Yukiko wischte sich über die Augen. »Es tut mir leid, du hast völlig recht. Aber ...«, sie schluckte, »... wir verlieren Shanaya.«

Endlich begriff Laura. Es ging um Jessicas Termin, um ihre Buchung.

»Dann verschiebt Jessi den Termin eben. Das schafft ihr schon. Beruhige dich erst mal. Weißt du, in welchem Krankenhaus sie ist?«

Yukiko nickte. »Sie kann den Termin nicht verschieben, Laura. Dann verliert sie ihr Gesicht. Und die Zeit der Kirschblüte ist nur ein Mal im Jahr ...« Sie sah mit verlorenem Blick nach draußen in den Garten. »Hol die anderen. Wir fahren hin.«

* * *

Takeos Audi RS3 war ungemein sportlich, aber zu dritt war es verdammt eng auf dem Rücksitz. Laura wandte sich an Yukiko. »Erklär mir noch mal, warum wir den Beifahrersitz frei lassen«, zischte sie und deutete auf den leeren Platz, als Takeo vor einem glitzernden Hochhaus hielt und ausstieg.

Yukiko seufzte. »Es tut mir leid, Laura, aber denk an Jessi. Sie will Sakura bestimmt sehen.«

Kazuya zog eine Grimasse. »Wir haben auch Hiroki, André und Yori angerufen. Es geht hier schließlich um eine Krise.«

»Ich bekomme auch eine Krise, wenn ich mit Sakura in einem Wagen sitzen muss«, zischte Laura.

Yukikos Stimme wurde eindringlich. »Laura, das war kein Unfall. Jemand hat Jessi angefahren, weil er uns vernichten will. Vielleicht ein anderer Clubbesitzer, vielleicht auch nur ein frustrierter Mitbieter, was weiß ich. Aber ein Zufall war das nicht. Jessi wird am Boden zerstört sein und sie braucht jede Hilfe, die sie kriegen kann.«

»Haben sie den Mistkerl eigentlich erwischt?«, fragte Kazuya wütend. »Den würde ich zu gerne mit einem Stock besuchen.«

Sie verstummten, als Takeo mit Sakura zurückkam. Eisiges Schweigen begleitete sie auf dem Rest der Fahrt. Laura dachte über Yukikos Vermutung nach und musste zugeben, sie war nicht so abwegig, wie sie sich anhörte. Anscheinend musste der Termin genau an dem Datum stattfinden, an dem er vereinbart war. Jessica jetzt aus dem Verkehr zu ziehen bedeutete, dem Club massiv zu schaden. Wut stieg in ihr auf. Shanaya war Jessis Traum. Es war sicherlich ein verrückter Traum, aber weder Jessi noch der »Palast der Wünsche« hatten das verdient. Sie blickte in den Rückspiegel und sah Takeos finsteres Gesicht. Sie erinnerte sich an seine Worte, als sie zusammen am Empfang gestanden hatten. Sie hatte ihn gefragt, ob er gerne im Club arbeitete, und seine Antwort war ein einsilbiges, entschiedenes: »Ja.«

* * *

Sie ließen sich das Stockwerk und die Zimmernummer von Jessica geben. Laura hatte nie zuvor ein so großes und zugleich derart modernes Krankenhaus gesehen. Man konnte sich in dem Hochhaus verirren. Jessica lag mit zwei weiteren Patientinnen in einem Zimmer. Eine von beiden war anscheinend bei einer Untersuchung, ihr Bett war leer. Die andere, eine uralte Asiatin, lag unter ihrer weißen Decke und schlief tief und fest.

»Jessi!« Laura umarmte die aufrecht im Bett sitzende Schwester. Das Bein in dem Gips war hochgelagert. Jessis schönes Gesicht war blass, ihre Augen waren gerötet, vermutlich hatte sie geweint.

Nacheinander umarmten sie die Verletzte, auch Sakura, die es als Letzte tat.

Jessica sah erschöpft aus. »Wie es bis jetzt aussieht, ist nur das Schienbein hin. In spätestens drei Tagen bin ich hier draußen. Sie wollen mich so lange zur Beobachtung hier behalten.« Sie nickte Yukiko zu. »Schade um das gute Hähnchen. Ich hatte seit Ewigkeiten kein europäisch zubereitetes Huhn mehr.«

»Das holen wir nach«, meinte Yukiko tröstend. Sie stand ganz nah am Bett, während Sakura und Takeo sich im Hintergrund hielten. »Wie geht es dir? Tut es sehr weh?«

»Ich habe ein Schmerzmittel bekommen, aber der schlimmste Schmerz ist vorbei. Wenn alles ruhig gestellt ist, ist es halb so wild.«

»Meine tapfere Jess«, Yukiko streichelte ihre blonden Haare. »Wir werden alle mithelfen, damit wir den Club weiterleiten. Mach dir nicht zu viele Sorgen.«

Jessis Gesicht verfinsterte sich. »Du weißt, dass ich mir Sorgen mache.« Sie schwieg kurz. »Und ich weiß, warum ihr alle hier seid.« Sie warf einen Blick in die Runde. Auch Hiroki und André waren da, sie waren bereits vor der Gruppe eingetroffen. Yori fehlte noch.

Yukiko lächelte, aber ihr Lächeln wirkte verkrampft. »Vielleicht schaffen wir es auch so.«

»Wir denken uns eine neue Werbekampagne aus«, meinte Kazuya halbherzig. »So leicht geben wir nicht auf.«

Takeo sah hinter ihnen zu Boden. Laura registrierte sein versteinertes Gesicht. Jeder Mitbegründer des Clubs war angespannt und betroffen.

Jessi seufzte. »Geben wir es doch zu: Wir haben uns übernommen. Ohne die Aktion droht das Aus. Wir können weder auf das Geld verzichten, noch den Termin verschieben. Einen Termin mit Katoya Murikami verschiebt man nicht. Er findet statt oder er findet nicht statt.«

Laura sah in Takeos verzweifeltes Gesicht. Sie wollte ihn nicht so sehen. Entschlossen ballte sie die Fäuste.

»Dann findet der verdammte Termin eben statt.«

Alle starrten sie an. Jessica runzelte die Stirn. »Laura, Liebes, es dauert Wochen, bis ich meine Beweglichkeit zurückhabe. Wie soll ich das anstellen?«

Laura sah ihr fest in die tiefgrünen Augen. »Wir machen es so wie früher. Du weißt, dass das klappen kann.«

Jessica starrte sie fassungslos an. »Laura, du kannst nicht … ich meine … das würde ich nie von dir verlangen. Niemals!« Sie richtete sich noch ein Stück höher auf. »Außerdem weiß die Frau, die mich angefahren hat, dass ich im Krankenhaus liege.«

»Nein«, widersprach Laura ruhig. Sie wollte das hier um jeden Preis durchziehen. Für Takeo, für Jessi, aber auch für sich selbst. Niemand hatte das Recht, den Traum eines anderen Menschen aus Bosheit zu vernichten. »Diese Idiotin weiß nur, dass sie eine Frau angefahren hat, die *aussieht* wie Jessica Parker.«

Das Schweigen im Raum war unheimlich. Es war nichts zu hören, bis auf das Schnaufen der alten Frau, die sich unruhig im Schlaf umdrehte.

»Das kann ich nicht annehmen«, flüsterte Jessi.

Sakura sah Laura verächtlich an. »Du kannst das nicht. Du hast es nicht drauf.«

Laura funkelte sie zornig an. »Und du wurdest als perfekte Liebhaberin geboren, ja? Ich werde das schon schaffen. Yukiko wird mich unterrichten.«

In Yukikos Augen glommen neue Hoffnungsschimmer. Sie funkelten spitzbübisch. »O ja. Ich mache einen Garten aus dir.«

Plötzlich redeten alle durcheinander.

»Das ist Wahnsinn«, murmelte Takeo.

»Großartig, die Rettung!« André umarmte Laura und drückte sie fest an sich. »Ich bin dein ergebener Diener.« Sein Ton sagte zwar das genaue Gegenteil, aber Laura freute sich trotzdem über seine Worte.

»Laura kann doch nicht …«, flüsterte Hiroki. »Keiner von uns verlangt das von dir. Du bist …«

»Du wirst eine von uns!«, jubelte Kazuya. »Und in einem Monat bist du ein Vollmitglied!«

»Äh …«, das war dann doch nicht das, was Laura wollte.

»Ruhe!« Jessica klatschte in die Hände. »Laura, du weißt nicht, worauf du dich da einlässt. Du hast nicht die nötige Erfahrung.«

Yukiko hakte sich bei Laura ein. »Sie spielt eine Maiko, eine Jungfrau, um genau zu sein. Sie darf schüchtern und unbedarft wirken. Schwieriger wird es, ihr das Teezeremoniell und die anderen Dinge beizubringen, aber sie ist ja keine Maiko – ich meine … auch deine Kundin weiß, dass es sich um ein Spiel handelt, und wenn wir alle mithelfen, haben wir eine Chance. Takeo kann ihr das Teezeremoniell näherbringen, Kazuya eine kurze Tanzchoreographie einstudieren und um den Rest kümmern wir uns gemeinsam.«

»Es könnte funktionieren«, murmelte Hiroki. »Man kann es lernen.«

»Aber nicht in so kurzer Zeit«, begehrte Jessica auf. »Ihr habt nur sechs Tage!« Laura hatte das deutliche Gefühl, die Schwester wolle sie beschützen. Sie fasste ihre Hand. »Gib mir eine Chance. Lass es uns versuchen. Was haben wir zu verlieren?«

»Shanaya«, flüsterte Sakura gepresst.

Jessica senkte den Blick. »Wenn … wenn du das wirklich tun willst … aber denk nicht, du musst das tun …«

Laura sah Takeos bedrücktes Gesicht. »Ich weiß, dass ich es nicht muss. Ich will es.«

* * *

Yukikos Augen funkelten den ganzen Abend über. Laura war nervös. Immer wieder fragte sie sich, auf was sie sich da eingelassen hatte, aber sie wollte nicht zurück. Gleichzeitig war sie auch neugierig. Sie hatte als Kind Ballettunterricht genommen und hielt sich nicht für plump oder ungeschickt. Das Problem war mehr, sich vor anderen zu zeigen. Mit Schaudern dachte sie an ihre Theaterzeit zurück. Sie hatte es gehasst, vor Publikum zu stehen, und fand es jedes Mal wieder schrecklich.

Yukiko aß genussvoll ein Stück Hähnchen. »Ich muss bald rüber, Jessis Job übernehmen. Willst du mitkommen und schon mal üben?«

Laura schluckte. Yukikos Frage war sinnvoll. Sie musste üben, wie Jessica zu sein. Sie musste reden wie ihre Schwester, sich so bewegen und sich genauso verhalten. Als Kinder waren sie sehr gut in diesem Spiel gewesen.

»Ich komme mit. Hilfst du mir beim Aussuchen von Jessicas Klamotten?«

Yukiko grinste anzüglich. »Aber sicher.«

Sie beeilten sich mit dem Essen und gingen in Jessicas großes Zimmer. Yukiko suchte ein schickes dunkelrotes Mieder heraus und eine Hose aus schwarzem Leder. Die Unterwäsche ließ Laura trocken schlucken. Sie hob den Slip auf.

»Er ist kaputt.«

Yukiko grinste. »Aber an der richtigen Stelle.« Sie steckte ihren Finger durch den langen Schlitz in der Mitte der Hose. »Zieh dich aus.«

Laura tat es zögernd.

»Warte«, klang Yukikos Stimme vergnügt wie die eines jungen Mädchens. »Tu es ganz langsam. Bewusst. Lass dir Zeit. Lass mich dabei zusehen.« Die in Weiß gekleidete Frau ließ sich auf das große Bett sinken und blickte Laura erwartungsvoll an.

Laura bemühte sich, es ihr recht zu machen. Langsam zog sie den grünen Pullover aus und hielt ihn unschlüssig in der Hand.

»Willst du ihn zusammenlegen und in den Schrank räumen?«, witzelte Yukiko mit einem anzüglichen Grinsen. »Er ist jetzt nicht wichtig. Lass ihn los.«

Laura ließ ihren Pullover auf den Parkettboden fallen. Sie öffnete die Knöpfe ihrer Jeans.

»Sieh mich dabei an«, Yukiko rekelte sich auf dem Bett. »Du tust das hier für mich. Du schenkst mir deinen Körper, deine Schönheit für einen kurzen Augenblick. Du kannst es in Demut tun, mit Stolz oder mit Arroganz, das musst du selbst entscheiden. Aber du tust es für mich. Vergiss das nicht.«

Laura hielt Yukikos Blick stand. Sie dachte an all die Menschen, die sie in den vergangenen Tagen im Club beobachtet hatte. Verführung war ein Spiel. Es brauchte seine Zeit. Sie fuhr mit der Hand wie selbstvergessen in ihren Slip, nur um ihre Finger wieder nach oben zu ziehen. Langsam wanderten ihre Hände zu ihrem BH. Sie löste den Verschluss mit einer Hand, zog sich die Träger nacheinander spielerisch von den Schultern und verharrte einen Moment.

»Gut«, flüsterte Yukiko heiser. »Aber warte auch nicht zu

lang, es sei denn, du willst wie eine unbedarfte Jungfrau wirken, die sich schämt.«

Laura streifte den BH ab. Wie zur Hölle sollte sie ihre Schuhe ausziehen, ohne aus der Rolle zu fallen? Yukiko musterte sie interessiert. Laura ging auf sie zu und stellte ihr linkes Bein neben Yukiko auf dem Bett ab.

»Zieh mir den Stiefel aus.«

Yukiko grinste. »Du lernst schnell.« Sie öffnete den Reißverschluss des niedrigen Stiefels und zog ihn von Lauras Fuß. Laura hielt ihr das andere Bein entgegen. Yukiko half ihr auch bei ihrem anderen Stiefel. In ihrer schwarzen Unterhose stand sie vor ihr und versuchte sich in einem selbstsicheren Lächeln. Langsam zog sie ihr letztes Kleidungsstück aus. Sie ließ Yukiko dabei nicht aus den Augen. »Und wie geht es jetzt weiter?«

Yukiko gab ihr einen leichten Klaps auf den Po. »Zieh dich an und ich gebe dir eine Kurzübersicht über Jessicas Bekanntschaften und Tätigkeiten. Wenn es peinlich wird, sag, du musst ins Büro, da du einen Anruf erwartest. Das macht Jessi auch so. Wenn du Namen nicht weißt, dann umgehe sie. Du kannst jeden von uns fragen, wenn du Fragen hast. Versuche, Jessi zu sein.«

»Einfach nicht aus der Rolle fallen«, murmelte Laura und hob zweifelnd die zerteilte Reizwäsche ihrer Schwester vom Bett. Zaghaft zog sie den glatten Hauch von einem Stoff an und stieg anschließend in die schwarze Lederhose mit dem aufwendigen Muster. Zuletzt streifte sie sich das rote Mieder über. Es fühlte sich sonderbar an, Jessicas Sachen zu tragen. Vielleicht war auch das wie eine Maske.

Yukiko machte sich an der Schnürung des rubinroten Mieders zu schaffen. Der Stoff lag angenehm kühl auf Lauras Haut.

»Ganz genau.« Sie gab Laura eine schwarze Perücke. »Die wirst du brauchen. Jessi trägt manchmal welche, von daher ist das kein Problem. Gleich morgen früh mache ich dir die Haare. Du brauchst hellblonde Strähnen.«

Laura nickte. Zum Glück waren ihre Haare etwa so lang wie die ihrer Schwester. Nachdenklich trat Laura vor einen hohen Wandspiegel. Sie musterte sich kritisch. Ob sie wirklich das Richtige tat? Und für wen tat sie es? Für sich selbst oder für Jessi? Oder einfach nur deshalb, weil niemand das Recht hatte, ihre Schwester anzugreifen? Als Kinder hatten sie einander immer beschützt. Man bekam die Zwillinge nur im Doppelpack. Wer Ärger mit der einen hatte, hatte die andere schnell im Rücken. Der frühe Tod ihrer Mutter hatte sie auf eine unheimliche Weise zusammengeschweißt.

Yukiko trat neben sie. »Ich will dir noch sagen …« Die kokette Japanerin wirkte verlegen. »Wenn du das hier wirklich durchziehst, bin ich dir dankbar, aber ich verstehe auch, wenn du es nicht kannst. Es ist nicht jeder für unser Geschäft geeignet.«

»Es ist nur eine Nacht«, meinte Laura brüsk. »Und ich habe niemanden, den ich damit verletzen könnte.«

»Sicher?« Yukiko legte ihr die Hand auf die Schulter. »Takeo mag seine Gefühle nicht mit Worten ausdrücken können, aber du solltest ihm hin und wieder mal ins Gesicht sehen. Ihm passt das, was du tust, überhaupt nicht.«

Laura sah sie überrascht an. »Aber … er liebt Shanaya.«

Yukiko lächelte. »Dich liebt er mehr. Er gesteht es sich nur nicht ein.«

»Ich glaube, du irrst dich.« Laura setzte die Perücke auf und begutachtete sich im Spiegel. Sie sah ganz so aus wie Jessi. Sie straffte die Schultern. »Außerdem hat er viel zu viel Angst vor einer Liebe, der er doch wieder entsagen muss. Ich bin nur für ein paar Wochen hier. Vergiss das nicht.«

Yukiko lächelte, als wüsste sie es besser. »Wir werden sehen.«

* * *

Yukiko wies Laura in dieser Nacht in Jessicas Bekanntenkreis und Geschäfte ein. Laura war überrascht, wie ähnlich Jessicas Tätigkeiten denen eines ganz normalen Berufslebens waren. Sie hatte sich unter der Besitzerin eines Host-Clubs und Love-Hotels eine Frau vorgestellt, die eine ganz andere Arbeit hatte. Und sicher war die Arbeit auch anders. Aber viele Dinge waren organisatorischer Natur: Zimmer mussten vergeben, Termine gefunden und bestimmte Dinge besorgt werden. Dazu gehörte auch, dass eingekauft, Vögel und Pfauen gefüttert, sich mit den beiden Frauen abgesprochen wurde, die vormittags zum Reinigen kamen.

Ein wichtiger Teil war das Kunden- und Mitarbeitergespräch, das Yukiko vorerst übernahm. Yukiko streute auch das Gerücht, dass Jessicas Schwester angefahren wurde und Jessi deshalb noch durcheinander und betroffen sei.

Takeo wich nicht von Lauras Seite. Er sagte kein Wort und blieb ihr stummer Schatten. Jessica hatte einen Bekannten bei der Polizei, den sie um Verschwiegenheit bat. Es lief eine Anzeige gegen die Frau, die sie angefahren hatte. Laura hoffte, dass man sie fand, auch wenn es dann schwierig war, ihr Verwechslungsspiel aufrechtzuerhalten. Allerdings musste sich Jessica auch erst erholen, und ein Prozess würde nicht so schnell stattfinden.

Laura erfuhr, dass es zwei andere Clubs gab, mit denen Jessica sich nie richtig gutstellen konnte. Gegen beide wurde ermittelt, allerdings zeigte Yukikos Gesichtsausdruck deutlich, was sie von den Ermittlungen hielt. »Die Polizei kommt illegalen Geschäften nur selten in die Quere. Man verdient ganz gut daran. Aber mach dir nicht zu viele Gedanken. Wir passen schon auf dich auf.«

Zum ersten Mal wurde es Laura wirklich bewusst, dass sie sich in Gefahr begeben hatte. Solange sie Jessica spielte, war sie diejenige, die aus dem Weg geschafft werden musste.

Spät in der Nacht hatte Laura rasende Kopfschmerzen von all den neuen Dingen, die sie erfuhr. Sie hatte jeden »Kunden« des Abends persönlich kennengelernt und sich mit Yukikos Hilfe ein umfangreiches Wissen über Jessicas Aufgaben angeeignet. Gemeinsam mit Yukiko, Kazuya und Takeo stand sie am Empfang. Während sie eine Schmerztablette nahm, dachte sie sehnsüchtig an ihr Bett.

Yukiko lächelte ihr aufmunternd zu. »Für heute ist es genug. Takeo wird dich rüberbringen.«

Laura protestierte nicht. Das Schweigen zwischen ihr und Takeo war ungemütlich, aber Laura fühlte sich zu müde, es zu brechen. Sie gingen durch den nächtlichen Garten.

Als Laura das Haus erreicht hatte und sich in Richtung Badezimmer wandte, kam Takeo wie selbstverständlich mit.

»Moment.« Laura blieb stehen. »Ich gehe alleine ins Bad.« Sie dachte dabei auch an Jessicas Wäsche, die sie Takeo jetzt bestimmt nicht präsentieren wollte.

»Jessica sagte, ich soll auf dich aufpassen.«

»Dann warte draußen.« Laura schlug ihm die Tür vor der Nase zu. Das hatte Jessi ja wieder toll hinbekommen. Wütend griff sie nach ihrem Zahnputzbecher. Sie seufzte. Auf der anderen Seite hatte Jessi ja recht. Es war nur vernünftig, dass Takeo über sie wachte.

Aber ich kann es nicht ertragen, dachte sie verzweifelt. Immer wieder musste sie an die Nacht denken, in der sie sich geliebt hatten. Und an die Kälte, mit der Takeo sie danach behandelt hatte.

Sie ließ sich extra viel Zeit im Bad und ging danach wortlos an Takeo vorbei in ihr Zimmer. Es dauerte keine fünf Minuten und er trat mit einer Tatamimatte und einer Decke bepackt in den Raum. Während Laura ihn sprachlos anstarrte, legte er die schwere Matte fast geräuschlos zwischen Bett und Fenster ab und machte es sich auf dem Boden gemütlich.

»Was soll das?« Laura starrte ihn fassungslos an. Sie kam sich nackt vor in ihrem Hauskimono. »Du kannst doch nicht ...«

Takeo hatte die Augen geschlossen und lag entspannt auf dem Rücken. Seine Arme waren hinter seinem Kopf verschränkt. »Warum nicht?«

Laura stemmte die Hände in die Hüften und trat auf ihn zu. »Das ist mein Zimmer.«

»Genau genommen ist es das nicht«, entgegnete er ruhig.

»Takeo, das ist vollkommen übertrieben. Denkst du wirklich, hier bricht jemand ein?«

»Sicher ist sicher. Ich hab mit Sakura schon einiges erlebt.«

»Ich bin nicht Sakura!«

Er öffnete die Augen und sah sie im Halbdunkel an. Sternenlicht fiel durch die großen Fenster. »Nein. Das bist du nicht.«

»Schön. Dann kannst du ja jetzt gehen.« Laura wollte einfach nicht in seiner Nähe sein müssen. Seine Gegenwart bereitete ihr fast körperliche Schmerzen.

»Schlaf gut.«

»Das kannst du nicht machen!« Laura hatte nicht übel Lust, ihn zu treten.

Takeo setzte sich auf. »Es ist sicherer. Ich tue auch nichts. Ich liege nur hier. Dir soll nichts geschehen.«

Einen Moment sahen sie sich an. Laura war fast versöhnt durch den Ausdruck seiner dunklen Augen. Er machte sich Sorgen um sie. Er war ganz der Krieger, der die arme schwache Frau beschützte. Es war direkt schmeichelhaft.

»Meinetwegen«, knurrte sie unfreundlich und stapfte zu ihrem Bett. Ob sie ihm doch etwas bedeutete? Und selbst wenn, war es wichtig? Er würde keine Beziehung mit ihr anfangen.

Obwohl sie müde und schwer wie ein Fels war, konnte

sie in seiner Nähe nicht sofort einschlafen. Eine Weile lagen sie schweigend in der Dunkelheit. Eigentlich war das die Gelegenheit, mit ihm über alles zu reden, aber Laura wusste nicht, wo sie beginnen sollte. Sie war erschöpft und sie machte sich Sorgen um Jessi. Hoffentlich ging es der Schwester im Krankenhaus gut. Vermutlich schlief sie längst.

Irgendwann gelang es Laura dann doch einzuschlafen. Sie glaubte, seine Stimme zu hören, als sie endlich wegdämmerte.

»Liebst du Kazuya?«

Aber vermutlich träumte sie schon. Laura hörte Wellenrauschen und sah die Tokyobucht vor sich. Takeo stand am Ufer, über ihm der sternenreiche Himmel. *Verrückt,* dachte sie noch. *So nah und zugleich so fern.* Dann versank sie in einen tiefen Schlaf.

* * *

Am nächsten Morgen wurde sie von Yukiko geweckt. Takeo war schon aufgestanden und hatte das Zimmer verlassen. Yukiko grinste sie an.

»Mann, so einen Beschützer hätte ich auch gerne.«

Laura gähnte und zog eine Grimasse. »Keine Witze, Kiko. Wie schaffst du es eigentlich, so früh schon wieder so wach zu sein?« Ein wenig neidisch musterte sie das entspannte Gesicht der jüngeren Frau. Sogar Yukikos Haare waren gewaschen und frisch frisiert.

»Es ist fast elf.« Yukiko zupfte an Lauras Bettdecke. »Du bist eine ziemliche Schlafmütze, Parker. In einem Land, in dem zwölf Stunden am Tag gearbeitet wird, kann man nicht neun Stunden schlafen.«

Laura stand auf und streckte sich. Yukiko musterte sie dabei. »Kazuya wartet schon auf dich, damit ihr mit der Tanzchoreographie anfangen könnt. Du bietest den Tanz direkt nach dem Teezeremoniell dar. Vereinfacht gesagt: Eine Art künstlerisches Vorspiel.«

Laura suchte sich frische Wäsche heraus. Es machte ihr gar nichts mehr aus, sich vor Yukiko an- und auszuziehen. Sie zog einen schwarzen Trainingsanzug von Jessi an und suchte nach einem Kleid, das sie nach den Tanzübungen mit Kazuya tragen wollte.

»Du musst mir unbedingt mehr über Maikos und Geishas erzählen.«

»Gerne. Hier in Tokyo nennen wir eine Geisha ein Halbjuwel. Geishas leben in Okiyas zusammen, in weiblichen Großfamilien. Obwohl viele das glauben, sind Geishas keine Prostituierten. Sie sind Kunstpersonen. Früher musste die Ausbildung im Alter von sechs Jahren beginnen. Heute kannst du noch bis zu einem Alter von sechzehn Jahren einsteigen. Eine Geisha erlernt dann die traditionellen Künste: Blumensteckkunst, Kalligraphie, Gesang, Musikinstrumente, Tanz und Teezeremonie. Ein Ritual, wenn die Maiko zur Geisha wird, ist die Mizuage. Die Defloration, für die hohe Geldangebote gemacht werden. Oft fand eine angehende Geisha hier einen Patron, der sie unterstützte. Da diese Männer im Allgemeinen viel Geld und gutes Ansehen hatten, profitierten beide Seiten von so einer Beziehung. Ich werde dir bei Gelegenheit den genauen Ablauf der Zeremonie erklären, wobei wir uns nicht daran halten.«

»Es ist nur ein Spiel.« Laura nahm eine Bürste von dem zierlichen weißen Tisch und begann, sich zu kämmen. »Wann willst du mir die Haare färben?«

»Heute Nachmittag. Und jetzt beeil dich. Kazuya wartet schon.«

10

Laura war angenehm überrascht, wie leicht es sich mit Kazuya zusammenarbeiten ließ. Er erwähnte ihr gemeinsames Erlebnis nicht und machte auch keinerlei Andeutungen, was Laura gut fand. Wie immer war er locker und unkompliziert, er machte Witze und brachte sie zum Lachen. Er spielte auf einer Tsuzumitrommel und zeigte Laura, wie sie sich dazu bewegen sollte. Obwohl der Tanz langsam war, kam Laura durch die ungewohnten Bewegungen schnell ins Schwitzen. Sie bemühte sich, die Arme so kunstvoll zu bewegen wie Kazuya, der anmutig demonstrierte, wie sie den Arm drehen sollte und welche Schritte die richtigen waren.

Nach zwei Stunden war Laura erschöpft, aber sie hatte das Gefühl, sie würde das regeln können. Der Tanz sollte nicht länger als fünfzehn Minuten dauern, und gemeinsam mit Kazuya würde sie die Choreographie bewältigen. Sie wusch sich in seiner Wohnung und schlüpfte in frische Kleider. Er wartete geduldig auf sie, während sie sich neugierig in seinem außergewöhnlich großen Badezimmerspiegel betrachtete. Sie sah gut aus in Jessicas nachtblauer Reizwäsche. Die geschlitzte Unterhose fühlte sich unanständig aufregend an und das rote Mieder aus Seide lag kühl auf ihrer Haut. Es drückte ihre Brüste nach oben. Die goldene Kette mit dem Granatanhänger hing aufreizend zwischen ihren Brüsten. Laura ließ es sich nicht nehmen, sich zu schminken. Jessica hätte das getan. Sie lächelte sich an, als sie fertig war, und musste sich eingestehen, dass dieses Outfit sich nicht übel anfühlte. Die enge schwarze Lederhose mit dem aufwendigen Muster saß wie eine zweite Haut. Sie war tief geschnitten und reichte nur bis zu ihrer Hüfte. Man konnte ein Stück ihres flachen Bauches sehen, wenn sie sich streckte oder sich bewegte. Als sie aus dem Bad trat, stieß Kazuya einen Pfiff aus.

»Wie Jessi«, meinte er anerkennend. »Nur schöner.«

»Schleimer«, grinste Laura. Sie würde nicht zugeben, wie froh sie sein Kompliment machte.

Mit einem zufriedenen Lächeln brachte sie Kazuya zu Takeo ins Teehaus. Laura war sicher, dass Takeo sich auch während der Tanzübungen in Kazuyas Wohnung nicht weit entfernt aufgehalten hatte.

»Ein Naturtalent«, verkündete Kazuya so stolz, als habe er Laura erschaffen. »Viel Spaß mit ihr.«

Takeo warf ihm einen vernichtenden Blick zu. Zwischen beiden schien trotz aller Freundschaft eine unangenehme Spannung zu herrschen. Ob das ihre Schuld war? Es war schmerzhaft, die beiden Männer nebeneinander zu sehen. Zu viel Schönheit auf einem Flecken Erde. Laura sah fragend in Takeos ebenmäßige Züge, aber wie immer war sein Gesicht ausdruckslos und verriet seine Gefühle nicht. Hatte er in der letzten Nacht wirklich gefragt, ob sie in Kazuya verliebt war, oder hatte sie das nur geträumt?

Er trug eine schwarze weiche Hose und einen schwarzen Uwagi, ein judoähnliches Oberteil, in dessen Gürtel ein weißes Tuch steckte. Ob er überhaupt etwas in seinem Schrank hatte, das nicht schwarz war? Warum zur Hölle konnte sie nur daran denken, wie gut er aussah? *Vergiss es.* Sie bemühte sich krampfhaft, in eine andere Richtung zu sehen. Takeo blickte sich ebenfalls im Teehaus um.

»Das Teezeremoniell ist nicht einfach eine Zeremonie. Es ist Spiritualität, Meditation, Vollkommenheit. Es gibt Menschen, die es zehn Jahre lang üben, ehe sie behaupten, es zu beherrschen.«

Laura sah unsicher auf all die Dinge, die um Takeo verteilt waren. Teeschalen, mehrere Kannen und lackierte Kunstgegenstände standen in dem offenen Teehaus. Es roch nach süßem Räucherwerk. »Wie soll ich es dann so schnell erlernen?«

»Gar nicht«, erklärte Takeo ernst. »Du erlernst nur ein paar Handgriffe, du wirst nur simulieren, was du nicht verstehen kannst.«

»Das klingt ziemlich arrogant.«

»Ich erwarte auch nicht, dass du es verstehst.«

Sie sahen einander an. Seine Wimpern waren viel zu lang für die Wimpern eines Mannes. Trotzdem gaben sie seinem Gesicht nichts Androgynes, wie es Kazuyas große Augen taten. Laura wünschte sich in die unkomplizierte Nähe von Kazuya zurück.

»Versuch zumindest, es zu erklären.«

»Rein dem Ablauf nach kommen deine Gäste zuerst hierher und du servierst ihnen hier im offenen Pavillon einen milden Tee. Dann gibt es leichte Speisen, Suppe und Reiswein im Hauptraum. Anschließend gehen sie wieder in den Warteraum, also in den offenen Pavillon, bis der Gong sie zum Tee ruft. Wenn der letzte Gast die Tür schließt, beginnt die eigentliche Teezubereitung. Hast du jemals einer Teezeremonie beigewohnt?«

Laura schüttelte den Kopf.

»Dann geh in den Garten und such deine Erleuchtung.«

»Was?« Laura sah ihn ungläubig an. Bei seinem ernsten Ton wusste man nie, wann er sich einen Scherz erlaubte.

»Geh eine Runde durch den Garten. Entspann dich. Und dann komm hierher zurück in den Vorraum.«

Laura stand zögernd auf und ging in den Garten hinaus. Aus der steinernen Laterne kam der Geruch von Räucherwerk. Sie ließ die Laterne und das Teehaus hinter sich. Warum musste zwischen ihr und Takeo alles so schrecklich kompliziert sein? Allein seine Nähe verunsicherte sie. Seufzend ging sie durch den Garten. Noch immer standen die Kirschblüten in bunter Pracht. Sie lief eine große Runde, ehe sie zu dem kleinen Teehaus zurückkehrte.

Es roch nach Tee und Laura bemühte sich, in der gleichen Haltung am Boden zu sitzen wie Takeo.

Mit großem Ernst reichte er ihr eine Schale, die sie unsicher entgegennahm. Hieß es nicht, Tee belebe die Sinne? Sie nahm einen tiefen Schluck. Laura betrachtete die Gerätschaften, die um Takeo aufgebaut waren. Da standen mehrere kunstvolle Teedosen, farbige Teeschalen, ein eiserner Wasserkessel und ein bewegliches Kohlebecken. Auf den sauberen Matten lagen dazu ein Teebesen und ein Bambuslöffel. Takeo stand auf und trat an das steinerne Wasserbassin am Eingang des Teehauses. Er wusch sich Mund und Hände und bat Laura mit einer weichen Geste zu sich. Ein wenig unsicher machte sie es ihm nach. Nacheinander gingen sie zurück in das Teehaus. Die Feierlichkeit und die Demut, die er ausstrahlte, wirkten auf Laura. Sie verstand nicht ganz, was er symbolisierte, aber dieser Gang zurück ins Haus, nun gereinigt, war sehr wichtig. Er hatte großen Respekt bei dem, was er tat, und war ganz bei der Sache. Laura war fasziniert von seinem ernsten Gesicht.

Er reichte ihr nun mehrere kalte Speisen und eine Schale mit Sake. Etwas befremdlich fand Laura das schon, aber sie aß und trank mit ihm. Ob es üblich war, bei der Zeremonie nicht zu reden – oder war das sein eigenes Credo?

Laura erhob sich, um draußen zu warten, bis der Gong ertönte, wie er es ihr gesagt hatte. Als sie den Raum wieder betrat, sah sie, wie er eine Reihe sonderbarer Bewegungsabläufe ausführte. Alle Teeutensilien waren ordentlich nebeneinander angeordnet und es wirkte schon wie eine große

Kunst, sich all die komplizierten Handgriffe zu merken, die so einfach aussahen.

Er platzierte den Schöpflöffel und den hölzernen Untersetzer links vor dem Kohlebecken und verneigte sich dann vor Laura. Wieder folgte eine ganze Reihe komplizierter Bewegungen, die alle aufeinander abgestimmt zu sein schienen. Takeo nahm mit Hilfe des Bambuslöffels Tee, füllte ihn in eine Schale und übergoss ihn mit heißem Wasser. Laura kam es wie eine Ewigkeit vor, bis er ihr schließlich den Tee reichte. Sie zögerte. Etwas in seinem Blick hielt sie davon ab, die Teeschale entgegenzunehmen. Takeo wirkte angespannt, als würde höchste Gefahr drohen. Es war, als habe er seine Maske fallen lassen, und für einen Moment sah sie direkt in sein verwundetes Herz.

Er hielt die Schale mit seinen Händen so fest umklammert, dass Laura fürchtete, das Porzellan würde zerspringen. Er wandte den Kopf ab.

»Machst du das eigentlich, um mich zu bestrafen?«

Laura war verblüfft. Sie griff nach der Schale, ehe sie zerbrach und er sich die Hände aufschnitt und verbrühte. »Nein. Ich dachte auch nicht, diese Macht zu haben. Du … du hast mir signalisiert, du empfindest nichts für mich und …«

Er packte ihren Kopf mit beiden Händen und küsste sie. Laura wusste nicht, wohin mit der Schale. Wer wusste schon, wie viele Jahrzehnte alt das gute Stück war? Vorsichtig schob sie die Schale über den Boden von sich weg. Sie begriff nicht, was Takeo tat. War sie wach? Ihre Hände vergruben sich in seinen weichen Haaren, während ihre Lippen seine kosteten und ihre Zungen sich fanden. Er wollte sie. Er war bereit, sich auf sie einzulassen. Triumph und Lust stritten sich in ihr und wurden beide von einem überwältigenden Glücksgefühl besiegt.

»Takeo«, murmelte sie zwischen zwei Küssen. Sie wollte

ihm sagen, wie viel er ihr bedeutete, wie froh er sie machte, wie magisch seine Hände waren, die nun über die Seide ihres Mieders glitten. Aber sie wollte den Zauber nicht stören, der sie beide umgab, und so versanken sie in ihren Küssen. Laura verbannte die Welt, das Teehaus, alles, was nicht sie oder Takeo war. Sie sehnte sich nach ihm, wollte ihn wieder spüren – überall –, wollte fühlen, wie er sich nach ihr verzehrte, wollte begehrenswert und erregend sein. Ihre Brüste drängten sich ihm auffordernd entgegen. Sie stöhnte leise auf, als seine Hände geschickt die Haken öffneten, die das rote Mieder zusammenhielten, während seine Zunge bei ihrer war. Der Stoff rutschte über ihre Haut. Er strich das Mieder zur Seite, so dass es auf dem Boden landete, und küsste sie auf Schultern, Brust und Arme. Laura berührte seine Haare, die weich wie Seide unter ihren Handflächen und Fingern lagen, schloss die Augen, um seine Berührungen noch deutlicher spüren zu können. Was zwischen ihnen gestanden hatte, löste sich auf wie Raum und Zeit. Sie waren Verlangen, Sehnsucht und Liebe. Laura beugte sich vor, um ihn ihrerseits zu küssen, öffnete den Gürtel seines Oberteils und schob es auseinander. Sie fühlte sich heiß und fiebrig. Ihre Hände berührten flüchtig die Narbe an seiner Schulter, dann wanderten sie weiter.

Takeo zog den Reißverschluss ihrer schwarzen Lederhose auf, schob die Hose ein Stück hinab und kniete sich vor sie. Seine Lippen küssten ihre glatte Haut, ihre Scham, alles, was sie erreichen konnten. Laura mochte die Wärme zwischen ihren Schenkeln, das warme, lebendige Pulsieren, das sie bei seinen Berührungen durchströmte. Mit jedem Herzschlag floss neue Lust durch ihren Körper.

Er hatte keine Mühe, ihr die hochhackigen Schuhe auszuziehen. Fließend streifte er ihr die Hose ab, richtete sich auf und hob sie hoch. Laura konnte den eifersüchtigen Gedanken, dass er das viel zu erprobt machte, nicht verdrängen. Sie hatte keine Ahnung, mit wie vielen Frauen er sich schon vergnügt hatte, und wollte es auch nicht wissen. Er sollte nur ihr gehören. Mit den Beinen umklammerte sie seinen Körper und wünschte sich, er würde die Hose ausziehen, damit sie seine Hüften und sein Glied nackt fühlen konnte. Ihre Arme lagen um seinen Hals. Takeo drehte sich und warf eine Teekanne um. Sie rollte neben die Schale. Geistesgegenwärtig brachte er Laura aus der Reichweite des Kohlebeckens und drückte sie gegen die raue Steinwand des Pavillons. Seine Bewegungen waren kraftvoll und entschlossen, er wirkte berauscht. Laura stöhnte auf, mehr aus Lust denn aus Schmerz. Die Wand rieb an ihrem Rücken, aber das Gefühl war nicht unangenehm.

Takeo streifte seine Hose mit einer Hand hinunter, während er sie hielt. Immer wieder küssten sie sich und Laura kam zu keinem klaren Gedanken. Sie spürte seine Hände auf ihrer Haut und war plötzlich froh über Jessicas praktische Reizwäsche, die man nicht auszuziehen brauchte. *Ich sollte mit ihm reden, nicht mit ihm ficken,* dachte sie noch, aber der Gedanke wirbelte vorbei wie ein Blütenblatt im Wind. Takeos Körper roch nach herbem Leben, sie mochte sein Rasierwasser, seinen Atem und seinen Körpergeruch. All das vermischte sich mit dem Duft von Tee, dem Räucherwerk und dem rauen Gefühl der Wand an ihrem Rücken.

»Takeo«, brachte sie hervor, während er sie anhob und ungestüm in sie eindrang. Er nahm sie mit einer verzweifelten Hingabe. Seine Leidenschaft brannte auf ihrer Haut – ein Feuer, das sie fühlte, als sei es sichtbar. Rote und gelbe Flammen, die sie beide verzehrten. Laura spürte Hitzeschauer, die ihren Körper zittern ließen, stöhnte auf und war froh über die kühle Wand, froh über Takeos Gewicht und seine Hände, die sie hielten. Seine Augen waren voller Verlangen und Lust. Auch in ihnen tanzte das Feuer, als würden sich die Flammen darin spiegeln. Laura öffnete die Lippen. Sie hätte gerne etwas gesagt, um besser verstehen zu können, was gerade mit ihr geschah. Aber sie brachte kein Wort heraus. Eine nie gekannte Ekstase überkam sie, und als die Flammen sie ganz ergriffen, grub sie ihre Fingernägel unter Takeos Oberteil in sein Fleisch. Sein Becken bewegte sich unermüdlich. *Ich liebe ihn,* dachte sie einen klaren Moment lang. *Ich liebe ihn mehr, als ich jemals einen Menschen geliebt habe. Ich will eins sein mit ihm.*

Sie strebte ihm entgegen, wollte sich ganz vergessen. Verbrennen. Ihr Mund umschloss seinen, wollte ihn nie wieder freigeben. Sie sollten vereinigt bleiben bis an das Ende der Zeit. Lust und Freude überwältigten Laura. Sie wollte Sein werden, ihm für immer ganz gehören. Takeo sah sie unverwandt mit geweiteten Augen an. Wie schön sie waren. Das tiefe mahagonifarbene Braun schimmerte, als hätte es sein eigenes Licht, als würden die Flammen darin spielen. Wie lang seine Wimpern waren, wie kräftig der Körper, der sie hielt und erfüllte. Lauras Stöhnen wurde lauter, doch sie wandte ihren Blick nicht ab, schämte sich nicht für diesen Moment, denn sie gehörten einander. Ihr Orgasmus kam länger und heftiger, als sie es je erlebt hatte. Sie löste sich im Feuer auf, wurde reine Freude. Laura schrie vor Lust und spürte das Blut, die Feuchtigkeit auf Takeos Rücken, als sich ihre Nägel zu tief in sein Fleisch gruben. Auch er hielt sie schmerzhaft fest, aber in diesem Moment fühlte Laura keinen Schmerz. Die Lust nahm ihr jede Empfindlichkeit. Sie ließ nicht von Takeos Blicken ab, während auch er zu stöhnen begann und sie so heftig gegen die Wand drückte, dass sie fürchtete, ohnmächtig zu werden. Dunkle Punkte tanzten vor ihren Augen. *Wir vernichten einander,* dachte sie wirr. *Liebe, Wahnsinn, wie nah liegt das zusammen!*

Er stieß noch fester zu und stöhnte laut auf, als er sich in ihr ergoss. Seine Hände umfassten sie mit grober Härte und auch Laura drückte ihre Nägel noch tiefer in seine Wunden.

Sie rang nach Luft. Aber sie wollte nicht, dass es endete. Nur so konnten sie eins sein. Nur so teilten sie eine Seele. Nur so waren sie wirklich am Leben.

Lass das Feuer brennen, weil du die Asche nicht ertragen kannst. Lauras Becken bewegte sich weiter. Sie konnte es nicht enden lassen. Takeo hob sie von der Wand fort. Er küsste sie wieder und wieder.

* * *

Yukiko und Kazuya saßen auf einer Decke vor dem Teich, als eine Reihe sonderbarer Geräusche sie aufschreckte. Yukiko blickte fragend zum Teehaus hinüber.

»Was machen die beiden da drin?«

»Hört sich so an, als habe Laura kein Talent für das Teezeremoniell«, murmelte Kazuya, während er nach einer weißen Papiertüte mit Croissants griff. »Dabei war sie beim Tanzen …«

»Kazuya!« Yukiko schlug ihm mit der flachen Hand auf den Hinterkopf. »Die beiden treiben es gerade wie die Karnickel, das hörst du ja wohl!«

Kazuya verschluckte sich hustend an seinem Croissant und lauschte auf Lauras rhythmisches Stöhnen. »Oh … jetzt, wo du es sagst … und? Auch Lust?«

Yukiko holte erneut mit der Hand aus, aber dieses Mal duckte sich Kazuya unter ihrem Schlag weg.

»Ich weiß nicht, was du willst. Ist doch toll, wenn die beiden sich finden.«

»Sakura wird sie töten.«

Kazuya schüttelte den Kopf. »Nein. Dieses Mal nicht. Weiter wird sie nicht gehen.«

»Ich hoffe, du liegst richtig. Gehen wir.«

»Warum? Hier wird es doch gerade spannend …«

Yukiko packte ihn am Ohr. »Komm gefälligst mit!«

»Schon gut, schon gut, ich beuge mich der Gewalt.« Er machte sich von ihr los und folgte ihr in Richtung Haus.

* * *

Sie knieten schweigend auf den Matten. Laura sah sich beunruhigt um. Sie hatten die Gerätschaften ziemlich durcheinandergebracht, aber es schien nichts kaputtgegangen zu sein.

»Ich mag das Teezeremoniell«, erklärte sie mit einem verunsicherten Lächeln.

Takeo seufzte. Er strich mit den Händen zärtlich über ihren wunden Rücken. »Es … es tut mir leid.«

»Es tut dir leid?« Laura sah ihn ungläubig an. »Es tut dir leid, dass du mit mir geschlafen hast?«

»Es tut mir leid, dass ich die Beherrschung verlor. In deiner Gegenwart verliere ich ständig die Beherrschung. Es ist wie ein Fluch.«

Laura schüttelte den Kopf. »Es sollte dir aber nicht leidtun! Dir sollte leidtun, wie du mich nach unserer ersten Nacht behandelt hast. Und wie du mich angefahren hast, nach der Sache mit Yori …«

Takeo senkte den Blick. »Ich war eifersüchtig. Ich bin es immer noch. Das zwischen uns kann nicht funktionieren.«

Laura sah ihn aus zusammengekniffenen Augen an. »Wie meinst du das?« Erst schlief er so leidenschaftlich mit ihr, als würde sein Seelenheil davon abhängen, dann zog er sich zurück. Was zur Hölle wollte er überhaupt?

»Du …« Takeo stockte. »Du veränderst dich, Laura. Du wirst wie Jessi. Das macht mir Angst.«

»Du willst nicht, dass ich Jessica helfe, ist es das?« Laura ließ ihn nicht aus den Augen. »Du willst mich nicht teilen.«

Takeo sah wütend zurück. »Und wenn es so ist? Wenn wir zusammen sind, dann will ich dich nicht teilen.«

»Ich bin nur ein paar Wochen hier.«

»Das macht es nicht besser.« Er sah sie bittend an. »Die Sache mit der Buchung ist zu viel für dich. Hör auf, bevor es zu spät ist.«

»Sag doch einfach, dass du nicht möchtest, dass ich mit einem anderen schlafe.«

»Ich habe kaum das Recht, dir das zu verbieten. Wie du schon sagtest: Du bist nicht lange hier und du bist nicht mein Eigentum. Du musst selbst wissen, was du in dieser Zeit tust.«

»Ich …« Laura stand langsam auf. »Ich kann nicht mehr zurück, Takeo, sondern muss das durchziehen. Es … es geht dabei nicht nur um Jessi und Shanaya. Ich wünschte, ich könnte es erklären … Ich muss diese Sache durchziehen. Das fühle ich ganz tief in mir. Hilf mir dabei.«

Er schüttelte den Kopf und stand ebenfalls auf. »Das kann ich nicht. Ich kann dich beschützen. Aber teilen kann ich dich nicht.«

Laura fühlte sich unendlich müde und traurig. Wie gerne hätte sie daran geglaubt, dass sie und Takeo glücklich werden könnten, zumindest für eine kurze Zeit.

»Dann musst du mich gehen lassen. Und ich dich.« Sie spürte Tränen in den Augen und suchte nach ihren Kleidern, damit er sie nicht sah.

»Das ist das Vernünftigste, was wir tun können«, flüsterte er. »Es ist aussichtslos.«

Liebte er sie? Laura wagte es nicht zu fragen. Sie spürte ihre Liebe. Aber sie würde Jessi nicht im Stich lassen und für Takeo nicht auf ihr Vorhaben verzichten. Jetzt nicht mehr. Wenn er sie vor drei Tagen gefragt hätte, vor vier … In jener Zeit, als sie ihn verzweifelt gesucht hatte und er ihr ausgewichen war. Aber jetzt hatte sie zugesagt, dass sie das durchziehen würde. Ihre Entscheidung war bereits gefallen. Ob Liebe allein manchmal nicht genug war? Wie lange war es her, dass sie wirklich verliebt gewesen war? Sie hatte auch vergessen, wie sehr Liebe schmerzen konnte. Den bitteren Geschmack von Asche. Aber das gehörte wohl dazu.

»Es tut mir leid«, flüsterte sie zurück. »Versteh mich.«

Er sagte nichts. Laura hörte, wie er die Tür hinter sich schloss. Sie war allein.

* * *

Während die Färbung einwirkte, hörten sie Takeos Audi fortfahren. Laura unterdrückte den Impuls, aufzustehen und nachzuschauen.

»Wo fährt er hin?«

Yukiko schaltete den Fernseher aus und sah vom Sofa zu dem mit einem Bettlaken abgedeckten Stuhl, auf dem Laura saß.

»Weißt du das gar nicht?« Auf ihrer Stirn zeigte sich eine kleine Falte. »Takeo meinte, er brauche Abstand, und hat Kazuya gebeten, auf dich aufzupassen. Ich dachte, ihr hättet das miteinander besprochen. Offen gestanden komme ich da nicht mehr ganz mit.«

»Er … er bleibt länger fort?«

»Bis zu der Buchung.«

Seltsamerweise fühlte Laura neben Schmerz auch Erleichterung. Sie wollte nicht vor Takeo irgendwelche neuen Dinge ausprobieren. Sie wollte nicht, dass seine traurigen Augen sie anblickten.

»Aber … Ich verstehe nichts von dieser Teezeremonie.«

»Das meinte Takeo auch. Deshalb wirst du sie auch nicht durchführen. Du wirst als Gast daran teilnehmen und Takeo wird das machen.«

»Schön.« Laura versuchte, gegen die Leere in sich anzukommen. Hoffentlich kam Jessi bald heim. Sie vermisste ihre Schwester. Jessi würde ihr helfen, den Schmerz zu tragen.

»Was genau läuft eigentlich zwischen euch?« Yukiko

stand neugierig auf und ging zu Laura hinüber. »Habt ihr euch gestritten?«

»Takeo möchte nicht, dass ich diese Sache mache … es ist so, wie du gesagt hast, Kiko. Er will mich nicht teilen.«

Yukiko starrte sie an wie eine Außerirdische. »Laura … Ich meine … Warum, beim Reich aus Feuer und Eis, hast du dann nicht einfach die ganze Sache hingeschmissen? Ich … Wir hätten das verstanden!«

Laura senkte den Blick. »Ich konnte nicht.«

»Warum?« Yukiko packte ihre Schultern und suchte in ihren Augen nach Antworten. »Warum tust du das? Du hast selbst gesagt, dass Shanaya dich nicht interessiert.«

»Es ist nicht Shanaya.« Laura sah auf und begegnete Yukikos Blick. »Es ist Jessi. Niemand hat das Recht, ihr das anzutun.«

Yukiko ließ sie los. »Zwillingsliebe. Armer Takeo. Dagegen kommt er wohl nicht an.«

Laura spürte Tränen, die sie zurückhielt. »Denkst du, ich handle falsch? Denkst du … Soll ich …«

Yukiko streichelte über ihre Wange. »Nein. Schon gut. Ich denke, Takeo hätte es verstehen sollen. Vielleicht tut er das ja noch.«

»Das denke ich nicht. Ich habe aufgegeben. Es war ein Traum. Nun bin ich ohne Hoffnung aufgewacht.«

»Hoffnung gibt es immer.«

»Mach jetzt nicht auf Gandalf, Kiko! Takeo hat seine Position klargemacht. Ich habe ihn verloren. Und es ist meine eigene Schuld.«

Yukiko wandte sich ab und trat ans Fenster. Ihre Stimme klang seltsam brüchig. »Du tust mehr für Jessi, als du erkennen kannst. Und für uns. Ich werde alles tun, was ich kann, damit diese Sache doch noch ein gutes Ende nimmt.«

»Du kannst nichts tun. Takeo ist fort.«

Yukiko drehte sich zu ihr um. »Er kommt wieder. Und

bis dahin kannst du machen, was du möchtest. Du brauchst noch ein wenig Erfahrung, ehe wir dich Jessis Aufgabe erfüllen lassen können. Takeo hätte dich dabei eher verunsichert.«

Laura nickte schwach. Sie wünschte, er würde zurückkehren, für sie da sein und diese Sache gemeinsam mit ihr durchstehen. Aber das war albern und selbstsüchtig.

»Weißt du schon, wie ich das anstellen soll?«

Yukiko lächelte. »Lass mich nur machen.«

* * *

Laura war nervös, als sie sich an diesem Abend mit André und Yukiko im englischen Zimmer eingefunden hatte. Sie saß in Jessicas Klamotten auf einem Polsterstuhl vor dem großen Bett und blickte auf Yukiko, die in roter Reizwäsche auf den lindgrünen Decken lag. André saß neben ihr auf der Matratze, wirkte unbeteiligt, fast gelangweilt. Ob er überhaupt mit ihr schlafen wollte? Und wollte sie es?

Es war nämlich etwas ganz anderes, mit jemandem zu schlafen, weil man es wollte, oder weil man meinte, es tun zu müssen. Sie hatte mit Yukiko, Takeo und Kazuya geschlafen. Selbst Yori gegenüber war sie nicht abgeneigt gewesen. Aber all diese Momente waren aus Situationen entstanden, in denen sie Sex wollte. Laura sah auf den Boden, ihre Hände lagen verkrampft ineinander.

Vielleicht hat Sakura recht. Vielleicht kann ich es wirklich nicht.

Yukiko schien ihre Befangenheit zu spüren, denn sie widmete sich ganz sich selbst und André und tat so, als sei Laura überhaupt nicht im Raum. Sie begann, André das weiße Hemd auszuziehen und ihm kleine Küsse auf den Nacken zu geben.

Laura wollte nur fort. Zum Glück sah Yukiko ihr nicht in

die Augen. Laura schämte sich für ihre Gefühle. Sie hatte es doch so gewollt. Warum war ihr das jetzt zu viel?

Yukiko hatte André das Hemd ausgezogen und sich hinter ihn gesetzt. Sie massierte seine Schultern aufreizend langsam, während er den Kopf genüsslich zurückstreckte.

So schlimm war es eigentlich gar nicht. Laura atmete tief ein und aus. Sie saß hier und konnte zusehen, wie sie es bereits vor dem Monitor getan hatte. Eigentlich war es höchste Zeit, etwas Verrücktes zu tun. Wann hatte man schon so eine Chance? Und André sah heiß aus in der schwarzen Lederhose, an ihm war wirklich nichts auszusetzen – bis auf den arroganten Blick, aber bitte, sie wollte ihn ja nicht heiraten.

Yukiko löste den Pferdeschwanz auf Andrés Kopf und seine blonden Haare fielen ihm wie ein Schleier über die braunen Schultern.

»Du bist einer der wenigen Männer, die nie Verspannungen haben«, erklärte sie lächelnd.

André wandte sich zu ihr um und umfasste ihre Hüften mit beiden Händen.

»Wer kann denn in deiner Gegenwart angespannt sein, Kiko? Du machst jeden Mann willenlos. Es ist wirklich schade, dass du so selten Zeit für mich hast.«

Yukiko warf den Kopf zurück und lachte. »Vielleicht tust du zu wenig, um mich zu überzeugen?« Sie griff in seine Haare und zog seinen Kopf an ihre Brust.

Laura spürte, wie sie rot wurde. Verfluchte Schüchternheit. Sie bewunderte Yukiko, die Andrés Kopf wie selbstverständlich hielt, während seine Zunge ihre Brust erkundete. Noch konnte sie verschwinden.

Laura fühlte ein schmerzhaftes Ziehen tief in sich. Es erregte sie, was sie sah. Andrés Mund lag auf Yukikos weißer Haut. Seine blauen Augen blickten in ihr Gesicht. Yukiko betrachtete ihn interessiert, während seine Lippen ihre Brustspitzen umschlossen. Er kroch auf allen vieren über sie, so dass sich Yukiko immer weiter zurücklehnen musste, bis ihr Rücken die grüne Decke berührte. Laura musste an einen Vampir denken, der sein Opfer zu Boden brachte. Sie versuchte, möglichst kein Geräusch zu machen, als würde ihr die Stille Unsichtbarkeit verleihen.

»Wir sind unhöflich.« Yukiko sah sie an. »Wo wir doch einen Gast haben.« Sie wies mit der Hand auf die lindgrüne Bettdecke. »Komm her, Laura-chan. Wir beißen nicht.«

Laura saß völlig verkrampft. Yukiko löste sich von André und sprang vom Bett. Ihr schlanker Körper bewegte sich grazil durch den Raum, während Laura das Gefühl hatte, ihre Beine seien zu Stein geworden und ihr Oberkörper zu Eis erstarrt. Yukiko zog sie auf die Füße. »Komm schon, es ist nur ein Spiel. Du musst nichts weiter tun, nur auf uns hören. Wir kennen die Regeln.« Sie lachte leise.

André machte ihr auf dem Bett Platz und drückte ihre Schultern nach unten. Laura saß plötzlich zwischen ihnen. Ihr Herz schlug schnell und laut. Sie fühlte sich gefangen von Yukikos und Andrés großer Erfahrung. Was war sie schon? Was kannte sie schon? Diese beiden hatten vermutlich in einem Monat mehr Sex als sie in den letzten zehn Jahren.

André berührte nachlässig ihren Hals. »Hat es dir eigentlich Spaß gemacht, mich zu beobachten? Wir sollten uns noch einmal darüber unterhalten, ob es so nett ist, andere beim Sex zu beobachten. Wenn ich das richtig sehe, habe ich noch etwas bei dir gut.«

Laura sah betreten zu Boden.

»Scht«, Yukiko strich durch Lauras offenes Haar. »Merkst du nicht, wie verängstigt unsere Kleine ist? Gar nicht wie Jessi. Nur ein verängstigtes Schulmädchen, das nach Hause möchte.« Ihre Stimme troff vor Provokation.

Das macht sie mit Absicht, dachte Laura, aber zugleich wurde sie tatsächlich wütend. *Sie will mich herausfordern.*

»Ich fühle mich hier sehr wohl«, begehrte sie auf.

»Ist das so?« Yukiko griff fester in ihre Haare, ließ aber sofort wieder los. »Dann steh auf und zieh dich aus.«

Laura schluckte und sprang ein wenig zu schnell auf die Beine. Fast hatte sie das Gefühl, entkommen zu sein. Sie griff nach ihrem schwarzen, eng anliegenden Oberteil. Ihre Hände zitterten, während sie es in Zeitlupe nach oben zog.

Ob André sie verachtete? Ob er nur ein Kind in ihr sah? Sie zog das Oberteil über den Kopf. Jessis BH bedeckte nur den Ansatz ihrer Brüste. Der Rest lag frei. Wie eine Tänzerin beugte sie sich vor, um den Reißverschluss des Stiefels zu öffnen. Das waren vertraute Bewegungen. Sie hielt André das Bein entgegen, stellte den Fuß auf seinem Oberschenkel ab. Er zog ihr den Stiefel wortlos aus. Der zweite folgte. Laura stieg aus ihrer Hose und stand wartend vor Yukiko und André. Yukiko lächelte. »Komm näher.«

Laura folgte der Aufforderung. Yukiko sah ihr ins Gesicht.

»Denk nicht so viel. Versuch lieber, dich zu spüren.« Sie legte ihre Hand auf Lauras nackte Brust. Diese zog scharf die Luft ein. Die ungewohnte Berührung erregte sie mehr, als sie erwartet hatte. Die Japanerin stand auf und drängte sich nah an sie.

»Fühlst du deinen Herzschlag?« Yukiko flüsterte es in ihr Ohr. »Lösch alles aus. Vergiss alles andere. Es ist nicht wichtig.« Sie nahm Lauras Hände und zog sie mit sanfter Bestimmtheit auf die lindgrüne Decke.

Laura schloss die Augen. In Gedanken wiederholte sie Yukikos Worte. Es war nichts wichtig. Nur das Jetzt. Das schmerzhafte Ziehen zwischen ihren Schenkeln. Andrés Hand, die auf ihrem Bein lag und ausdauernd ihre Haut streichelte. Laura ließ sich fallen, sie sank mit dem Oberkörper zurück auf das weiche Bett.

Es fühlte sich gut und richtig an, dort zu liegen. Das hier war ihre Zeit. Ihr Leben. Sie streckte ihre Hände nach Yukikos Brüsten aus. Ihre Finger umschlossen die zarten

Rundungen, sie spürte, wie sich Yukikos Brustknospen hart gegen ihre Handfläche drängten.

»Was soll ich tun?«, flüsterte Laura. Sie presste ihre Beine instinktiv zusammen, als André sie an den Innenseiten ihrer Oberschenkel berühren wollte.

»Loslassen«, meinte er leise, während er ihre Beine auseinanderdrückte.

»Vielleicht macht es das hier einfacher.« Yukiko beugte sich über sie. Laura blinzelte und sah das rote Seidentuch, das die junge Frau in den Händen hielt. »Heb deinen Kopf an.«

Laura gehorchte erregt und Yukiko band das Tuch fest. Sie zuckte zusammen, als Yukikos Hände ihren Bauch berührten, denn ihre Finger fühlten sich noch intensiver an als zuvor. Unbewusst streckte Laura sich ihr entgegen und auch Andrés Hände ließ sie nun mit einem leisen Seufzen über sich gleiten.

Es war erregend, nicht zu wissen, wo die beiden sie als Nächstes berühren würden. Und dadurch, dass sie nichts sah, fühlte sie sich freier, als würde ihr das Tuch die Hemmungen nehmen.

Sie stieß scharf die Luft aus, als sie Andrés Zunge auf ihren Schenkeln fühlte. André zog dort kleine Ovale und näherte sich rasch dem schmalen Streifen Haar auf ihrer Scham. Yukiko liebkoste ihre Brüste.

»Siehst du? Es ist gar nicht so schlimm. Lass einfach los.«

Laura atmete tief ein und aus. *Ich bin verrückt,* dachte sie. Aber plötzlich kam der Moment, in dem sie sich darüber freute. Ja, sie tat etwas Verrücktes. Endlich. Endlich wurde aus dem hässlichen, unerfahrenen Entlein ein Schwan. Endlich ergründete sie ihre Sexualität. Endlich war sie frei von der Angst, die ihr ihr eigener Körper immer wieder gemacht hatte. *Auch das gehört zu mir.* Laura streckte sich und hob ihren Oberkörper leicht an. Ihre Brüste fühlten sich rund und schön an. Sie war schön. Sie war aufregend. Sie hatte es verdient, von Yukiko und André verwöhnt zu werden. Ihr plötzlicher Mut ließ sie Andrés Glied umschließen. Es fühlte sich prall und warm an – Leben in ihrer Hand.

Yukikos Lippen berührten ihr Ohrläppchen. Ihr Atem strich über Lauras Gesicht. »So ist es gut. Und jetzt bewegen. Auf und nieder.« Ihre Finger schlossen sich um Lauras Hand. Gemeinsam bewegten sie sich. »Ganz locker, nicht so verkrampft. Lass oben, was nach oben gehört.« Sie führte Lauras Finger. Zusammen streichelten und rieben sie Andrés Glied. Laura spürte seine Fingerkuppen auf ihren Brüsten. Sie kam nicht gegen ein leises Keuchen an. Die Decke lag samten unter ihr. Sie roch Yukikos frühlingshaftes Parfüm, das sie an die Kirschblüten im Garten denken ließ.

»Weicher. Wie Wasser, das ihn umfließt. Fang langsam an, dann kannst du dich später noch steigern.« Yukikos Stimme klang wie durch Nebel zu ihr. Laura lächelte, als sie spürte, wie erregt André war. So gleichgültig, wie er tat, war sein Körper nicht.

Yukiko zog ihre Hand von André fort und half ihr auf die Knie. Laura hockte auf allen vieren auf dem Bett. Yukiko drückte ihren Kopf zärtlich nach unten. »Versuch es. Es ist nicht schwer.«

Laura öffnete den Mund, als sie Andrés Glied an ihren Lippen fühlte. Sie hatte noch nie gewagt, einen Mann auf diese Weise zu berühren. Yukiko hielt ihren Kopf.

»Vorsichtig, mein Garten. Gefühlvoller. Du willst doch Lust schaffen und bereiten, um selbst welche zu empfangen.«

Laura hielt Andrés Schwanz fest, ihr Kopf bewegte sich vor und zurück. Sie fühlte seine Hände, die ihren Po umschlossen und ihren Rücken streichelten.

»Vergiss deine Zunge nicht«, flüsterte Yukiko ihr ins Ohr. »Und genieße es. Es ist auch Lust für dich. Du kannst seine

Lust fühlen. Wie sie wächst. Wie er sich mehr und mehr an dich verliert.«

Laura versuchte, André auch mit der Zunge zu verwöhnen. Sie fühlte, wie seine Hände sich fester um ihre Pobacken schlossen. Ihre Bewegungen wurden schneller, sie umfasste sein Glied fester. André packte ihren Kopf und schob ihn zurück. Laura seufzte wohlig, als er sie auf die Matte drängte. Ihr Kopf sank auf Yukikos Schoß, deren Hände ihr Haar zerwühlten und ihr Gesicht streichelten.

»Du musst nicht weitermachen, wenn du es nicht möchtest«, erklang ihre leise Stimme über Laura. Laura stellte sich vor, wie sie in diesem Zimmer mit den vertäfelten Wänden lag, umgeben von viktorianischen Möbeln und englischen Gemälden. Sie fühlte sich leicht und frei, die Befangenheit war endlich gewichen.

»Ich möchte. Ich gehöre ganz euch.«

Yukiko lachte leise auf und küsste sie auf den Hals. Laura fühlte sich geborgen und erregt zugleich. Sie spürte Andrés Oberschenkel, die ihre Beine auseinanderschoben. Der gut aussehende Mann hob ihre Schenkel an und drängte sich an sie. Laura stellte ihre Füße neben ihm auf, um dadurch ihr Becken in eine höhere Position zu bringen. André rutschte noch näher an sie heran. Yukiko umschloss Lauras Brüste mit den Händen. Laura bewegte sich weich zwischen den beiden. Sie war erregt, aber lange nicht so aufgeheizt wie im Teehaus, als sie Takeo zum Bluten gebracht hatte. Die Erinnerung war wie ein scharfer Stich, der sie nach Luft schnappen ließ. Ihr Becken hob sich genau in dem Moment, als André in sie eindrang.

Ich bin verrückt. Aber es ist großartig.

»Hör auf zu denken.« Yukiko hielt ihre Handgelenke fest und drückte sie in die Decke. »Denk nicht. Gib dich hin.«

Laura atmete erlöst aus und genoss, was André mit ihr tat. Er war gefühlvoll, viel ruhiger, als sie es von ihm erwartet hatte, und er hatte eine Art an sich, die Lust auf mehr machte. Aber dieses Mal hielt Laura sich zurück. Sie nahm sich Zeit, um sich verwöhnen zu lassen. Einmal dachte sie noch an Takeo und daran, was er jetzt wohl tat. Dann erloschen ihre Gedanken und sie war ganz Gefühl, ganz Lust und Vergnügen zwischen André und Yukiko.

11

Die Penthousewohnung war unbezahlbar. Takeo starrte durch das große Panoramafenster hinunter auf die Stadt, auf die glitzernden Lichter in der Schwärze der Nacht. Er fühlte sich einsam, so hoch oben über allen anderen. Seine Hand berührte das kalte Glas. Vielleicht war es keine gute Idee gewesen, hierherzukommen. Liz war eine gute Freundin, aber sie konnte auch schnell anstrengend werden und nach dem verlangen, was ihr am meisten Spaß machte.

Und genau deshalb bist du hier, dachte er ironisch und trat vom Fenster fort. Es ging drei Stufen hinab zu der weißen Ledercouch. Auf einem Glastisch stand ein Ikebana-Arrangement aus fünf einzelnen Blumen. Takeo setzte sich auf die Couch. Leise Musik erfüllte den Raum und es roch nach gewürztem Sushireis.

Was Laura jetzt wohl tat? Er wollte nicht daran denken. Am liebsten würde er sie packen, in seinen Audi werfen und sie irgendwohin verschleppen, wo sie nur ihm gehörte. Er seufzte. Liebe war kompliziert. Es war verrückt, sich nur an einen Menschen zu binden. Verrückt, ganz für einen anderen da zu sein und ihm die Treue zu schwören. Und obwohl es verrückt war, hatte er genau das von Laura verlangt. Weil er sie nicht teilen wollte.

Er griff nach dem Whiskeyglas auf dem Tisch und nahm einen tiefen Schluck. Und nun saß er hier. Bei seiner Drehkollegin Liz, der heißesten Frau der Produktion, wie der Regisseur immer zu sagen pflegte. Liz machte auch kein Geheimnis daraus, dass sie mit ihm schlief. Sie genoss ihr Leben. Früher war er nach Drehschluss noch öfter mit ihr in eine Bar gefahren, um den Tag ausklingen zu lassen und sich über die bezahlten Mädchen lustig zu machen, die in der Bar arbeiteten und keine andere Aufgabe hatten, als mit den Männern zu reden. Noch lustiger machten sie sich allerdings über die Männer, die bezahlte Frauen brauchten, um Konversation zu führen. Vielleicht taten sie es nur, um sich zu rechtfertigen, weil sie nicht so waren, wie man es in Japan sein sollte. Sie suchten das Extreme und hatten Sex, wenn ihnen danach war. Takeo dachte an einen Drehtag, als der Hauptdarsteller am Nachmittag eine Pause brauchte und Liz sich im Flur Takeo hingegeben hatte. Und darum war er jetzt hier. Um seine Gedanken von Laura abzulenken, dem wahnsinnigen Wüten in seinem Innern einen Riegel vorzuschieben und von der Frage, ob sie gerade mit Hiroki, André oder Kazuya schlief.

»Verfluchter Idiot.« Er nahm noch einen Schluck. Der große Raum war geschmackvoll eingerichtet. Fernseher mit Flachbildschirm, die neusten Spielkonsolen und geschickt versteckte Boxen machten ihn zu einem Glanzstück der Technik. Zwei Ledersessel standen links und rechts von der Couch, davor ein niedrigerer Lederhocker, der mehr als eine Funktion hatte.

Takeo sah auf, als Liz den Raum betrat. Sie war groß und schlank, ihre kurzen, modisch geschnittenen Haare schimmerten wie rotes Feuer. Sie dämpfte das Licht ein wenig und trat dann mit einer gläsernen Platte auf ihn zu. Reis und Sushi, alles vom Feinsten – und das Beste war die Köchin in ihren Lederstiefeln und den schwarzen Strapsen. Takeo lächelte, als sie das Essen mit einer leichten Verneigung vor ihm abstellte. Sie schwang sich lasziv auf einen Sessel und sah ihm zu, während er aß.

»Liebeskummer?«, fragte sie freundlich. Ihre blauen

Augen strahlten ihn an. Soweit er wusste, waren ihre Eltern Engländer. Sie hatte eine sehr helle Haut, auf der sich vereinzelt Sommersprossen zeigten. Ihre Brüste waren üppig und schön geformt. Am besten aber gefielen ihm ihre langen Beine, die durch die Stiefel noch länger wirkten. Ihre Wimpern waren blau getuscht und unterstrichen die intensive Farbe ihrer Augen. Blau wie der Himmel an einem Sommernachmittag.

»Du weißt doch, dass ich nichts von der Liebe halte«, gab er einsilbig zurück und nahm sich von den Maki-Sushi.

»Aber die Liebe hält vielleicht etwas von dir«, meinte sie frech und spreizte ihre Beine auf obszöne Weise. »Du weißt, wie tief beeindruckt ich von deinen Talenten bin.« Sie lächelte. Ihre roten vollen Lippen waren Verführung. Aber nicht so schön wie Lauras sinnlicher Mund.

Hör auf, an sie zu denken, schalt er sich. *Hör auf, ihr nachzutrauern. Sie wird kaum für dich in Japan bleiben.*

»Liebe wird völlig überbewertet.« Er nahm sich noch einen Happen Reis mit Fisch.

Liz goss ihm Whiskey nach. »Und wie steht es mit Sex?« Sie sah ihn fragend an, ihre Hand lag auf ihrem Oberschenkel. Sie spielte mit dem schwarzgemusterten Strumpf, zupfte an ihm, als wollte sie eine Blume pflücken. Mit der anderen Hand nahm sie sich Sushi. Sie führte es so geschickt zum Mund, dass er unversehens auf ihre vollen Lippen starren musste. Sie nahm den Reis genießerisch in den Mund, kaute und schluckte. »Wir haben schon lange nicht mehr gespielt, Takeo. Ich vermisse unsere gemeinsamen Spielabende.«

»Das liegt vielleicht an der Eintönigkeit.« Er musterte ihren alabasterfarbenen Körper. »Du bevorzugst nun einmal eine bestimmte Spielart.«

Liz rutschte vom Sessel und kniete sich vor ihn. Ihre Hände mit den langen, rubinroten Nägeln umfassten seine Knie.

»Ja, mein Herr, das tue ich. Und du weißt auch, warum. Du weißt, wie stark ich im Leben bin. Nur hier darf ich schwach sein. Und unterwürfig. Also, lass mich dir dienen. Du kannst mit mir machen, was du möchtest.«

Er spürte zu seinem Ärger Erregung. Ihre vollen Lippen waren definitiv zu nah am Reißverschluss seiner Hose.

»Liz, ich bin nicht hergekommen, um deine sexuellen Vorlieben auszukosten.«

Sie sah zu ihm auf. Ihre tiefblauen Augen schienen ihn zu verspotten. »Lügner. Sag deiner Dienerin die Wahrheit. Sag ihr, wie verrückt du nach ihrem biegsamen Körper bist.«

»Liz, ich …«

»Vielleicht bist du auch gekommen, um sie zu bestrafen? Um deine Wut an ihr auszuleben?«

Das lüsterne Flackern in Liz' Augen ließ ihn betreten zur Seite sehen. War es so weit gekommen? War er wirklich hier, um seine Wut über Lauras Untreue an ihr auszulassen?

Liz richtete sich auf den Knien auf und umfasste mit einer Hand sein Kinn. Ihre Stimme war Honig. »Erwischt, nicht wahr? Aber du solltest dich dafür nicht schämen. Du weißt, was ich mag. Was darf ich dir denn bringen? Gürtel oder Peitsche?«

»Mach dich nicht über mich lustig.«

Sie lächelte und senkte kokett den Blick. »Das fiele mir im Traum nicht ein, Herr. Ich versuche nur, das zu bekommen, was ich möchte.« Ihre blauen Augen sahen wieder zu ihm auf. »Lass uns frei sein. Wie früher. Lass mich dir dienen.«

Er vergrub eine Hand in ihrem vollen Haar. »Du sehnst dich danach, Liz. Du vergehst bei dem Gedanken, mit mir zu schlafen.«

»Es mit dir zu treiben, Takeo. Auf allen vieren, wie ein Tier.«

Er lächelte über ihre Direktheit. Liz war alles, aber sie war nicht kompliziert. Sie liebte ihn auch nicht. Sie stand einfach nur auf SM. Auf Dominanz- und Fesselspiele. Sie wollte für ein paar Minuten schwach sein, Sklavin sein und jegliche Verantwortung für ihr Handeln abgeben. Er ließ sie los.

»Bring mir die Handschellen und mach dir keine Hoffnungen. Ich werde dich erst dann vögeln, wenn mir auch danach ist.«

Liz erhob sich freudig. »Wie Ihr wünscht, Herr.«

Sie verschwand im Schlafzimmer. Takeo stand auf und trat in die Mitte des Raumes. Er sah hoch zu dem eisernen Ring, an dem an seltenen Tagen ein Kerzenhalter hing. Hinter einer der weißen Papiertüren, die die Seiten des Raumes bedeckten, lag die lange Kette, die man hindurchziehen konnte. Das alles waren reizvolle Spiele, aber sie entsprachen nicht ganz dem, was ihn erregte. Er verbot sich, an Laura zu denken. Er brauchte Ablenkung.

Liz trat wieder ein und ging eilfertig vor ihm auf die Knie. »Was wünscht Ihr?«

»Auf den Hocker!« Er machte eine entschlossene Bewegung zu dem weißen Lederhocker. Während Liz ihm aufs Wort gehorchte und auf allen vieren zu dem Hocker kroch, ging er an eine der Schranktüren, holte sich eine Fußschelle, trat hinter Liz und hatte ihre Hände und Füße mit wenigen Handgriffen gefesselt. Eine dünne metallene Kette verband die beiden Fesseln unter dem Hocker. Liz konnte sich nicht mehr fortbewegen. Sie stöhnte und rieb ihre Scham am Leder.

Takeo sah auf ihren ebenmäßigen Körper hinab und Lust durchströmte ihn. Er hätte sie auch ohne Fesseln genommen, aber er wusste, dass es Liz dann nur halb so viel Spaß machte.

»Warst du artig?«, fragte er heiser. Wie immer kam er sich bei dieser Frage reichlich albern vor, aber er genoss, wie Liz darauf reagierte. Ihre Spiele zu spielen machte allein schon deshalb Lust, weil man beobachten konnte, wie sie immer feuchter wurde.

»Herr …« Sie stockte und ihre Stimme brach. »Ich habe Euch betrogen.«

Takeo ging auf und ab, den Blick immer auf sie gerichtet. »Das kann ich mir vorstellen. Wie oft denn, um genau zu sein?«

»Herr, bitte …«

»Wie oft, Liz?«

»Seit unserem letzten Mal hatte ich bestimmt mit zehn anderen Männern Sex … und mit zwei Frauen … Es kommt immer einfach über mich, ich kann nichts dagegen tun.«

»Versuchst du denn, etwas dagegen zu tun?« Er trat hinter sie, gab ihr einen leichten Klaps auf den Po und sah, wie sie sich in freudiger Erwartung wand.

»Immer, Herr. Immer.«

»Lüg mich nicht an. Du brauchst es nun mal so oft. Das ist doch dein Problem, Liz. Du willst es so.« Er kniete sich hinter sie. Komplett angezogen, während sie nichts trug bis auf die Stiefel und ihre Strapse. Seine Hand schob sich auf den hellen Flaum, der ihr Dreieck bedeckte. »Sag mir, dass du es willst.«

»Ich will es«, stöhnte sie. Sie versuchte, sich ihm entgegenzustrecken, aber die Fesseln ließen ihr wenig Spielraum. »Fick mich.«

»Das werde ich nicht.« Er stand auf und zog einen der Sessel vor ihr Gesicht. »Zur Strafe wirst du es mir besorgen und danach sehen wir weiter. Das wird eine lange Nacht, meine Süße.«

Liz sah ihn verlangend an. »Alles, was du willst.«

Takeo öffnete seine Hose und rückte nah an sie heran. Liz streckte sich in den Fesseln. Ihre roten Haare kitzelten seine nackten Schenkel. Sie öffnete den Mund und umschloss sein steifes Glied mit gespannten Lippen, während er ihren Kopf mit beiden Händen hielt. Ihre Zunge leckte über seinen Schwanz. Die Enge und die Feuchte ließen Takeo erschaudern. Er gönnte es ihr nicht, ihn aufstöhnen zu hören. Sein Griff um ihren Kopf war schmerzhaft fest.

»Gib dir mehr Mühe, Miststück. Ich wette, bei den anderen hast du es besser gemacht.«

Liz bewegte ihre Zunge schneller. Ihr Kopf kam ihm entgegen und zog sich von ihm zurück. Er spürte, wie ein einzelner Tropfen Sperma aus ihm quoll. Liz leckte ihn ab und machte weiter. Unermüdlich umschloss sie ihn. Sie stöhnte dabei leise und lustvoll. Takeo sah auf ihren milchigen Rücken, der sich über dem Hocker streckte. Er half mit seinen Händen ihren Bewegungen, drückte sie tief auf seinen Schoß. Sie ließ ihr Becken kreisen, rieb ihren Körper an dem harten Hocker. Es war erregend zu sehen, wie geil sie die Handschellen machten. Takeo bemühte sich um eine ruhige Stimme.

»Ist das alles? Du hattest schon mehr Leidenschaft. Ich denke, du musst mal wieder geschlagen werden, damit du dich daran erinnerst, wie man es richtig macht.«

Liz stöhnte auf und gab sich noch mehr Mühe. Sie ließ ihn tief in ihren Mund, leckte ihn mit schmerzhafter Intensität. Takeo konnte ihrer Kunstfertigkeit nicht lange standhalten. Obwohl er immer geiler wurde und ein heißes Zittern über seinen Körper lief, sprach er, als würde Liz ihn überhaupt nicht antörnen.

Er packte sie an den Haaren am Hinterkopf und zerrte sie von sich. Kalt sah er sie an. »Wenn es mir kommt, wirst du schlucken und mich sauber lecken.«

Liz' Gesicht war hochrot von der Anstrengung. Sie nickte und schluckte trocken. Ihre Augen funkelten vor Freude. »Ja, Herr. Wie Ihr wünscht.«

»Mach weiter.« Er gab ihren Kopf frei. Liz hatte Mühe, sein Glied ohne die Hilfe ihrer Hände in die richtige Position zu bringen. Wieder legten sich ihre Lippen um ihn. Er lehnte sich zurück, ließ sich von ihr lecken und spürte, dass er schon nahe am Orgasmus war. Verfluchte Hexe. Sie konnte das viel zu perfekt. Er nahm ihren Kopf und wollte ihn sanft von sich schieben, aber Liz ließ es nicht zu. Sie machte weiter, stöhnte dabei lustvoll und sah zu ihm auf, als es ihm kam. Sie schluckte. Noch immer leckte sie weiter, unersättlich, als könnte ihr Hunger auf ihn nicht gestillt werden. Takeo stöhnte und schloss die Augen. Ihre Zunge nahm sein Sperma auf. Erst als nichts mehr davon übrig war, löste sie sich von ihm. Sie lächelte triumphierend. »Hat es Euch gefallen, Herr?«

»Ich habe schon Besseres erlebt.« Takeo unterdrückte den Impuls, sich den Schweiß von der Stirn zu wischen. »Zur Strafe wirst du hier in deinen Fesseln bleiben. Ich gehe duschen.«

»Wie Ihr möchtet, Herr.«

Er stand auf, schob den Sessel zurück, zog seine Hose hoch und ging hinüber in das große Bad mit der in den Boden eingelassenen Wanne. Auf dem Waschbecken stützte er sich schwer ab und suchte seinen Blick im Spiegel.

Blöder Idiot. Du solltest jetzt bei der Frau sein, die du liebst, stattdessen vögelst du dir das Gehirn raus. Seine Finger umkrallten das weiße Porzellanbecken. *Aber was tut sie? Von wem lässt sie sich gerade nehmen? Wer darf mit seiner Zunge ihren makellosen Körper schmecken?* Er hoffte zumindest, dass Kazuya die Finger von ihr lassen würde, denn er konnte es nicht ertragen, sich Laura und seinen besten Freund auch nur vorzustellen. *Engelsgleiche Hure. Lüsterne Heilige.* Neben dem schmerzhaften Brennen in seinem Magen spürte er eine dunkle Lust. Vielleicht hätte er doch dort bleiben sollen, um sie zumindest zu sehen. Um sie über die Monitore des Überwachungsraumes zu beobachten. Er wollte ihr in die Augen sehen wie dieses Arschloch, das sie unter dem Kerzenleuchter angeblickt hatte, während er eine andere beglückte.

Komm runter, Takeo. Sie muss sich erst finden. Sie tut das für Jess. Er schüttelte den Kopf. Finster sah er in den Spiegel. Sie lebte sich aus und er würde es auch tun. Entschlossen wandte er sich zur Tür.

Er beachtete die gefesselte Liz nicht, ging an ihr vorbei ins Schlafzimmer und holte sich einen ihrer dünnen, mit Strasssteinen besetzten Gürtel. Bei ihrer Wäsche lag eine Packung Kondome. Takeo griff auch danach. Mit festen Schritten kam er in den Wohnraum zurück.

Breitbeinig stellte er sich hinter sie. »Zehn Männer, zwei Frauen, sagtest du. Ich denke, dass acht Schläge für jede dieser Verfehlungen angemessen sein sollten.«

»Herr …« Liz wand sich in ihren Fesseln. »Drei tun es doch auch …«

Er schlug zu. Der Gürtel sauste auf ihren Po. »Habe ich dich um deine Meinung gebeten? Ich sagte bereits, dass diese Nacht lang wird.«

Liz wimmerte und stöhnte bei jedem Schlag. Takeo ließ den Gürtel gerade so hart herunterfahren, dass es schmerzte. Nach zwanzig Schlägen hörte er auf und kniete sich hinter sie. Er zog sich das Kondom über, spreizte ihre Beine und drang von hinten heftig in sie ein. Sie war weit und feucht, schon seit einer guten Stunde erregt.

»Das magst du, was?« Er stieß hart in sie. Den Gürtel fasste er in der Mitte.

»Seid Ihr schon mit Euren Schlägen fertig, Herr?«, fragte sie neckend.

Takeo ließ die Hälfte des Gürtels auf ihren Rücken fahren. Ein einzelner roter Fleck wurde sichtbar. Er sollte nicht alleine bleiben. »Nein. Und beweg dich gefälligst mehr.«

Liz stöhnte laut. Sie kam ihm ruckartig entgegen. Er fasste mit einer Hand in ihre Haare und zog daran. Ihr langer Hals streckte sich. Mit der anderen Hand schlug er zu. Liz gab sich alle Mühe, das zu tun, was er von ihr verlangt hatte.

Sie stieß ihr Becken kraftvoll zurück, soweit das ihr gefesselter Zustand zuließ.

Takeo hielt im Schlagen inne und legte den Gürtel locker um ihren Hals. »Stöhn lauter. Ich will dich hören.«

Liz tat ihm den Gefallen. Ihr Stöhnen wurde zu einem heftigen Keuchen, während er sie mit aller Härte nahm. Ihre gestreckten Arme bohrten sich in den Boden, die Finger krallten sich in den weißen Teppich. Sie kam heftig unter ihm.

»Weiter, fick mich!« Sie ging so weit ins Hohlkreuz, wie sie konnte. Takeo drang noch tiefer in sie ein. Noch immer lag der Gürtel in einer lockeren Schlinge um ihren Hals. Er ließ ihn dort und packte sie mit beiden Händen. Als es ihm endlich kam, stöhnte er befreit auf.

* * *

Laura übte mit Kazuya tanzen. Sie standen auf dem schmalen Rasenstreifen neben dem Eingang seiner Wohnung. Aus der geöffneten Haustür drang Musik. Er hatte sein Trommelspiel aufgenommen, damit er Laura besser bei den Bewegungen helfen konnte. Sie übte verbissen, wollte alle anderen Gedanken auslöschen, aber sie dachte doch immer wieder an Takeo. Wo er jetzt wohl war? Am liebsten wäre sie ihn suchen gegangen, aber Tokyo war keine Provinzstadt, in der man mal eben nach einer Person fragen konnte. *Er wird ja wieder auftauchen*, dachte sie ärgerlich. Ihre Hand machte eine viel zu wilde Bewegung. Kazuya hielt sie fest.

»Weicher. Flüssiger. Das hier ist kein Schlagtraining. Versuche, die ganze Bewegungsabfolge zu fühlen.«

Laura nickte und versuchte es erneut. Langsam merkte sie sich all die Bewegungsabläufe. Kazuya war ein geduldiger und lustiger Lehrer, der sie immer wieder motivierte.

»Schon besser. Eine Geisha lernt in ihrer Ausbildung jahrelang nichts anderes, als richtig zu gehen. Dafür ist das, was du machst, schon in Ordnung. Aber denk daran, dich in jeder Minute grazil zu bewegen. Du darfst nicht gehen, du musst schweben.«

Laura seufzte leicht. Ein graziles Gesamtkunstwerk würde sie auf die Schnelle nicht werden. Aber sie gab ihr Bestes.

Yukiko kam vom Haupthaus in ihre Richtung gelaufen. Wie immer trug sie weiße, fließende Gewänder mit phantasievollem Schnitt. Sie winkte ihnen zu. »Kazuya! Telefon!«

»Entschuldige.« Er verneigte sich leicht. »Kommst du mit?«

Laura schüttelte den Kopf. Sie war gerade gut in den Bewegungen drin. »Ich übe noch ein bisschen. Ich kann ja rufen, wenn etwas ist.«

Kazuya sah sie zweifelnd an, lief dann aber Yukiko entgegen. »Bleib hier«, meinte er noch.

Laura nahm ihre Übungen wieder auf. Den Arm nach oben biegen, eine Kreisbewegung, Schritt zur Seite, Drehung. Langsam und weich bleiben, fließendes Wasser sein, den Blick gesenkt – nur hin und wieder zum Zuschauer heben. Das war dann der Yukiko-Blick, wie Laura ihn nannte. Kokett und demütig zugleich. Und das Becken nicht vergessen, auch wenn seine Bewegungen subtil bleiben mussten …

Plötzlich bekam Laura einen heftigen Tritt in die Kniekehle. Sie schrie auf und stürzte nach vorne auf den Boden. Eine Hand verschloss ihren Mund. Sie spürte einen Körper hinter sich, aber sie konnte den Angreifer nicht sehen. Laura versuchte, auf die Beine zu kommen. Sie zappelte wie ein Fisch im Netz. An ihre Wange legte sich ein Messer.

»Parker. Denkst du, man will dich mit zerschnittenem Gesicht tanzen sehen?« Die Stimme einer Frau. Laura hielt still. Angst überwältigte sie. Wie hatte sie so dumm sein können? Warum war sie nicht mit Kazuya gegangen? Es war ihr schwergefallen, die Bedrohung ernst zu nehmen – nun erhielt sie die Quittung für ihr uneinsichtiges Verhalten. Sie wagte es nicht, einen Befreiungsversuch zu unternehmen und konnte auch nicht um Hilfe rufen. Das kühle Metall des Messers drückte gegen ihre Haut.

»Tu's doch.« Die ruhige Stimme überraschte Laura und erschreckte sie. Sakura! Gehörte sie zu der Angreiferin? Aber Sakura würde Jessi nichts tun, oder? Sie fühlte, wie sich hinter ihr etwas tat, konnte aber nicht viel sehen.

Sakuras Stimme troff vor Arroganz. »Du kannst ihr die Wange aufschneiden – aber in dem Fall breche ich dir das Genick. Ganz so, wie man es mit dummen Hühnern tut. Du weißt, dass ich das kann. Du weißt, wer ich bin und wer mich ausgebildet hat.«

»Sakura!« Die Stimme ihrer Angreiferin klang erstickt. Anscheinend hatte Sakura ihr bereits einen Arm um den Hals gelegt. »Willst du ihren Tod riskieren?«

»Du stirbst …« Sakura redete ganz normal, als wollte sie den Satz beenden, aber Laura begriff, dass das nur eine Taktik war. Die Hand mit dem Messer löste sich von ihrer Wange, ebenso die auf ihrem Mund. Laura hechtete instinktiv nach vorne. Sie überschlug sich unelegant auf dem Boden und kam auf die Knie. Hinter sich hörte sie Schreie und Kampfgeräusche. Sie drehte sich herum, bemüht, auf die Beine zu kommen.

Die fremde Angreiferin war nicht sonderlich groß. Sie wirkte wie eine durchschnittliche Japanerin, weder hübsch noch hässlich, mit kurzen Haaren und in einfacher Freizeitkleidung. In ihrer Hand lag noch immer das Messer, dessen Spitze auf Sakuras Kehle zeigte.

Sakura hat mich gerettet. Laura konnte es nicht fassen. *Sakura hat mich wirklich gerettet.*

Die Fremde stieß mit dem Messer vor. Sakura wehrte ihren Hieb blitzschnell ab und zwang den Arm der Fremden in einen Hebel. Die kleinere Frau schien damit gerechnet zu haben, denn sie drehte sich schneller aus dem Griff, als Laura mit Blicken folgen konnte. Das Messer fiel zu Boden und beide Frauen traten und schlugen aufeinander ein. Laura wähnte sich in einem Kung-Fu-Film.

Das Messer. Sie stürzte vor und stellte ihren Fuß darauf, damit die Fremde es nicht wieder aufheben konnte. Noch immer fühlte sie sich benommen und verwirrt. Ihre eigene Angst wurde zur Angst um Sakura. Sicher, sie konnte das Miststück nicht leiden, aber ihren Tod wollte sie nicht.

»Kazuya!!! Yukiko!!!«, schrie Laura und bückte sich, um das Messer aufzuheben.

Sakura fing gerade einen herben Schlag mit ihrem Gesicht ab. Sie schrie zornig auf und trat ihre Gegnerin ebenso heftig, doch die Fremde wich dem Tritt aus und stieß sie von sich. Mit dem Fuß trat sie so heftig in Sakuras Magen, dass diese keuchte.

In dem Moment kam Kazuya auf sie zugerannt. Die Fremde sah auf und suchte das Weite, rannte über den Parkplatz davon in Richtung Drachentor.

»Laura! Sakura!« Kazuya beugte sich zu der blassen Sakura, deren schickes Outfit mitgenommen aussah. Auf der schwarzen Lederhose war ein staubiger Schuhabdruck zu sehen und das enge Oberteil hing nur noch an einem Träger. Sakura fuhr mit der Hand über den glänzenden Lack. »Diese blöde Schlampe weiß gar nicht, wie teuer dieses Zeug ist.«

»Geht es dir gut?« Kazuya sah sie besorgt an wie ein Bruder seine Schwester. Laura verstand plötzlich, dass Sakura hierher gehörte. Ja, sie war ein Miststück, und vermutlich hatte sie es nicht verdient, aber Laura spürte, wie ihre Wut auf die blauäugige Frau wich. Sie musterte Sakura von den schwarzen Lackstiefeln bis zu den streng zurückgebundenen Haaren.

»Was tust du hier?«, fragte sie und ging auf sie zu.

Sakura hob den Kopf und sah sie an. »Takeo hat mich gebeten, nach dir zu sehen. Kazuya ist ein guter Freund, aber ein schlechter Bodyguard.«

»Hey!«, protestierte Kazuya halbherzig. »Keine Tiefschläge bitte, Lacklady.«

Laura ignorierte ihn. »Und du bist besser geeignet?«

»Es sieht so aus.«

Kazuya stemmte die Hände in die Hüften. »Das kann nicht euer Ernst sein!«

»Klappe, Kazuya!«, meinten beide Frauen wie aus einem Mund. Sie starrten sich verlegen an. Laura wusste nicht, was sie sagen sollte. Sie müsste sich jetzt bedanken, aber sie brachte kein dankbares Wort über die Lippen. Verlegen strich sie sich das Gras von ihrer Trainingshose. Sakura holte tief Luft. Ihre ganze Haltung war angespannt, die Fäuste geballt.

»Laura, es tut mir leid, dass … ach, vergiss es, du wirst das eh nie verstehen.«

»Ich kann dich nicht ausstehen.«

»Danke. Gleichfalls. Ich habe das hier nur gemacht, weil Takeo darum bat.«

Laura ärgerte es, dass Sakura Kontakt zu Takeo hatte. Obwohl sie wusste, wie albern es war, fühlte sie rasende Eifersucht. Sakura hatte mit ihm gesprochen. Sie wusste, wie es ihm ging und wo er war. Aber sie wollte sich nicht die Blöße geben, nach ihm zu fragen.

»Du hast gut gekämpft«, meinte sie hilflos, weil sie nicht wusste, was sie sagen sollte.

Sakura zog eine Grimasse. »Das war erbärmlich. Ich bin völlig aus der Übung. Schläge fängt man nicht mit der Visage. Du hattest Glück.«

Laura schwieg. Was sollte sie sagen? Sie starrte auf Sakuras aquamarinfarbene Kontaktlinsen. Sakura wandte den Blick nicht von ihr ab. Die Spannung zwischen ihnen kam Laura wie etwas Körperliches vor, das sich berühren ließ. Sie musste nur die Hand ausstrecken und sie würde sie fühlen wie ein straff gespanntes Seil kurz vor dem Zerreißen.

»Wie wäre es mit einem Drink?«, warf Kazuya vorsichtig ein.

Laura nickte zögernd. Auch Sakura senkte leicht den Kopf. Schweigend folgten sie Kazuya ins Haupthaus.

Während Kazuya mit der Polizei telefonierte, saßen sich Laura und Sakura wortlos auf der hellgrünen Couch gegenüber. Jede von ihnen hatte ein Kristallglas mit Sake in den Händen, aber sie tranken nicht.

»Jessi kommt heute heim«, brach Laura das Schweigen.

»Ich weiß.« Sakura sah sie unverwandt an. »Takeo ist bei einer Freundin, falls du es wissen möchtest.«

Laura sagte nichts dazu. Sie fürchtete, dass man ihr ihre Gefühle ohnehin ansah. Bei einer Freundin. Er suchte also Trost in den Armen einer anderen. Großartig. Andererseits hatte sie ihn dazu getrieben, und sie selbst war auch kein Unschuldslamm. Laura dachte an die Geschichte von Dorian Gray, während sie in Sakuras schönes Gesicht sah. Der dunkle rote Fleck unter ihrem Auge konnte es nicht verunstalten. Laura dachte an die Geschichte von einem Porträt, das die Zeichen von Alter, Dekadenz und moralischem Fehlverhalten trug. Gleichzeitig blieb der Gemalte ewig jung und schön. Seine Züge wurden nicht durch seine Untaten gezeichnet. Aber was war mit ihren Zügen? Sie hatte kein Bild, das für sie entstellt wurde. Konnte man in ihrem Gesicht sehen, was sie getan hatte? *Jetzt wirst du melodramatisch.* Wieder sah sie auf Sakura – jung und wunderschön. Sie war der lebende Gegenbeweis für die Theorie, dass man einem Menschen das geführte Leben ansah. Gut, die Linie um ihren vollen Mund war arrogant, aber sonst konnte man sie durchaus als makellos bezeichnen.

»Ich gehe dann wieder, sobald die Polizei da war.«

Sollte Sakura gehen? Mit einem Mal wurde Laura klar, welche Angst sie eben ausgestanden hatte. Es war alles so schnell gegangen. Sie war noch nicht dazu gekommen, wirklich zu verstehen, was eben geschehen war.

»Bleib.« Sie war selbst überrascht über die Aufforderung.

Wollte sie, dass Sakura blieb? *Sie kann mich beschützen.* Laura betrachtete die schlanke Frau, die sie verwundert ansah.

»Bleib bis zu der Buchung. Danach werde ich das tun, was du möchtest, und gehen.«

»Aber …« Zum ersten Mal war Sakura in ihrer Gegenwart fassungslos. »Dein Rückflug geht doch erst später …«

»Ich fliege früher ab.«

»Wegen Takeo?« Auf Sakuras Gesicht zeigte sich Interesse.

»Ja.« Laura kniff die Lippen zusammen. Sie erwartete, von Sakura ausgelacht oder verspottet zu werden, aber diese tat nichts dergleichen. Sie lehnte sich entspannt auf der Couch zurück und schlug die Beine übereinander. Anscheinend freute sie sich auf ihre Art über diese neue Information.

»Was erwartest du von mir? Möchtest du in die Geheimnisse meiner Welt eingeweiht werden?« Sie machte einen spöttischen Kussmund. »Möchtest du Sadomasochismus in seiner Reinform erleben?«

»Um Himmels willen!« Laura schauderte. »Nein. Du kannst mit Kazuya auf mich aufpassen.«

»Bin ich jetzt dein Hündchen?« Sakura spreizte die Beine und legte ihre Hand auf den Reißverschluss ihrer Hose. »Hör bloß auf, Laura, du machst mich noch ganz geil.«

Laura wandte verlegen den Blick ab. »Willst du nun diese Lusthölle retten oder nicht?«

Sakura lachte auf. »Lusthölle? Jessi hat recht. Du bist verklemmt. Aber meinetwegen. Ich bleibe gerne. Zurzeit haben wir schließlich so etwas wie Personalmangel.«

Laura spürte Wut, die sie mutiger machte. »Wenn du dich nicht wie ein eifersüchtiges Miststück verhalten hättest, wäre es nicht dazu gekommen.«

»Ach ja?« Sakuras Augen verengten sich. »Seit vier Jahren reiße ich mir den Arsch auf, um einen gnädigen Blick von Takeo zu bekommen, und du kommst aus Deutschland hier eingeflogen und fickst ihn, sobald du das Flughafengebäude hinter dir hast. Mal ehrlich, Süße, du kotzt mich an.«

»Gleichfalls. Du bist doch nicht besser als Takeo.«

»Was meinst du damit?« Sakuras Augen verengten sich zu schmalen Schlitzen.

»Hast du Jessi jemals eine Chance gegeben? Schließlich hat sie dir geholfen, als du Hilfe brauchtest.«

»Du redest über Dinge, von denen du nichts weißt. Es wäre besser, du würdest deinen Mund halten.«

»Meinen Mund lasse ich mir von dir ebenso wenig verbieten wie Takeos Schwanz.«

Sakura zog eine Grimasse. Einen Moment dachte Laura, sie würde ausspeien, doch dann zuckten Sakuras Mundwinkel heftig. Sie lachte. »Du bist herrlich, Laura. Und du lernst so schnell. Du würdest ein gutes Callgirl abgeben.«

Laura wusste nicht, wie sie mit Sakuras Gemütsschwankung umgehen sollte. Warum tat die Schwarzhaarige nie, was sie von ihr erwartete?

»Danke, ich verzichte.«

Sie versanken wieder in Wortlosigkeit. Als Kazuya endlich einen Beamten in den Raum führte, war Laura dankbar. Es war furchtbar, mit Sakura allein zu sein.

12

Takeo ertappte sich dabei, dass er schon wieder an dem Panoramafenster stand und hinunter in das Häuserlabyrinth Tokyos starrte. Er blickte in die Richtung, in der der Club lag. Zu Laura. Regungslos verharrte er dort.

Warum fühle ich mich so schlecht? Er schloss die Augen. Er war kein Moralist. Früher hatte es ihn nie gestört, mit Liz zu schlafen. Auch nicht auf ihre Art. Aber jetzt fühlte er sich, als sei er Abschaum. Und das Schlimmste war, dass Liz es wusste. Sie spürte es. Er hatte es in ihren Augen gesehen. Sie musste ihn für schwach oder prüde halten.

Liz trat hinter ihn. Er roch sie, roch das schwere feminine Parfüm und das fruchtige Shampoo, mit dem sie ihre roten Haare wusch. Sie trug einen grauen Hosenanzug aus teurem Stoff. Takeo sehnte sich nach Laura mit ihrem billigen Hauskimono. Nach Laura in Jeans und ausgewaschenem Pullover. Er schüttelte leicht den Kopf, als könne er den Gedanken so vertreiben.

»Du schämst dich«, stellte Liz fest.

Takeo seufzte leise. Warum mussten Frauen immer alles verbalisieren? Er wusste es, sie wusste es. War das nicht genug? Er schwieg.

»Bist du verliebt? Wirklich verliebt?« Ihre Hand lag leicht und warm auf seiner Schulter. Er spürte drei Ringe an ihren Fingern.

Liz war es gewohnt, von ihm nicht immer eine Antwort zu erhalten. Sein Schweigen war schließlich auch eine

Antwort, dachte er. Wie hatte Jessi ihm einmal erklärt: Man konnte nicht NICHT kommunizieren. Jede Geste, jeder Blick, all das war Kommunikation und verriet dem anderen, was man fühlte.

»Wie ist sie?«, fragte Liz geduldig. Sie stand neben ihm und blickte mit ihm hinunter in das Lichtermeer. Die Wolkenkratzer der Stadt waren beeindruckend.

»Ich …« Takeo stockte. »Ich habe zwei Mal mit ihr geschlafen. Und jedes Mal ist die Zeit, die wir gemeinsam verbrachten, in meiner Erinnerung zusammengeschmolzen. Zusammengeschmolzen zu einer Sekunde.« Er berührte das kalte Fensterglas, als könnte er Laura so näher sein. »Zwei Sekunden aus Diamant. Jetzt frage ich mich …« Er spürte, wie Liz ihre Arme um ihn schlang. Es war eine vertraute Geste, die ihn nicht störte. »Ich frage mich, ob es das war. Ob die Momente mit ihr die Schönsten in meinem Leben waren und ob jetzt nichts mehr kommt, was mit dem vergleichbar wäre.«

Liz streichelte seinen Oberarm. Ihre weiche Stimme war tröstlich. »Du bist verliebt und die Liebe blendet dich. Wo ist der Takeo, der nichts auf sie gibt? Es wird noch jede Menge Schönheit und Glück in deinem Leben geben. Du wirst sehen.«

Takeo senkte den Blick. Er war schwach geworden. Angreifbar. Aber er konnte und wollte nicht von Laura lassen. Von Laura, die ihren Körper hergab. Sie schien ihn nicht so zu lieben wie er sie. Aber war das fair? Sie wollte Jessi helfen. Vielleicht wollte sie sogar ihm helfen. Ganz gleich, welche Motive sie hatte – er konnte sie nicht teilen. Nicht sie.

»Kann ich telefonieren?« Takeo wandte sich brüsk von Liz ab, die ihn losließ.

»Sicher. Willst du sie anrufen?«

»Nein«, schüttelte Takeo den Kopf. »Jessi.«

Liz nickte. »Mi casa es su casa. Fühl dich wie zu Hause.«

* * *

Jessica war überrascht, Sakura und Laura nebeneinander zu sehen, als sie auf Krücken zu ihnen humpelte. Kazuya hatte sie aus dem Krankenhaus abgeholt und trug ihre Tasche.

»Ich wollte dir nichts davon sagen«, meinte er gerade so laut, dass Laura es hören konnte. »Ich traue dem Frieden noch nicht.«

»Es ist kein Frieden«, stellte Sakura klar. »Handelsüblich nennt sich das, glaube ich, Waffenstillstand.« Sie zog eine Grimasse. »Wie geht es meiner Lieblingsarbeitgeberin?«

Sie trat vor und gab Jessi einen Kuss auf die Wange. Laura bemühte sich, zu lächeln. Es war ihre Idee gewesen, Sakura in ihrer Nähe zu behalten.

Jessi öffnete den Mund, schloss ihn dann aber wieder. Laura war klar, dass die Schwester allein mit ihr reden wollte. Auch sie nahm Jessi in den Arm. Gemeinsam gingen sie ins Haus. Jessi schaffte es, die Treppen bis zu ihrem Zimmer nach oben zu humpeln. Es dauerte nicht lange und die beiden Schwestern saßen nebeneinander in Jessicas geräumigem Zimmer, während Sakura und Kazuya das Abendessen zubereiteten.

»Noch vier Tage«, meinte Jessi. Sie lächelte angespannt. »Geht es denn?«

Laura wurde rot. Sie dachte an die vergangene Nacht, in der sie sich wieder mit Yukiko und André vergnügt hatte. Dieses Mal war sie schon wesentlich unbefangener an die Sache herangegangen und sie hatte allmählich das Gefühl, die Nacht der Buchung überstehen zu können. Sie verspürte sogar Neugierde, wenn sie daran dachte.

»Ich … ich denke, ich mache gute Fortschritte. Haben sie dich so lange zur Beobachtung dabehalten?«

Jessi nickte. »Es war ein Autounfall, da sind sie immer genauer. Ist doch in Deutschland nicht anders. Außerdem hatte ich ständig Bauchschmerzen. Das war wohl nur aus Nervosität. Ich mache mir Sorgen um dich, Laura. Yukiko hat erzählt, du wolltest gleich nach der Buchung nach Deutschland zurück. Bist du sicher, dass dich das alles nicht überfordert?«

»Du machst dir zu viele Gedanken. Ich … es ist nur wegen Takeo, er …« Sie stockte. »Er kommt damit nicht klar, und ich komme nicht mit ihm klar. Am liebsten würde ich mich in seine Arme werfen und nur noch für ihn da sein, aber das ist idiotisch. Es kann einfach nicht funktionieren.«

»Es tut mir leid.« Jessi nahm sie in die Arme. »Liebeskummer?«

Laura kuschelte sich an ihre Schulter. »Ganz entsetzlichen Liebeskummer.«

»Dagegen hilft nur eins: ›Dirty Dancing‹ und jede Menge Süßigkeiten. Ich habe den Film sogar auf Englisch. Auf Japanisch klingt er grausam. Na ja, es kommt eben immer darauf an, was man gewohnt ist.«

»Ich muss noch üben«, warf Laura ein. »Ich kann immer noch nicht gerade laufen.«

»Du hast genug geübt, Liebes. Ich habe langsam Angst vor dir.«

Laura kuschelte sich an sie. »Dann lass uns einen gemütlichen Abend machen. Im Hauskimono mit jeder Menge Schokolade.«

»Das ist die Schwester, die ich kenne.«

* * *

Takeos Handy klingelte. Eilig hob er es von dem Glastisch. Sein Blick fiel auf die Nummer im Display, er setzte sich auf die Couch und presste es gegen sein Ohr.

»Sakura?«

»Süßer, hör zu. Du lagst richtig. Es ist Miras Club – auch wenn ich keine Beweise habe. Aber die Schlampe, die Jessi angefahren hat, hat auch Laura angegriffen …«

»Geht es ihr gut?«

»Ja, Romeo, lass mich ausreden!« Sie gab einen genauen Bericht durch und teilte ihm auch mit, dass sie eine Zeichnung von der Attentäterin angefertigt hatte, die sie ihm jetzt gleich faxen wollte.

»Eines kann ich dir sagen«, fuhr sie fort, »dieses Miststück ist gut. Sie war bei Yen, wenn du verstehst. Oder bei einem seiner Meisterschüler. Ihre Handhaltung verrät das.«

»Dann weiß ich ja, in welchem Dōjō ich anfangen kann zu suchen.«

»Lass es sein. Wir haben die Polizei informiert, die kümmert sich darum.«

»Sakura, du weißt, wie es läuft.« Takeo freute sich, endlich eine Betätigung zu finden. Es war zum Auswachsen, sich ständig vorzustellen, was Laura gerade tat. So konnte er ihr und Jessi wenigstens helfen.

»Nur Nachforschungen, Takeo«, mahnte Sakura. »Alles andere überlässt du der Polizei.«

»Geht es Laura auch wirklich gut?« Stille folgte. Sakura hatte aufgelegt. »Sakura? Verdammt!« Er steckte das Handy ein. Zumindest hatte er jetzt eine Beschäftigung.

* * *

Da Sakura an diesem Abend keine Buchung hatte, passte sie auf die Zwillinge auf. Sie sprach kaum ein Wort und hob nur immer wieder verächtlich eine Augenbraue. Nach der ersten halben Stunde des Films »Dirty Dancing« machte sie einen Gesichtsausdruck, als würde man sie foltern. Laura gönnte ihr ein bisschen Folter durchaus. Auf der anderen Seite war sie froh, Sakura in der Nähe zu wissen. Sie hatte nicht gedacht, dass sich ein Angreifer bis in das Anwesen hineintraute. Die Fremde musste sie beobachtet haben und hatte abgewartet, bis sie allein war. Solange dieser Termin nicht über die Bühne gegangen war, war es besser, sich immer mit mehreren Personen zusammen aufzuhalten.

Yukiko und Kazuya waren drüben im Club. Laura war froh, an diesem Abend nichts mehr tun zu müssen. Sie wollte es vor Jessi nicht zugeben, aber sie hatte Angst. Es war keine angenehme Vorstellung, von einer Verrückten ein zweites Lächeln zu bekommen. Diese Frau war wahnsinnig. Sakura meinte, dass sie lediglich eine bezahlte Marionette sei. Laura fragte sich, was man für ein Mensch sein musste, um andere gegen Geld zu verstümmeln. Für sie war die Frau krank.

Sie versuchte, sich auf den Film zu konzentrieren, aber sie sah immer wieder zum Terrassenfenster, ob dort nicht jemand lauerte. Die Haustür hatten sie abgeschlossen und alle Fenster zugemacht.

Als der Film zu Ende war, sah Jessi sich genauso unbehaglich um wie Laura. »Was haltet ihr davon, wenn wir alle in einem Zimmer schlafen?«, fragte sie gespielt fröhlich.

Sakuras Gesicht hellte sich auf, als das Bild auf dem Fernseher endlich verschwand. »Was haltet ihr davon, wenn wir alle miteinander schlafen? Laura will doch sicher ergründen, wie viel Lust man durch die Schläge mit einer Reitgerte haben kann.« Sie griff in Lauras lange Haare. Laura stieß ihre Hand weg.

»Ich weiß nicht, ob die Idee – zusammen in einem Zimmer zu schlafen – gut ist«, meinte sie zu Jessi. »Aber sie ist vernünftig.«

»Keine Sorge.« Sakura lächelte dünn. »Ich kann morgen früh schlafen. Schließt einfach eure Fenster und schlaft in euren Betten. Ich passe im Flur auf. An mir kommt keiner vorbei. Zumindest nicht, ohne dass ihr es hört.«

Jessi schüttelte sich. »Ich wünschte, die Polizei würde sich mehr Mühe geben. Das Bild, das du gezeichnet hast, ist gut getroffen. Sie sollten die Frau finden können. Sicher ist sie keine Unbekannte.«

»Meint ihr wirklich, sie lässt sich heute noch einmal blicken?« Laura sah unbehaglich zur Terrasse. »Sie müsste doch für heute genug haben. Außerdem hat der Polizist gesagt, sie würden um das Grundstück herum vermehrt kontrollieren.«

»Wir gehen kein Risiko ein«, erklärte Jessi bestimmt. »Es wäre wundervoll, wenn du Wache hältst, Sakura. Dieser ganze Spuk dauert nur noch wenige Tage, so lange müssen wir durchhalten.«

Sakura nickte. »Ich passe auf euch auf.«

* * *

Es dauerte lange, bis Laura einschlafen konnte. Immer wieder stand sie auf, um sich zu vergewissern, dass das Fenster fest verschlossen war. Sie überlegte, Kazuya und Sakura zu rufen, um vor das Fenster zumindest einen Schrank zu stellen. Wie wahnwitzig das alles war. Worauf hatte sie sich eingelassen? *Jammer jetzt nicht herum.* Sie starrte an die Decke. Ihre Hand berührte die filigranen Schnitzereien des Bettes. Vorsichtig fuhr sie über das weiße lackierte Holz, über die Bögen und Verstrebungen, zwischen die man fassen konnte. Das Bett einer Prinzessin. Sie seufzte. Wie Takeo wohl schlief? Sie wollte ihn wiedersehen, und zugleich fürchtete sie sich davor. Sie fürchtete sich vor dem Tag der Buchung, wenn Takeo ihr beim Tanz zusehen würde. Zum Glück würde er nicht dabei sein, wenn es zum eigentlichen Akt kam. Laura hatte zumindest ein Bild der zweiundvierzigjährigen Frau gesehen. Für ihr Alter war sie schön. Trainiert und vielleicht auch operiert, wer wusste das schon. Und der

Mann, mit dem sie zurzeit lebte, war sicherlich fünfzehn Jahre jünger als sie. Es hieß, sie hielt sich viele Gespielen. Als gäbe es auf der Welt nichts Wichtigeres.

Laura lächelte. Es würde gut sein, zurück nach Deutschland zu fliegen. Dort würde sie wieder in einer normalen Welt leben, in der Unrecht Unrecht war, und in der klare Grenzen herrschten. Einer Welt, in der ihr Herz nicht so schrecklich gequält wurde. Sie schloss die Augen und schlief mit den Gedanken an Takeo ein.

Ihre Decke wurde weggerissen. Laura erwachte mit einem erstickten Schrei. In der Dunkelheit konnte sie nicht erkennen, wer auf ihr saß und mit der Hand ihren Mund zuhielt. Die Verrückte hatte sie also doch noch gefunden. Das war es! Es war vorbei mit dem Traum, Shanaya noch zu retten. Sie hatte Takeo vollkommen umsonst verloren. Laura strampelte hilflos mit den Beinen. Das Gewicht der Frau drückte sie in die Kissen. Sie schlug auf den Oberkörper der Fremden ein, konnte kaum etwas erkennen, nur die Umrisse des Körpers. Ein Stofftuch wurde in ihren Mund geschoben, ihre Handgelenke wurden gepackt, sie hustete und spuckte, spürte kaltes Metall, ihr Arm wurde nach oben gerissen, dann folgte ihr zweiter Arm. Ein klackendes Geräusch wie von einem Verschluss unterbrach die Stille. Handschellen! In Sekundenschnelle wurde sie an die hölzerne Verzierung am Kopfende des Bettes gefesselt. Das Stoffstück wurde aus ihrem Mund gezogen und eine vertraute Stimme erklang an ihrem Ohr.

»Schrei. Schrei nach deiner Schwester.« Sakura fuhr mit ihren Händen über Lauras zitternde Arme. Sie trug lange Handschuhe aus schwarzem Leder. Laura starrte sie fassungslos an. Sakura war wahnsinnig. Ihr schlanker Körper bewegte sich spielerisch auf Laura. Laura wollte schreien, wollte Sakura anschreien und ihr die Meinung ins Gesicht brüllen. Sie hatte panische Schrecksekunden hinter sich und noch immer war sie nicht wirklich erleichtert. Was wollte Sakura? *Du weißt, was sie will. Sie will kämpfen.* Sie dachte an den ersten Blick, den sie ihr zugeworfen hatte, als sie in Japan angekommen war. An das feurige Verlangen und die Verachtung, gepaart mit reiner Provokation. Sie musste auch an die Nummer in Sakuras Keller mit Miu denken. An die Erniedrigung, die Laura hingenommen hatte. Warum eigentlich? Warum ließ sie sich das von ihr gefallen? Wollte sie diesen Machtkampf wirklich aufnehmen?

Sakura leckte mit der Zunge über ihr Ohr. Laura drehte den Kopf zur Seite. »Willst du nicht doch ein bisschen schreien, meine süße Laura? Willst du mir nicht sagen, ich soll aufhören?« Sie starrte auf Lauras abgewandtes Gesicht. »Nein, du willst es nicht. Du kannst es nicht tun. Und weißt du, warum du es nicht tun wirst? Weil ich das Monster in dir bin. Und heute Nacht wirst du dich mir stellen. Weil du es willst.« Sakura öffnete die Knöpfe von Lauras Schlafanzugjacke. Knopfloch für Knopfloch gab sie Lauras Körper preis.

Sollte sie schreien? Sollte sie dieser Verrückten Einhalt gebieten? Im Mondlicht sah sie Sakuras Gesicht nur als Umriss. Ein dunkler Schatten umrahmte ihr rechtes Auge. Laura fühlte die Hände, ihre Brüste lagen unter Sakuras Fingern.

»Du bist wahnsinnig«, flüsterte sie.

Sakura umschloss fest ihre Brüste. »Du willst es, das ist alles. Ich gebe es dir nur ungefragt.« Sie ließ ihre Brüste los und erhob sich halb, um besser an Lauras Hose zu kommen. Mit wenigen Handgriffen lag Lauras Unterleib ungeschützt unter ihr. Laura spürte eine Erregung, die sie zugleich ängstigte. War sie vielleicht verrückt? Es war Irrsinn, das mit sich machen zu lassen. Sie spürte das Leder von Sakuras Hose auf ihrer nackten Haut. Diese griff neben das Bett und hob einen dünnen, langen Gegenstand auf. Eine Gerte, wie man sie zum Reiten benutzte. Laura starrte die Gerte an, aber noch immer kam kein Wort des Protestes über ihre

Lippen. Sakura machte sie an. Ob sie das nun gut fand oder nicht. Es war ein verrücktes Gefühl, hilflos unter ihr zu liegen – ausgeliefert. Aber es war kein schlechtes Gefühl. Laura fuhr sich mit der Zunge über die trockenen Lippen.

»Was hast du vor?«, fragte sie leise.

Sakura hielt die Gerte in das Mondlicht. »Schmerzen. Sie bringen uns uns selbst näher, halten nicht lange an, verwandeln sich, verändern sich in etwas anderes. Keine Sorge. Ich werde nicht zu fest zuschlagen. Gerade so fest, wie du es verdient hast.«

»Du bist …« Sakura beugte sich vor und küsste Laura auf den Mund. Ihre Zunge erstickte Lauras Worte.

»Scht, scht! Genieß es. Fühl es. Schon als du mich das erste Mal angesehen hast, wusste ich, wie neugierig du bist. Still deine Neugierde. Und lass mir meine Rache.«

Die Gerte fuhr hinab.

Laura biss die Zähne zusammen und stöhnte erstickt, als der scharfe Schmerz ihre Brust durchzuckte. Der Schmerz ließ schnell nach, so wie Sakura es gesagt hatte. Fast war Laura überrascht darüber, als der nächste Hieb sie traf. Eine ganze Reihe von Schlägen kam über sie. Laura wand sich und sah der Schwarzhaarigen dabei verbissen ins Gesicht. Sie würde nicht aufgeben. Sie würde nicht jammern oder nach ihrer Schwester rufen. Sakura sollte sie nicht schwach sehen.

Diese hielt inne und fuhr über Lauras schmerzende Brüste. »Das reicht, denke ich. Du musst ja schön aussehen, wenn du die kleine Hure spielst.« Sie legte die Gerte weg und griff nach Lauras Haarbürste, die auf dem Nachttisch lag. »Wofür du die wohl benutzt?« Sakura drehte die Bürste in ihren Händen. »Vielleicht hierfür?« Sie drang mit dem runden Griff in Laura ein. Laura bäumte sich überrascht auf. Es tat nicht weh. Sakura lächelte sie an und Laura sah ihre hellen Zähne.

»Vielleicht sollte ich dir jemanden herholen, der es dir macht. Was hältst du davon, Laura? Ich verbinde dir die Augen, knebele dich und hole dir einen Mann her, der dich fickt. Würde dir das gefallen?«

Laura schauderte. Die Vorstellung war teuflisch. »So weit würdest du nicht gehen.«

»Nicht gegen deinen Willen.« Sie trieb den kühlen Metallgriff noch tiefer in sie. »Aber vielleicht willst du es ja?«

»Sicher nicht.«

Sakura schlug ihr mit der flachen Hand auf die Brust. Laura biss die Zähne zusammen.

»So schön und so tapfer. Und so dumm.« Sie zog den Griff der Bürste halb aus ihr heraus und trieb ihn wieder hinein.

Laura unterdrückte ein lustvolles Stöhnen. »Wann bist du fertig?«, fragte sie verbissen.

Sakura leckte über ihre Wange. »Wenn du fertig bist, mein kleines Pferdchen. Nicht früher und nicht später. Wenn dein Körper dich verraten hat.«

Die Bürste bewegte sich auf und ab. Sakura steckte ihre linke Hand neben die Bürste in Lauras Nässe. Ihr Zeigefinger malte danach feuchte Linien auf Lauras Körper.

»Willst du immer noch behaupten, du bist nicht geil?«

Laura versuchte, ruhig unter ihr zu liegen. Sie hatte nie behauptet, solche Spiele zu verdammen. Aber sie brauchte sie nicht.

»Die Bürste macht mich jedenfalls mehr an als du«, presste Laura erstickt hervor. Es war schwierig, nicht zu stöhnen, nicht laut zu werden.

Sakura lachte leise. »Dann genieß sie.« Sie stieß noch heftiger zu. Laura fühlte das Glühen ihres Gesichtes. Sakura beugte sich hinunter und fuhr mit der Zunge über ihren Hals und ihre Brust. Sie biss andeutungsweise in Lauras harte Brustspitzen. Laura kämpfte verbissen darum, nicht laut zu werden. Dieses Mal sollte Jessi sie nicht sehen.

Als es ihr kam, presste sie die Lippen heftig aufeinander. Sakura gab ihr leichte Schläge, die sie kaum spürte. Ein letztes Mal versank der Stil der Bürste komplett in ihr, dann löste sich Sakura von ihr.

»Soll ich dich lieber erst morgen früh losbinden?« Sie griff nach Lauras Klitoris. »Vielleicht möchtest du noch ein wenig über deinen Orgasmus nachdenken?«

»Mach mich los, du Schlampe.«

Überraschenderweise tat sie es. Laura setzte sich auf und starrte Sakura an. Ihre Schenkel waren feucht. Im Mondlicht glitzerte die Nässe auf ihrer Haut. Sakura starrte unverwandt zurück. Es dauerte eine ganze Weile, bis Sakura endlich den Blick abwandte. Sie beugte sich zu Laura vor und gab ihr einen Kuss auf die Wange. »Träum süß.«

Geräuschlos wie ein Schatten verließ sie den Raum, ehe Laura noch etwas sagen konnte. Laura stand zitternd auf, schloss die Tür von innen ab und ließ den Schlüssel stecken.

* * *

Sie erzählte es niemandem, nicht einmal Jessi. Als Yukiko die blauen Flecke entdeckte, behauptete Laura, sie kämen von dem Sturz, der durch den Angriff der fremden Frau verursacht worden war. Yukiko fragte nicht weiter nach, aber ihr Blick zeigte deutlich, dass sie Laura nicht glaubte. Sie holte eine Tube mit Salbe.

»Schmier dir das hier alle zwei Stunden drauf. Und wenn du vor Dienstag noch mal stürzt, versohle ich dir den Hintern dazu.«

Laura nickte beschämt. Hoffentlich verschwanden die Rötungen bis zu der Buchung.

Sie mied nun Sakura, aber das wunderte niemanden, da schließlich jeder wusste, wie die beiden Frauen zueinander standen. Sakura ihrerseits ließ sie in Ruhe.

Laura arbeitete hart an der Choreographie. Inzwischen beherrschte sie den Tanz gut. Vier Stunden übte sie täglich mit Kazuya als treuem Schatten.

Yukiko zauberte ein leckeres Mittagessen aus Antipasti. Nach dem Essen übten Yukiko und Jessi mit Laura die Abläufe des Abends. Die Buchung würde im Teehaus stattfinden. Nach dem Teezeremoniell und dem Tanz kam die eigentliche gespielte Mizuage, die Entjungferung, von der alle wussten, dass sie keine war. Laura rieb nervös ihre Hände aneinander. Sie saß auf einem Stuhl vor dem hohen Spiegel in Jessicas Zimmer. »Ist es nicht beleidigend, eine Geisha zu spielen? Ich meine … bei uns hat es sehr wohl mit Prostitution zu tun …«

Jessica saß auf dem Bett und sah zu, wie Yukiko Lauras Haare kämmte. »Auch wenn das gerne geleugnet wird, gab es auch Zeiten, in denen Prostitution und Geishas sehr nah beieinander waren. Aber selbst, wenn du davon absiehst … eine Geisha ist eine Kunstperson. Ihre Aufgabe besteht darin, eine Traumwelt zu schaffen, und von daher fand ich es sehr passend, eine Geisha zu spielen. Auch ich versuche, eine Traumwelt zu erschaffen. Ich möchte, dass die Leute, die bei uns ein Zimmer buchen, sich so gut wie möglich fühlen und eine Gelegenheit haben, ihre Sexualität zu ergründen. Ich möchte die Tabus brechen und einen Traum wahr werden lassen.«

»Die Mizuage, die Entjungferung der Maiko, ist eine Initiation, die angeblich sieben Tage dauerte.« Yukikos Hände strichen mit der Bürste ruhig über Lauras Haar. Laura dachte schaudernd an Sakura, verdrängte den Gedanken aber gleich wieder. »Während der Zeremonie wird das Mädchen zur Frau. Da Geishas nicht geheiratet haben, war es wie die erste Nacht der Ehe. Auch da haben die Mädchen ihren Mann zum ersten Mal gesehen. Dass es nun auch noch eine Frau ist, die daran teilnimmt, zeigt nur, wie entspannt wir damit umgehen. Wie Jessi immer sagt: Es ist ein Spiel. Oder denkst du, du musst erst noch zur Frau werden?« Yukiko lachte leise.

Laura schwieg. Sie hatte eine ganze Menge erlebt in den wenigen Tagen, die sie nun hier war. War es wirklich erst sechzehn Tage her, dass ihre Füße den japanischen Boden berührt hatten? Es kam ihr vor wie ein halbes Jahr. Vielleicht war sie hier tatsächlich zur Frau geworden. Sie hatte ihre Sexualität entdeckt und den Mann gefunden und verloren, mit dem sie alt werden wollte.

Träumerin. Laura schloss die Augen. *Du bist genauso verrückt wie Jessi, das ist es.* Sie öffnete die meergrünen Augen und blickte in den Spiegel vor sich. War das noch die Laura, die in Japan angekommen war? Sie unterdrückte den Impuls, ihre schmerzenden Brüste zu berühren.

»So.« Yukiko trat zurück. »Jetzt kann es losgehen.« Sie ging zu Jessicas großem Kleiderschrank und holte ein langes Gewand hervor, das in einer Schutzhülle steckte. Vorsichtig nahm sie die Hülle ab. Laura sah ihr im Spiegel zu, drehte sich aber doch um, als sie den roten Seidenkimono erblickte. Einen Moment starrten alle drei Frauen auf das Gewand aus roter Seide. Goldene und silberne Stickereien verzierten es. Sie zeigten stilisierte Blütenblätter. An den weiten Ärmeln und im unteren Bereich spielten zarte Grüntöne in das Rot. Hin und wieder waren weiße Blütenköpfe zu sehen, verziert mit einem goldenen Rand. Der lange aufgewickelte Obi war weiß mit roten Blüten. Der Gürtel musste länger als zwei Meter sein.

»Das ist …« Laura stand auf. »Du musst ja ein Vermögen ausgegeben haben.« Sie berührte den hauchdünnen Stoff.

»Ich habe ihn nur geliehen«, gab Jessica zu. »Du wirst sicher großartig darin aussehen.«

Yukiko half ihr. Es war überhaupt nicht einfach, das Kleidungsstück anzuziehen. Yukiko hatte alle Mühe, den meterlangen bestickten Gürtel um Laura zu winden. Erst nach dem dritten Versuch saß alles so, wie es sitzen sollte.

»Die Getas.« Yukiko reichte ihr Holzschuhe, die Laura an ihre nackten Füße zog. Was hatte Jessi gesagt? Einen Traum schaffen. So fühlte sie sich auch. All das war nicht wirklich. Laura setzte sich vorsichtig, legte die Hände übereinander in den Schoß und schloss die Augen. Sie bemühte sich um Haltung, wie Kazuya es ihr immer gesagt hatte. Yukiko schminkte sie. All das kostete Zeit, aber Laura wurde nicht ungeduldig. Sie fühlte sich wie eine Prinzessin in der Heianzeit. Es war schön, jemanden zu haben, der einen ankleidete und schminkte. Sie selbst hätte es längst nicht so perfekt gekonnt wie Yukiko. Sie spürte, wie sie ihre Augenbrauen nachzog und die Lippen betupfte. Ihr ganzes Gesicht kribbelte von der Schminke und dem Puder, mit dem Yukiko sie bestäubte. Zuletzt setzte sie Laura eine kunstvolle Perücke mit einem einfachen Haarknoten und vielen Kämmen auf. Laura hielt ganz still. Als sie die Augen wieder öffnete, sah ihr im Spiegel eine Fremde entgegen. Eine Frau, ganz aufrecht und gerade, die Hände im Schoß liegend. Ihr Gesicht war makellos weiß wie der Alabaster einer Statue. Die Augenbrauen waren dunkle Halbmonde, die Lippen kirschrote Knospen. Die schwarze Perücke verfremdete ihr Gesicht ebenso wie die weiße Farbe. Sie bildete einen reizenden Kontrast zu der makellosen Haut. Rabenschwarz, kunstvoll aufgesteckt und mit goldenen Kämmen verziert. Ihr Körper war in den roten Kimono gehüllt. Laura schluckte.

»Bin das wirklich ich?«

Yukiko und Jessica starrten sie an. Keine von beiden antwortete. Erst nach einer Weile brach Yukiko das Schweigen. »Du bist zauberhaft, Laura. Wie willst du heißen in der einen Nacht?«

Laura wagte es nicht, ihr Gesicht zu heftig zu bewegen. Vorsichtig drehte sie den Kopf in Yukikos Richtung. Es fiel ihr schwer, sich nicht an die Nase zu fassen oder mit der Zungenspitze über die Lippen zu fahren und dadurch Spuren in dem Kunstwerk zu hinterlassen, das Yukiko geschaffen hatte. »Warum brauche ich einen Namen?«

»Das gehört zur Fiktion dazu.« Yukiko sah sie ernst an. »Ich werde dich bei deinen Gästen vorstellen und ich denke, ich muss nicht behaupten, du seiest Jessica. Wir geben dir einen anderen, japanischen Namen.«

»Aber welchen?« Laura sah hilfesuchend zu Jessi. »Wie wolltest du dich nennen?«

»Ayaka. Bunte Blume.« Jessis Stimme klang rau. »Yukiko, wir müssen unbedingt Bilder von ihr machen. Das ist sensationell. Die Wucht.«

Kiko grinste. »Mit dem größten Vergnügen. Ich hole gleich die Kamera. Wie viel Zeit haben wir noch?«

»Noch zwei Stunden.«

»Zwei Stunden? Was geschieht dann?«, hakte Laura nach, aber die beiden Frauen antworteten ihr nicht.

»So.« Jessi klatschte in die Hände. »Nun versuche, dich zu bewegen. Du musst dich an die Schuhe und die Kleidung gewöhnen.«

Laura stand vorsichtig auf. Sie fühlte sich großartig. Welche Prüfung auch immer auf sie zukam, sie würde sie bestehen.

13

Es war schwierig, sich auf den hohen Schuhen zu bewegen. Allein das machte jede Bewegung sehr überlegt und konzentriert. Laura spürte die ersten Anzeichen eines Muskelkaters, der sie heimsuchen würde.

Aber all das war es wert, denn sowohl Kazuya als auch Sakura waren auf ihre Weise tief beeindruckt. Während Kazuya um sie herumtollte wie ein junger Hund, ein Foto nach dem anderen schoss und sie mit Komplimenten überhäufte, war Sakura verstummt. Ihre Blicke zeigten deutlich ihre Bewunderung. Bewunderung gepaart mit Arroganz, hinter der sie ihre Gefühle zu verstecken suchte.

»Komm mit!« Yukiko führte sie durch den Garten. Laura gab sich große Mühe, nicht auf den unebenen Steinen zu stolpern, die als Pfad durch den Garten dienten.

»Wo wollt ihr denn mit mir hin?«

»Zum Teehaus.« Jessi humpelte auf Krücken hinter ihr her und lächelte zufrieden. »Wir bekommen gleich Besuch.«

»Besuch?« Lauras Magen zog sich zusammen. »Was für ein Besuch?«

Yukiko öffnete die Tür des Teehauses in den Vorraum. »Komm erst einmal herein und setz dich.«

Sie wies auf mehrere Matten, die auf dem Boden lagen.

Laura ging mit ganz geradem Rücken in eine kniende Haltung.

»Was zur Hölle habt ihr vor?«

»Eine Maiko flucht nicht.« Jessica blieb außer Atem am

Eingang stehen und stützte sich schwer auf ihre Krücken. Ihre grünen Augen funkelten herausfordernd. »Sieh es als Generalprobe an.«

»Generalprobe?«

Laura war froh zu sitzen. Yukiko kniete sich vor sie und fasste ihre Hände.

»Jessica hat zwei Leute engagiert, die manchmal im Club arbeiten und die du nicht kennst. Sie sind beide sehr nett und wir sind schon länger mit ihnen bekannt. Sie sehen gut aus und sind gesund, und der Mann, Isamu, sorgt auch für Verhütung. Wir beide bleiben auch in der Nähe. Du kannst jederzeit nach uns rufen.«

Laura wusste nicht, was sie sagen sollte. *Du wolltest es doch so.* Sie kniff die Lippen zusammen.

Yukiko streichelte ihre Hände. »So kannst du ausprobieren, ob es nicht doch zu viel für dich ist. Die beiden wissen nicht, dass du Jessis Schwester bist. Sie werden dich für Jessi halten. Chiyo und Isamu sind in Ordnung, wir kennen sie – und sie werden nichts tun, was du nicht möchtest. Außerdem haben wir Takeo hergebeten, damit er das Teezeremoniell abhält. Das ist ebenfalls zur Übung.«

Takeo! Laura hatte versucht, nicht mehr an den Namen zu denken. Er kam her und sollte in ihrer Nähe sein, während sie mit einem anderen schlief. Laura atmete tief ein und aus.

»In Ordnung. Ich schaffe das schon.« Sie erinnerte sich daran, wie gehemmt sie am Anfang war, als sie mit Yukiko und André geschlafen hatte. In ihr stieg dieselbe Angst wie vor einem Auftritt auf. Aber sie würde kein Publikum haben. *Und was ist mit Takeo?* Er sollte sie nicht sehen, nicht hören. Sie wollte ihn nicht betrügen. Wollte die Liebe nicht verraten, die sie empfand. Aber wollte sie Jessica im Stich lassen? Das Ganze war ihre Idee gewesen.

»Gut«, umarmte sie Yukiko. »Dann hole ich jetzt Takeo. Er wird Augen machen.«

Laura schluckte. Sie dachte an ihr letztes Erlebnis mit ihm im Teehaus. Sie wollte ihn nicht verletzen – aber sie konnte nicht mehr zurück.

Takeo trat ein. Laura hörte es. Sie wandte sich nicht um und bemühte sich, sich in ihre Rolle zu versetzen und in ihr zu bleiben. Elegant erhob sie sich und wandte sich ihm in einer anmutigen Drehung zu. Erst dann verneigte sie sich. Sie senkte schnell die Lider, aber der kurze Blick genügte, sein Gesicht zu sehen. Schön und verschlossen, aber nicht so verschlossen, dass es die Bewunderung völlig verbergen konnte. *Sakura und er sind sich vielleicht gar nicht so unähnlich,* dachte Laura mit einem schmerzhaften Stich. *Immer achten sie darauf, ihr Gesicht zu wahren, überlegen und stark zu wirken. Obwohl doch jeder weiß, dass auch sie nur Menschen sind und keine Halbgötter.*

Takeo ordnete das Teegeschirr. Er sah nach dem Ofen und tat alles Mögliche. Ihr schenkte er nur ein kurzes Kopfnicken. Laura sah die zu schnellen Bewegungen seiner Hände. Am liebsten hätte sie sich in seine Arme geworfen und ihn angefleht, sie von hier fortzubringen. Irgendwohin, wo sie allein waren und wo es keine Hindernisse gab.

Sie steckte ihre Hände in die langen Ärmel des Kimonos, legte sie über ihren bestickten Stoffgürtel und bemühte sich, möglichst gleichgültig auszusehen, wie Takeo es ihr vormachte. Mit zierlichen Schritten ging sie an ihm vorbei zum Eingang des Teehauses, um ihre Gäste zu empfangen. Sie musste noch eine Weile warten und versuchte, sich in der Zwischenzeit zu beruhigen. Das hier musste sie durchziehen! Es konnte doch nicht so schwer sein. Sie würde einfach Jessica sein. Laura bemühte sich um ein freundliches Lächeln, als sie Kazuya mit zwei Fremden den Weg entlangkommen sah. Jetzt nur nicht die Nerven verlieren. Sie trat noch einige Schritte vor. Der Wind wehte kühl durch die dünne Seide des Kimonos. Sie verneigte sich tief vor dem

Pärchen, das Arm in Arm auf sie zukam. Chiyo war zierlich, nicht größer als einen Meter sechzig, und ihr Lächeln wirkte freundlich. Sie trug ihre halblangen, schwarzen Haare offen und wirkte eher thailändisch als japanisch. Isamu dagegen war ein typischer Japaner. Auch er lächelte sie an. Beide verneigten sich vor ihr.

Kazuya ergriff das Wort. »Herzlich willkommen in Shanaya. Dies ist unsere Maiko Ayaka. Wären Sie so freundlich, eine Runde mit ihr durch den Garten zu gehen?«

Isamu löste sich von Chiyo und verneigte sich erneut vor Laura. »Es ist uns eine Ehre.« Er griff nach ihrer Hand. Laura konnte nicht anders, als ihn mit Takeo zu vergleichen. Sie verfluchte sich dafür und bemühte sich um ein noch tieferes Lächeln. Er war schmächtiger, nicht so trainiert. Sein Gesicht war hübsch, aber weniger ausdrucksstark. In seinen Augen fehlte die Tiefe, die Laura so an Takeo liebte. Sie schluckte.

»Die Zeit der Kirsche ist wohl die schönste Zeit«, meinte sie unverbindlich und war stolz, dass ihre Stimme dabei kaum zitterte.

Isamu und Chiyo nahmen sie in die Mitte. Isamu hielt sie noch immer an der Hand. »Warum in die Bäume starren, wenn die Schönheit über den Boden wandelt?«, lächelte er und deutete eine leichte Verneigung an.

Laura lächelte zurück. »Ich danke dir, Isamu.« Sie überlegte verzweifelt, was sie sagen könnte. Glücklicherweise kam Chiyo ihr zuvor. »Dein Kimono muss sehr wertvoll sein. Aber es ist die Frau, die ihn erst schön macht.«

»Dir würde er sicherlich stehen.« Laura bemühte sich, ohne zu schwanken mit den Schuhen zu laufen. »Besitzt du einen Kimono?«

Chiyo schüttelte lachend den Kopf. »Nein. Vielleicht, wenn ich heirate.«

Laura dachte an Takeos Worte. »Lasst uns nun schweigen

und diesen Ort betrachten. Die Teezeremonie sollte mit großer Ruhe genossen werden.«

Chiyo und Isamu nickten. Laura fiel an Chiyos Kinn ein kleiner Leberfleck auf, der vorwitzig unter ihrem Mund saß. Die Frau war nicht älter als sie und wirkte sehr nett. Jessi und Yukiko hatten sich wirklich Mühe gegeben. Laura versuchte, ihre Nervosität zu bekämpfen. Ihr Herz schlug schneller, wenn sie nur an die bevorstehende Stunde dachte.

Es ist ein Spiel, beruhigte sie sich. Sie ging voran und nahm im Warteraum Platz. Chiyo und Isamu machten es ihr nach. Takeo reichte ihnen einen leichten Tee und gab Laura die Schale zuletzt. Einen kurzen Moment berührten sich ihre Hände. Sie zuckte zusammen und hatte Mühe, den Tee nicht zu verschütten, senkte daraufhin den Blick, um ihm nicht in die Augen sehen zu müssen. Er wandte sich von ihr ab, füllte mit einer Kelle frisches Wasser in das Becken am Eingang und reinigte sich Mund und Hände. Die Gäste standen auf und taten es ihm nach. Laura benetzte sich den Mund nur symbolisch, um nicht jetzt schon ihr Gesicht zu verunstalten.

Takeo betrat als Erster das Teehaus und seine Gäste folgten ihm. Laura bewunderte die leichten Speisen, die dort aufgebaut waren. Sie nahm nur wenig und lächelte Chiyo und Isamu immer wieder auffordernd zu. Der Reiswein tat gut, am liebsten hätte sie mehr davon genommen, aber sie beherrschte sich.

Nach dem Essen warteten sie auf den Gong, der sie zum Tee rufen würde. All das erschien Laura bereits vertraut und langsam spürte sie, wie ihre Nervosität sich legte. Nach dem Tee gesellte sich Kazuya mit seiner Trommel zu ihnen und spielte, während Laura tanzte. Es fiel ihr schwer, mit den ungewohnten Schuhen nicht aus dem Takt zu geraten. Chiyo und Isamu lachten und applaudierten. Sie waren nach dem Essen und dem Tee um einiges entspannter als sie.

Es kam ihr vor, als wären nur Minuten vergangen, als sie nun mit den beiden Fremden allein im Teehaus war. Takeo hatte die Utensilien für die Teezeremonie zur Seite geräumt. Laura kniete sich auf die Matte und sah zu Chiyo und Isamu auf. Ihr Herz schien aus ihrer Brust entkommen zu wollen, so heftig schlug es gegen ihren Brustkorb. Takeo war noch in der Nähe. Er musste in der Nähe sein. Aber auch Jessica und Yukiko waren nicht weit. Sie durfte sich jetzt nicht blamieren.

Chiyo kniete sich hinter sie und berührte mit leichten Fingern ihren Obi. Sie wollte den langen Gürtel öffnen.

Laura versteifte sich und konnte plötzlich nur noch an Takeo denken. An Takeo, der sie nicht hören oder sehen sollte. An Takeo, den sie liebte. Sie merkte gar nicht, wie lange sie so ohne Bewegung dasaß.

Chiyos helle Stimme holte sie in die Wirklichkeit zurück. »Alles in Ordnung, Jessi? Geht es dir gut?«

Laura drehte sich um und sah in Chiyos schwarzbraune Augen. Ihr Blick suchte Isamu. Sie kannte die beiden nicht. Und sie wollte jetzt nicht mit ihnen schlafen. Chiyos Hände umschlossen ihre Schultern. »Jessi?«

Laura merkte plötzlich, dass sie weinte. Sie wusste nicht, wann sie damit begonnen hatte. Immer wieder dachte sie an Takeo, an ihr gemeinsames Zusammentreffen in diesem Teehaus. Sie spürte den rauen Stein an ihrem Rücken, fühlte Takeo in sich, fühlte, wie sie eins waren.

»Entschuldigt mich.« Laura sprang hastig auf und lief davon. Es war wie früher, wenn sie auf die Bühne sollte. Aber dieses Mal lag es an Takeo. Es lag daran, dass ihr plötzlich alles zu viel wurde. Sie stolperte auf den Holzschuhen zum See und kniete sich dort auf den moosigen Boden. Sie brauchte ihr Gesicht nicht zu berühren, um sich vorstellen zu können, wie Schminke und Puder inzwischen verlaufen waren. Die Tränen rannen ungehindert über ihre Wangen.

»Meine bezaubernde bunte Blume.« Yukiko kniete sich neben sie. Sie tupfte mit einem Tuch Lauras Gesicht ab und suchte ihren Blick.

»Yukiko«, schluchzte Laura und lag der Freundin in den Armen,« ich bin so unendlich dumm, ich kann gar nichts.«

»Ruhig.« Yukiko machte ihr keinen Vorwurf, wie Laura gefürchtet hatte. Sie hielt sie einfach nur fest und streichelte über ihren Rücken. »Beruhige dich. Es war alles ein bisschen viel für dich.«

Laura schniefte. »Jessi ...«

»Sie wartet im Haus auf uns. Ihr Bein schmerzt von dem vielen Herumlaufen. Wir mussten sie davon abhalten, hier unten rumzuhüpfen.«

»Ich habe euch alle enttäuscht ...«

»Nein.« Yukiko nahm ihr die Perücke vom Kopf und legte sie sorgfältig neben sich ab. Ihre Hände streichelten Lauras blonde Haare. »Du hast uns in Erstaunen versetzt und uns beeindruckt. Du musst uns nichts mehr beweisen, Laura. Du musst das hier nicht machen.«

Laura schwieg. »Ich ... ich will zu Jessi.«

Yukiko half ihr auf. »Dann komm.«

* * *

Niemand machte Laura einen Vorwurf, aber das Schweigen und die bedrückten Gesichter waren niederschmetternd. Laura zog sich auf ihr Zimmer zurück und war überrascht, als Jessi klopfte.

Sie stand auf und öffnete die Tür. Jessi wies in Richtung Treppe. »Ich habe uns ein paar Sachen gepackt, denn ich glaube, dass du hier dringend raus musst.«

Laura schluckte. »Wo willst du hin?«

»In die Berge. Hiroki hat da oben eine abgelegene Hütte.«

»Wo ... wo ist Takeo?«

»Wieder gefahren. Er wirkte ziemlich durcheinander. Ich glaube, wir brauchen alle eine Auszeit.«

»Aber die Buchung …«

»Lass uns das woanders klären.« Jessi fuhr sich abgespannt durch die Haare. »Ich schicke dir Yukiko, damit sie dir aus dem Kimono hilft. Sobald du fertig bist, können wir los. Kazuya wird uns hinfahren und aufpassen, dass uns niemand folgt.«

Laura sah ihre Schwester nachdenklich an. Sollte sie leugnen, dass ihr das recht war? Jessi kannte sie besser als jeder andere, trotz der Jahre, in denen sie sich nicht gesehen hatten.

»Gib mir zwanzig Minuten. Ich möchte noch ein paar Sachen einpacken.«

»Gut«, rang sich Jessi ein Lächeln ab. »Ein bisschen Erholung wird uns guttun.«

* * *

Es war zauberhaft in den Bergen. Laura schlief bis zum nächsten Mittag durch und trat nach dem Aufwachen als Erstes ans Fenster, um die Aussicht zu bewundern. Bewaldete Bergrücken streckten sich einem blauen Himmel entgegen. Es war verrückt, wie groß der Unterschied zum Moloch Tokyo war. Die Gegend wirkte unberührt, erst nach vielen Kilometern kam das nächste Dorf. Laura schlüpfte in ihre hellblauen Hausschuhe und ging in die Küche des kleinen Holzhäuschens. Jessica saß dort an dem bäuerlichen Holztisch und legte ihr Buch zur Seite, als Laura eintrat.

Laura genoss die Einfachheit und Schlichtheit um sie herum. Luxus war ja gut und schön, aber das hier war viel erdverbundener, hier fühlte sie sich wohl und nicht immer beobachtet.

Jessi servierte ihr Tee in einer hübschen Porzellantasse. Laura stürzte sich auf eine Platte mit Muffins, die auf dem Tisch stand, und erst als sie gegessen hatte, redete Jessica.

»Können wir uns unterhalten?«

Laura schenkte sich Tee nach. »Das klingt ziemlich ernst.« Sie dachte an ihr Versagen. Ob Jessi sich bei ihr beschweren wollte, weil sie die Schwester blamiert hatte?

»Es ist ziemlich ernst. Die Situation ist völlig verfahren und ich will Klarheit schaffen.«

»Es tut mir leid, Jessi.«

Jessica seufzte. Auch sie trug noch ihren Schlafanzug. Lauras Pyjama war hellblau, Jessis dunkelrot. Sonst unterschieden sie sich äußerlich nicht mehr.

»Liebes, ich muss dir etwas gestehen. Als ich Shanaya gründete, wollte Takeo nicht bei uns einziehen. Er ist ein Einzelgänger und mag seine Ruhe. Aber ich habe ihn überredet und meinen Willen bekommen. Was denkst du wohl, warum ich ihn auf dem Grundstück haben wollte?«

»Weil er verdammt gut aussieht«, mutmaßte Laura mit einem Seufzen. Sie nahm noch einen Schluck heißen Tee.

»Nein.« Jessi lehnte sich auf dem schlichten Holzstuhl zurück und schaute auf ihre dunkelroten Pantoffeln. »Weil er genau dein Typ ist. Ich wusste, solltest du nach Japan kommen, würdest du dich in ihn verlieben und er sich in dich. Das wusste ich so sicher, wie morgens die Sonne aufgeht. Und deshalb sollte Takeo in meiner Nähe sein.«

»Aber … was hast du davon, uns zu verkuppeln?« Laura schob die Tasse zurück und sah Jessi verwundert an. »Was wolltest du erreichen?«

»Ich …« Jessi blickte an die Decke. »Ich bin nun Mal wie ich bin – egoistisch und intrigant. Laura, ich wollte, dass du in Japan bleibst. Ich habe gehofft, ihr verliebt euch und du kommst zu uns.«

Laura starrte sie sprachlos an. Darüber hatte sie noch nie nachgedacht. Sie hatte immer geglaubt, Jessica sei es gleich, wo sie war – und nur sie würde die Schwester vermissen.

Jessica hielt ihr die geöffneten Hände entgegen. »Die Jahre

ohne dich waren unvollständige Jahre. Ich liebe Japan. Trotz der verrückten Gesetze und all den anderen sonderbaren Bräuchen. Aber ohne dich fehlt mir etwas. Laura, ich brauche deine Hilfe in Bezug auf Shanaya nicht. Die anderen mögen das nicht glauben, aber ich weiß, dass ich einen anderen Weg finde, das Anwesen und den Club zu retten. Ich habe bisher immer einen Weg gefunden. Und selbst im härtesten aller Fälle weiß ich, dass ich wieder auf die Beine komme. Ich bin wie eine Katze, stürze nicht tödlich. Aber ich weiß auch, dass ich mich wieder leer und einsam fühlen werde, wenn du fort bist. Bleib hier, Laura. Lass das mit der Buchung. Deine Gedanken sind edel, aber du machst dich kaputt. Sag Takeo, dass du ihn liebst, und werde mit ihm glücklich. Du kannst bei mir wohnen oder bei ihm. Aber bitte … bleib hier.«

Laura schüttelte den Kopf. »Ich hätte nie gedacht, dass du mich so sehr vermisst.«

»Willst du Takeo wirklich verlieren, nur um einzigartigen, ungewöhnlichen Sex zu haben?«

Laura stand auf. »Du meinst, weil ich einmal in meinem Leben etwas wirklich Verrücktes tun möchte? Aber das ist es nicht allein, Jessi! Du verstehst das einfach nicht.«

»Versuche, es zu erklären.«

Laura seufzte und sah auf ihr Ebenbild. »Jessi, ich stand immer in deinem Schatten. Die ewige Zweite, die Zögerliche, die selten so gut war wie du. Und ich war immer diejenige, die mit ihrer Schönheit nichts anzufangen wusste, die sich versteckt hatte. Ich … ich will in den Spiegel sehen können, ohne meinen Körper zu fürchten. Ich will mich verändern. Aber dazu brauche ich ein Symbol. Und das hast du mir unbewusst gegeben. Die Initiation einer Maiko. Das Frauwerden. Natürlich ist es ein Spiel, aber es ist genau das, was ich will. Es ist das, was ich brauche. Für dich ging es dabei nur um die Kunst und ihre Vollendung. Für mich geht es um das

Erwachen. Ich möchte endlich ich selbst sein dürfen und ich brauche diese eine Nacht als symbolische Handlung. Ja, ich will ein Mal in meinem Leben etwas Verrücktes tun. Für mich. Deshalb gebe ich nicht auf. Obwohl ich Takeo liebe. Vielleicht scheitere ich wieder, aber bitte, lass es mich versuchen! Lass mich versuchen, ich selbst zu werden.« Laura trat zum Tisch, auf dem eines ihrer Bücher lag. Sie öffnete es und holte einen weinroten Umschlag hervor. Es war der Gutschein, den Jessi ihr im orientalischen Saal überreicht hatte. »Ich will diese Nacht. Aber nur diese eine Nacht. Lass es zu.« Sie hielt Jessi den Umschlag entgegen.

Jessi sah sie lange an. Schließlich nahm sie den Umschlag und nickte. »Gut. Ich werde noch mehr tun als das. Ich werde dir helfen. Und wenn du danach wieder nach Deutschland gehen möchtest, dann kann ich es verstehen. Aber denk immer daran, dass du jederzeit bei mir bleiben kannst.«

Laura nickte. »Das weiß ich und ich danke dir dafür.«

»Was ist dein Hauptproblem?«

Laura schloss die Augen. »Nervosität.«

»Prüfungsangst. Derselbe Stress, weswegen ich dir schon vor sieben Jahren eine Therapie empfohlen habe, du erinnerst dich? Das war kurz vor deinem nicht bestandenen Abi.«

»Jessi, musst du jetzt ...«

»Schon gut. Gehen wir die Sache an. Wir haben wenig Zeit, aber ich werde dir alle Techniken beibringen, die ich kenne. Zieh dir was an und dann legen wir los.«

Laura streckte die Hand aus. Jessica schlug ein, wie sie es früher als Jugendliche getan hatte.

»Danke, Jess.«

Die Schwester lächelte.

14

Jessica betrachtete Laura eingehend. Sie saßen im Wohnzimmer auf dem pastellgrünen Sofa. »Sei eine Maiko. Für eine Nacht. Fühl den Zauber des Spiels.«

Laura richtete die Schultern noch gerader auf und strich zärtlich über den Seidenstoff des Kimonos. Es war so weit. Gleich kam der Augenblick der Wahrheit.

Jessica sah sie ernst an. »Wirst du es versuchen?«

Laura schüttelte den Kopf. »Nein. Ich tue es.«

»Du schaffst das«, lächelte Jessica.

Yukiko trat ein. »Es ist so weit. Ich bringe dich zum Teehaus. Katoya und Minoru kommen in fünfzehn Minuten an. Yori sitzt schon seit einer Stunde am Toröffner. Kazuya streut gerade den Weg mit Rosenblüten – ich konnte es ihm nicht ausreden.«

»Schon gut.« Jessi grinste. »Jeder bekämpft seine Nervosität auf seine Weise. Ist der Champagner gekühlt?«

Yukiko nickte. »Ich werde sie vorne abholen, ihnen kurz Shanaya zeigen und ihnen einen Champagner anbieten. Danach kommen wir dann zum Tee.«

Laura stand anmutig auf. Sie war nervös, aber lange nicht so nervös wie vor zwei Tagen. Sie tat das, weil sie es wollte. Das hatte sie mit Jessicas Hilfe erkannt. Sie schaffte es zu lächeln. Es war sogar eine erste Vorfreude in ihr. Sie würde diese Prüfung bestehen. Sie würde über sich hinauswachsen.

»Viel Glück.« Jessica verneigte sich vor ihr. Eine Umarmung war wegen der Schminke zu riskant. Laura deutete ebenfalls eine leichte Verneigung an. »Bis in zwei Stunden.« Sie folgte Yukiko langsam in den Vorraum mit den Statuen und den Blütenbäumchen. *Träume einen Traum. Lebe einen Traum. Schäm dich nicht dafür.* Sie hielt das Kinn gerade. Jede Bewegung war die Mühe wert. Sie sah es an Kazuyas und Takeos Blicken, die draußen vor dem Haus standen und ihr sprachlos zunickten. Laura sah kurz in Takeos stolzes Gesicht, ehe sie die Lider senkte. Ihr Herz schlug heftig. Ob er ihr vergeben konnte? Es spielte keine Rolle mehr. Sie hatte ihre Entscheidung getroffen.

Schritt für Schritt ging sie durch den Garten, die Hände über dem Bauch in die langen Ärmel des weißroten Blütenkimonos geschoben. Sie spürte Takeos Blick auf sich und genoss ihn, auch wenn es ein schmerzhafter Genuss war. Er würde in ihrer Nähe sein und sie würde einen anderen lieben. Sie war nicht sein Eigentum. Sie waren nicht zusammen. Es gab keinerlei Verpflichtungen ihm gegenüber, daran musste sie sich festhalten, wenn sie nicht scheitern wollte. Auch eine Maiko schlief mit einem Mann, den sie nicht liebte.

Yukiko ging nach vorn an den Parkplatz. Laura sah ihr nicht nach. Sie prüfte noch einmal das Innere des Teehauses: den Vorraum, der halb zum Freien geöffnet war und an dessen Eingang sich das steinerne Becken zum Waschen befand, den größeren Innenraum, in dem das eigentliche Ritual stattfinden sollte. Außer seinem geistigen Gehalt hatte es wenig Gemeinsamkeiten mit dem wahren Ritual einer Mizuage. Jessi hatte einige Dinge abgewandelt. Auch die große rote Prunkdecke aus weichem Stoff gehörte sicherlich nicht zu einer traditionellen ersten Nacht. Laura gefiel sie sehr. Ebenso wie die Blumenarrangements, die Jessica im Inneren des Teehauses hatte aufstellen lassen. Sie gaben dem schlichten Raum Farbe. Die schweren schwarzen Porzellanvasen boten einen reizvollen Kontrast zu den hellen

Tatamimatten auf dem Boden. Auch auf der Vase waren Blüten in Gold abgebildet. Verschwenderisch rankten sich ihre Stängel um den runden Bauch aus Porzellan. Laura berührte eine der fünf Vasen. Wieder fiel ihr auf, wie auch hier die Zahl vier gemieden wurde, da sie im Klang dem Wort »Tod« ähnelte. Dabei war dieser Moment ein symbolischer Tod. Und eine Geburt. Laura zog ihre Hand zurück und spürte die Sehnsucht in sich, sich zu wandeln.

Sie drehte sich nicht um, als sie Takeo hinter sich hantieren hörte. Er überprüfte zum letzten Mal, ob auch alles an seinem Platz stand. Es roch süßlich nach Räucherwerk. Bald würde der Duft von grünem Tee hinzukommen. Laura schloss die Augen, um den Ort ganz in sich aufzunehmen. Das hier war ihr Reich. Vorsichtig öffnete sie wieder die Augen und trat an den Eingang des Pavillons. Takeo sagte nichts, was Laura nicht weiter überraschte. Sie wollte dennoch nicht länger als nötig in seiner Nähe sein, denn die Gefahr, einfach alles hinzuwerfen und die ganzen Mühen der letzten Tage zunichtezumachen, war sehr groß.

»Ich gehe noch einmal an den Teich«, erklärte sie nüchtern. Zumindest hoffte sie, dass ihre Stimme die Anspannung nicht verriet.

»Bleib in Rufweite. Ich bin hier gleich fertig.«

Laura sah sich in dem großen Garten um. Die drei Steine, die wie Miniaturberge in die Höhe ragten, waren keine drei Schritte entfernt. Sonnenstrahlen fielen auf die Wege, auf denen bereits die meisten Kirschblüten lagen. Einige hielten sich noch immer an den Ästen der Bäume fest.

Laura ging zwischen zwei Kieferstämmen hindurch zum Teich mit den Zwillingswasserfällen. Der Himmel spiegelte sich auf dem Wasser. In den Bäumen sang ein einzelner Vogel. Laura bewunderte das Bild, das sich ihr bot. Es war so friedlich hier. Ein verwunschener Ort zum Träumen.

Plötzlich wurde ihr Handgelenk von hinten gepackt.

Laura spürte die Nähe eines anderen Körpers und versteifte sich. Die Fremde hatte sich ihr lautlos genähert. Einen Moment dachte Laura, es sei Sakura.

»Ich liebe Opfer, die vor Angst erstarrt sind.« Die kratzige Stimme gehörte der Frau, die sie schon einmal angegriffen hatte.

Laura zog das Bein hoch und trat mit dem Holzschuh kräftig zu. Sie traf das Knie ihrer Angreiferin, die ihren Griff lockerte. »Ich liebe Angreifer, die zu viel reden.«

Laura hieb der Frau mit dem Ellbogen ins Gesicht, doch die Fremde hatte sich von ihrem Schrecken erholt.

»Denkst du, du kannst schwimmen in all den Metern Stoff?« Sie stieß Laura heftig in Richtung Teich. Laura ruderte wild mit den Armen, um Halt zu finden.

»Eileen.« Takeos Stimme war ruhig wie immer. »Ich hatte gehofft, du hättest es aufgegeben, nachdem du erfahren hast, dass ich dich suche.«

Eileen drehte sich zu ihm um, während Laura endlich Halt fand und ihre Perücke zu ordnen versuchte. Der Haarknoten saß schief. Zwei Kämme waren verrutscht. Zu allem Unglück hatte sich die Schleife ihres Gürtels gelockert. *Du hast wichtigere Probleme.* Sie ging zögernd vom Wasser fort, immer mit der Angst, von der schwarzhaarigen Fremden angegriffen zu werden. Aber die Fremde hatte nur Blicke für Takeo.

»Dafür werde ich einfach zu gut bezahlt. Du glaubst gar nicht, was es manchen Leuten wert ist, Jessicas Ansehen zu schmälern.«

»Dir geht das anscheinend über deine Gesundheit.« Die ruhige Logik in Takeos Worten war umso bedrohlicher. Laura hätte nie versucht, ihn wütend zu machen, nachdem sie gesehen hatte, wie er mit Sakura umgesprungen war.

»Das werden wir sehen.« Eileen griff ihn an. Sie war mit zwei Schritten bei ihm, er sprang ihr entgegen. Zumindest kam es Laura so vor, weil sein Schritt so schnell und präzise war. Beide tauschten eine harte Abfolge von Schlägen aus. Eileens Faust verfehlte Takeos Gesicht nur um Millimeter. Sie stieß blitzschnell die Finger vor und kratzte ihm über die Wange. Gleichzeitig versuchten beide, den anderen zu treten. Ob sie Takeo helfen sollte? Aber sie konnte in dem Kimono kaum gehen, geschweige denn kämpfen. Ihr Gürtel rutschte immer weiter hinab. Laura sah in Richtung Parkplatz hinüber. Was würden Katoya und Minoru tun, wenn sie jetzt hierherkamen? Sie mussten jede Minute an ihnen vorbeikommen. Es dauerte auch nicht lange, bis sie Kazuyas Stimme hörte. Takeo und die Fremde, die er ganz offensichtlich kannte – Laura hätte gerne gewusst, woher –, lieferten sich noch immer einen erbitterten Kampf. Takeo hatte es geschafft, die kleinere Frau auf den Boden zu bringen, aber Eileen gab nicht auf.

»Laura? Takeo?« Kazuya kam auf sie zu.

Endlich erwachte Laura aus ihrer Starre. »Kazuya! Du musst ihm helfen!«

»Takeo helfen? Machst du …« Kazuya sah sie und reagierte sofort. Innerhalb von wenigen Sekunden lag Eileen mit dem Gesicht nach unten, Takeo drückte es ihr unerbittlich ins Gras.

»Die kenne ich doch …«, setzte Kazuya an.

»Ruhe«, zischte Takeo.

Keine sechs Meter entfernt hörten sie Yukiko und ihre beiden Begleiter an sich vorübergehen. »Und das hier ist das Teehaus«, erklärte Yukiko gerade. »Sie werden es nachher in Ruhe betrachten können. Zuerst möchte ich Sie in unserem Club auf ein Glas kühlen Champagner einladen.«

»Sehr gerne«, die Stimme von Katoya klang tief und angenehm. »Ein hübscher Garten. Viel Arbeit. Wer pflegt ihn?«

»Oh, das tue ich.« Yukiko war geschmeichelt. »Ich danke Ihnen für das wunderbare Kompliment. Gerade jetzt ist eine schöne Zeit, da die Kirschblüten sich lösen und auf den Wegen ihre Spuren hinterlassen …«

Laura, Kazuya und Takeo verharrten wie ein Standbild. Kazuya hielt Eileen ruhig, während Takeo sie daran hinderte zu schreien. Endlich war Yukiko fort. Takeo schlug beherzt zu. Eileens Körper erschlaffte. Takeo zog sie hoch und prüfte mit den Fingern ihren Puls.

»Bring sie zu Sakura, die hat immer Handschellen in Reichweite. Dann bitte Hiroki, dass sie sie zur Polizei schafft, damit wir auf jeden Fall erst mal Ruhe haben. Und beeil dich, damit du rechtzeitig nach dem Teezeremoniell wieder hier bist.«

»In Ordnung.« Kazuya hob Eileen hoch. »Hoffentlich kommt sie nicht vorher zu sich.« Er beeilte sich davonzukommen.

Laura lief zu Takeo hinüber und tupfte seine blutende Wange mit der Innenseite ihres Ärmels ab. »Danke.«

Er grinste gequält. Einen Moment dachte Laura, er würde sie einfach über seine Schulter werfen und wie ein Urmensch mit ihr davonrennen. Leider verging der Moment. Takeo richtete ihre Perücke. »Du siehst hinreißend aus. Vielleicht sollte ich Jessi einfach mehr zahlen als Katoya.«

Laura hatte in den letzten Wochen zu viel erlebt, um darauf beleidigt zu reagieren. »Hast du denn so viel Geld?«

Er schüttelte den Kopf. »Nein.«

»Dann binde mir lieber den Obi.« Laura drehte sich um. »Und beeil dich, sie sind gleich zurück.«

Takeo seufzte gequält, tat aber, was sie von ihm verlangte.

»Es geht auch um Shanaya, Takeo. Bedeutet es dir nichts, wenn ich es rette?«

Er band den Gürtel eine Spur zu fest und Laura hatte Mühe, normal zu atmen.

»Teilen war nie mein Ding.«

»Takeo … ich muss das tun. Es tut mir leid, dass du es

nicht verstehst. Es …« Laura fand einfach nicht die richtigen Worte. Wie gerne hätte sie ihm gesagt, dass sie ihn liebte, aber das wäre ihr in diesem Moment wie Hohn vorgekommen. »Dein Gürtel ist gebunden.«

»Danke.«

Sie sahen sich noch einmal in die Augen, dann gingen sie Seite an Seite zurück zu dem Teehaus unter den Kirschbäumen.

* * *

Die Teezeremonie verlief gut, Laura schaffte es sogar, ein wenig zu essen. Katoya und Minoru wirkten freundlich und aufgeschlossen. Katoya trug ein maßgeschneidertes Kostüm in einem weichen Rosé. Ihre schwarzen Locken reichten kaum bis zu ihren Schultern. An ihren Ohrläppchen hingen schwere Kreolen aus Gold, die mit kleinen Diamanten besetzt waren. Minoru trug einen schlichten Anzug. Man sah ihm das Fitnessstudio an, das ihm vielleicht sogar gehörte. Eine dunkle Sonnenbrille mit kleinen Gläsern verfremdete sein Gesicht. Er hatte einen breiten Mund mit einem freundlichen Lächeln. Meistens führte Katoya das Gespräch und Laura schaffte es, ihr freundlich und geistreich zu antworten.

Kurz vor ihrem Tanzauftritt stieg ihre Nervosität an, doch als Kazuya genau im richtigen Moment mit seiner Trommel erschien und sie die erste Bewegungsabfolge anmutig hinter sich gebracht hatte, verschwand sie vollständig. *Lebe deinen Traum. Tu, was du willst.* Sie drehte sich im Takt und lächelte über die bewundernden Blicke ihrer Gäste. Es gefiel ihr, wie Minoru ihren Körper betrachtete. Genau so war ihr Körper: schön und aufregend. Ein Versprechen. All ihre Aufregung wurde zu einem euphorischen Glücksgefühl. Das hier war ihre Nacht. Takeo hatte sie damals schon zurückgewiesen, als sie noch gar nicht über diesen Abend nachgedacht hatte. Auch da war er feige gewesen, weil er sich vor einer Beziehung fürchtete. Sollte er sehen, was er verpasste, wenn er sie gehen ließ. *Denk nicht an ihn. Denk an das, was du tust.*

Laura hob die Arme und machte einen Schritt zur Seite. Der Raum war eng, aber ihr Tanz war auf den engen Raum zugeschnitten. Ein wenig fühlte sie sich wie eine orientalische Bauchtänzerin, nur dass dieser Tanz wesentlich subtiler war. Die Bewegungen ihres Beckens waren klein und zurückhaltend, mehr ein Andeuten als eine Einladung. Ihren Gästen schien der Tanz sehr zu gefallen, denn sie hingen mit den Blicken an ihr. Minoru hatte die Sonnenbrille bereits für die Teezeremonie abgesetzt. Er lächelte ihr aufmunternd zu.

Noch während sie tanzte, verließ Takeo leise das Teehaus. Auch das gehörte dazu. Als der letzte Ton verklungen war, verneigte sich Kazuya. Er trat rückwärts den Rückzug an. Laura atmete tief den Geruch des Tees ein. Neues Räucherwerk brannte und sie fühlte sich leicht und frei. Grazil sank sie zurück auf die Knie, in die Haltung, in der sie bereits ihren Tee eingenommen hatte. Sie senkte den Blick zu Boden.

Katoya stand auf und holte die Decke von der Seite des Teehauses. Sorgfältig breitete sie sie auf den Matten aus. Dabei blitzte ein goldenes Armband an ihrem Handgelenk. »Du hast wundervoll getanzt, Ayaka. Komm hierher.«

Laura erhob sich und ging mit gesenktem Blick auf sie und Minoru zu. Vor ihnen kniete sie erneut nieder.

Minoru hob ihr Kinn an. »Hab keine Angst.« Er ließ sie los und kniete sich hinter sie. Gemeinsam mit Katoya löste er den Obi. Stück für Stück rollte sich der meterlange Gürtel ab. Laura trug nichts unter dem Kimono, den die beiden langsam und ehrfürchtig von ihr hoben. Laura stand auf und stieg aus den Holzschuhen. Stolz und nackt stand sie vor ihnen und hielt den Blicken stand, die sich auf sie richteten.

»Tanz noch einmal für uns«, bat Katoya.

Laura spürte, wie die Nervosität zurückkommen wollte. Minoru holte eine Flöte hervor, die er unter dem Gewand verborgen hatte. Eine Shakuhachi. Lauras Augen weiteten sich. Sie lächelte. Warum nicht? Sie dachte an die Nacht mit André und Yukiko, als die beiden ihr die Augen verbunden hatten. Der Klang der Flöte erfüllte den Raum. Sie schloss die Augen. Erneut begann sie, sich zu bewegen und sich zu drehen. Mit Erstaunen bemerkte sie, wie wenig es ihr ausmachte. Sie war stolz auf ihren Körper. Stolz auf sich. Ihre Bewegungen waren fließend wie Wasser. Sie spürte die Musik der Flöte im Herzen. Es war Musik aus einer anderen, längst vergessenen Welt, in der sie eine Prinzessin war.

Als die Musik endete, war sie enttäuscht. Sie hätte ewig weitertanzen können, auch wenn sie keine Choreographie dazu gelernt hatte. Laura spürte, wie sich ihr Brustkorb hob und senkte, wollte die Augen noch nicht öffnen, wollte den Mann und die Frau noch nicht sehen, die geduldig auf der roten Prunkdecke warteten und ihre Blicke nicht von ihrem entblößten Körper ließen.

* * *

Jessi lachte auf. Sie sah von Yukiko zu Sakura, musterte schließlich Yori, André, Kazuya und Takeo. Es waren alle da bis auf Hiroki, der Lauras Angreiferin zur Polizei gebracht hatte.

»Es ist schon ein bisschen peinlich, dass wir hier alle stehen.«

Yukiko machte eine wegwerfende Handbewegung. »Das war bei einer richtigen Mizuage sicher nicht anders.«

Takeos Gesicht war weiß, sein Kiefer vorgereckt. »Ihr habt doch gesehen, wie es Laura letztes Mal ging. Ich gehe jetzt da rein und hole sie raus!«

»Nein!« Yukiko und Jessi hängten sich gleichzeitig an seinen Arm, aber sie brauchten Kazuyas und Andrés Hilfe, um Takeo am Weiterlaufen zu hindern.

»Hör zu«, brachte Yukiko keuchend hervor. »Betrachte es doch einfach als eine Art Probe. Im alten Griechenland hat man die Frauen auch vor der Ehe in einen Tempel geschickt, wo sie ihren Körper für eine Nacht der Allgemeinheit zur Verfügung stellen mussten! Das hat was mit Altruismus zu tun, oder so.«

»War das wirklich in Griechenland?«, fragte André blasiert nach.

Jessi warf ihm einen bösen Blick zu. »Bitte, Takeo. Für uns alle. Lass sie das durchstehen.«

»Wie ihr wollt.« Takeo riss sich los. »Ich bin in meiner Wohnung.«

Jessi sah ihm seufzend nach. »Zu schade, dass das nichts geworden ist. Die beiden passen ganz wundervoll zusammen.«

Yukiko stützte sie. »Wer weiß? Vielleicht versöhnen sie sich ja, wenn das hier überstanden ist.«

Jessi schmiegte sich an sie. »Das wäre schön.«

* * *

Laura kniete auf der Matte vor der roten Decke und wartete. Sie senkte schüchtern den Blick, als Katoya aufstand. Minoru blieb auf der roten Decke sitzen. Laura bemerkte seinen sehnsuchtsvollen Gesichtsausdruck und unterdrückte ein Grinsen. Vielleicht hätte sie früher schon nackt vor einem Mann getanzt, wenn sie gewusst hätte, welche Freude sie damit bereitete.

Katoya kniete sich direkt vor sie, legte ihre Hand sanft unter Lauras Kinn und hob es an. »Es ist gut, Parker-san. Sie haben mich überzeugt.«

Laura schluckte. Hatte sie etwas falsch gemacht? Warum fiel die fremde Frau aus ihrer Rolle?

Katoya lächelte. »Ich muss zugeben, ich war sehr skeptisch. Die Prostitution wurde in Japan ja schließlich nicht abgeschafft, um Sexualität zu unterdrücken. Sie wurde abgeschafft, um Frauen vor Ausnutzung zu schützen. Ich habe mich davon überzeugt, dass Sie niemanden ausnutzen, Parker-san. Ihr Shanaya ist schützenswert und es soll erhalten bleiben. Ihre Auffassung von Sex ist naiv verspielt, wenn ich das so sagen darf. Ich mag Ihr Konzept. Alles, was Sie jetzt noch tun, tun Sie freiwillig. Sie haben Ihren Patron gefunden.«

Laura blinzelte. Was würde Jessi jetzt sagen? »Ich danke Ihnen«, brachte sie hervor. Was wurde von ihr erwartet? Jessi hatte ihr sicher nichts vorenthalten. »Haben Sie sich deshalb die Mizuage ausgesucht? Weil Sie uns unterstützen wollen?«

Katoya nickte ernst. »In Japan ist es durchaus üblich, mit gewissen Clubs und Geishas zusammenzuarbeiten. Das verbessert das Ansehen in einem bestimmten Rahmen. Ich weiß, dass es zwischen Ihnen und einem anderen Club Ärger gab. Ich werde Ihnen dabei helfen, dass das aufhört. Enttäuschen Sie mich nicht, wenn ich Ihren Club empfehle.«

»Das werde ich nicht.« Laura stellte sich vor, Jessi würde neben ihr knien. Sie war nicht allein. Die Schwester war bei ihr. Ihr Arm lag auf ihrer Schulter.

Minoru fasste Katoya vertraulich am Arm. »Verzeih, Liebling, aber ich bin noch nicht bereit zu gehen. Lass uns das hier auskosten.«

Katoya lachte. »Nun, Ayaka, wie es aussieht, hast du ein Herz erobert. Die Mizuage ist ohnehin eine Männersache. Wenn es dir nichts ausmacht, werde ich mich auf das Zusehen beschränken.«

Laura senkte den Kopf. »Wie Sie wünschen.« Sie musste daran denken, wie viel Vergnügen es ihr gemacht hatte, anderen zuzusehen. Nun war jemand da, der sie beobachtete. Das Gefühl war nicht schlecht. Laura verbarg ihr Lächeln. Sie fühlte sich glücklich. Als Minoru sie auf die weiche Decke zog und sich über sie beugte, war auch sie warm und weich, gelöst im Innern. Diese eine Nacht würde sie ihm gehören. Nur diese eine Nacht. Noch erhitzt vom Tanzen streckte sie sich auf der Decke aus, während seine Finger sie zaghaft suchten, als fürchte er, Verbotenes zu tun. Laura sah bewusst nicht zu Katoya. Erst später, wenn die Frau überhaupt nicht mehr damit rechnete, würde sie ihr direkt in die Augen sehen, um dann in dem Gesicht den Ausdruck des »Ertapptseins« zu finden. Nachdem sie all die Erfahrungen mit Jessicas Freunden gesammelt hatte, war es erfrischend, Minorus ungestüme Finger zu spüren, die nicht bei jedem Millimeter Bewegung wussten, was sie taten. Gerade das Unbedarfte seiner Bewegungen, die fordernde Neugier auf ihrem Körper erregte sie.

Sie griff mit ihrer Hand nach seiner und lenkte seine Finger, zeigte ihm, wo sie am liebsten berührt wurde, und belohnte ihn mit einem leisen Stöhnen oder einer entgegenkommenden Bewegung, wenn er es richtig machte. Sie führte seine Hand zwischen ihre Beine, beschrieb zusammen mit ihm kleine Kreise um ihren Kitzler. Minoru fand große Freude an dem Spiel. Er war ein gelehriger Schüler und Laura konnte ihn bald loslassen und ihn allein seine Kreise ziehen lassen. Sie hob ihren Brustkorb an. Es war schön, nackt zu sein. Noch immer trug er seinen Anzug, aber er würde ihn ausziehen müssen, wenn er mehr von ihr wollte – und das wollte er. Laura richtete sich anmutig auf. Er ließ von ihr ab und sah sie leicht verlegen an. Sie lächelte und half ihm aus der Jacke, dem Hemd und der Hose. Die Schuhe hatte er bereits am Eingang abgestreift. Sie zog ihn nach und nach ganz aus und legte sich erneut auf der Decke zurück. Er kniete über ihr, seine Hände stützten sich neben ihren Armen ab. Laura streichelte seinen Körper. Es war ein irres Gefühl, das sie geil machte. Er würde gleich mit ihr schlafen, würde es tun, obwohl sie sich nicht kannten und sich nie wiedersehen würden.

Das ist meine Nacht, dachte sie und schloss die Augen. Sie fühlte Katoyas Blicke auf sich. Sie sollte alles sehen, sollte diesen Moment mit ihr teilen. Laura zog Minoru zu sich herab, hielt sein Glied und führte es an ihre Scham. Minoru stöhnte auf und küsste sie auf den Hals. Laura drängte ihn leicht zurück und dirigierte ihn zu ihrer Scheide. Minoru nahm den Impuls auf, stieß vor und drang in sie ein. Er bewegte sich laut atmend in ihr. Laura öffnete die Augen, fing Katoyas Blick auf und ließ ihn nicht los. Sie sah, wie die ältere Frau sich wand, wie sie den Blick abwenden wollte. Sie fühlte mit ihrer eigenen Erregung, wie auch Katoya erregt wurde, wie ihre Hand heimlich die Stelle suchte, die auch in Laura heftig pulsierte.

Laura umschlang Minorus Po, drückte ihn fest an sich. Sie fühlte, wie sie gemeinsam auf die Erlösung zusteuerten, wie sie ihr entgegeneilten. Als es ihr kam, stöhnte sie tief und befreit auf. Auch Minoru stöhnte und Katoya atmete heftig. Ihr Gesicht war dunkelrot.

Laura blieb eine Weile einfach liegen. Minoru rollte sich neben sie. »Sind die Frauen, die bei dir arbeiten, auch so erfahren?«

Laura grinste. »Oh nein. Sie sind um ein Vielfaches erfahrener. Sie wollen dir deine Träume erfüllen und gemeinsam mit dir sexuelle Phantasien ins Leben holen.«

Minoru rollte sich auf die Seite und berührte ihre golden schimmernden Haare. »Klingt ganz so, als müsste ich bei dir Stammkunde werden, Parker.«

Laura schloss die Augen. Sie hatte es geschafft.

15

Als Laura aus dem Teehaus trat, herrschte die Stimmung einer Silvesterfeier. Alle begrüßten und umarmten sie, sie wurde gedrückt und beglückwünscht wie ein Geburtstagskind. Laura lachte vor Freude und streckte ihre Arme aus. Sie fühlte sich großartig. Erleichtert, aber mehr noch: frei. Das hier war ihr Sieg. Schade nur, dass Takeo nirgendwo zu sehen war. Vermutlich war es besser, dass er nicht hier war.

Jessica umarmte sie heftig. Sie fiel dabei fast um.

Yukiko wies in Richtung Club. »Wir haben drüben ein Büfett mit Sektempfang für dich vorbereitet. Richtige Maikos hatten schließlich auch ihre Party. Entschuldige, Ayaka. Jetzt wärst du ja eine Geisha.« Sie grinste Laura unverschämt an.

Laura schlug spielerisch nach ihr. Yukiko ignorierte es und schloss sie fest in die Arme. Auch Yori drückte sie behutsam an sich.

Laura wusste nicht, wie es geschah. Mitten im Trubel hielt sie plötzlich Sakuras Hand in ihrer. »Danke.« Sakura nickte, was wohl eine angedeutete Verbeugung sein sollte. »Du warst großartig, Parker.«

Ehe Laura sich von ihrer Verlegenheit erholt hatte, hielt Kazuya sie im Arm. Es war ein wildes Durcheinander, bis sie endlich hinüber in den Club gingen. Yukiko lud auch Katoya und Minoru ein, doch die Frau lehnte dankend ab. »Ich bleibe mit Ihnen in Kontakt, Parker«, meinte sie noch zu Laura, dann ging sie gemeinsam mit ihrem Begleiter zurück zu ihrem Wagen.

Jessica hängte sich bei Laura ein. »Warum habt ihr Shakuhachi gespielt?«

»Ich … ich habe noch mal getanzt.« Laura lächelte, als sie die Rötung auf ihren Wangen spürte.

»Wusstest du, dass ich auch sehr gerne Shakuhachi spiele?« Die Schwester stützte sich schwer auf sie.

»Nein.« Laura dachte an ihre erste Nacht mit Takeo.

Jessi senkte die Stimme. »Ich tue es nur zu besonderen Anlässen.«

Laura wollte der Schwester in die Seite knuffen, aber ihr fiel rechtzeitig ein, dass Jessica an Krücken ging.

Jessi grinste. »Heute Abend spiele ich wieder. Lass uns feiern. Hiroki muss bald zurück sein und dann können wir alle zusammen anstoßen.«

»Und Takeo?« Laura sah sich noch einmal um, in der Hoffnung, ihn zu entdecken.

»Der ist noch zu eifersüchtig. Vielleicht könnt ihr euch ja morgen aussprechen.«

Laura wollte die Stimmung der Schwester nicht trüben, aber sie war sich sicher: Takeo würde sich nicht mit ihr aussprechen wollen.

»Gut, Jessi. Lass uns feiern.«

Sie gingen zum hell erleuchteten Clubhaus hinüber. Am Empfang standen Sektgläser. Zwischen den Gläsern lag ein Geschenk in rotem Papier. Laura ging darauf zu.

»Ist das für mich?« Sie sah Jessi fragend an.

Jessi nickte. Alle kamen näher heran. Kazuya rieb sich vergnügt die Hände. »Mach es auf!«

Laura griff vorsichtig danach. Der Form nach handelte es sich um einen überdimensionalen Schuhkarton. Die Vögel im orientalischen Saal zwitscherten aufgeregt.

Laura zerriss Stück für Stück das Papier. Es war tatsächlich ein großer grauer Karton, nicht unähnlich einer Hutschachtel. Zaghaft öffnete sie den Deckel.

»Nein«, flüsterte sie. »Ihr seid doch irre.«

»Das war Jessi«, erklärte Sakura ungerührt. »Sie hat als Einzige daran geglaubt, dass du es durchziehst.«

»Halt die Klappe«, zischte Yukiko.

Sprachlos zog Laura den Kimono in hellen und dunklen Grünabstufungen hervor. Silberne und goldene Umrandungen deuteten zarte Blätter an. Die Seide war dünn und kühl. Laura schluckte. »Das ... das kann ich nicht ...«

Jessi lächelte sie an. »Du wolltest ein Symbol. Der Kimono ist eines. Und ich weiß, dass er dir gefällt, so wie du ihn beim Einkaufen angestarrt hast.«

Laura drückte die Seide an ihre Brust. »Danke.«

Sie lagen sich in den Armen. Kazuya klatschte und lachte. Auch die anderen applaudierten. Laura spürte Tränen auf ihren Wangen.

»Macht schon mal aus, wer mich nachschminkt«, sagte sie halb lachend, halb weinend. »Ihr vollkommen Verrückten.«

Yukiko tupfte mit einem Taschentuch die Tränen von ihrem Gesicht. »Ich natürlich. Aber erst, nachdem wir getrunken haben.«

Kazuya gab Laura ein Glas. Laura sah Hiroki, der mit fragendem Blick eintrat, sie alle ansah und dann lächelte. »Ist gut Jess, du hast deine Wette gewonnen.« Er griff sich ein Sektglas. »Aber so oder so: Sie ist großartig.«

Sie lachten. Laura hob das Glas. »Ihr auch.«

* * *

Sie saßen im Garten. Die Kirschblüten bedeckten die Wege. Wie schnell die Zeit der Kirschblüte vorüber war. Laura sah zu Jessi hinüber, die neben ihr auf der steinernen Bank vor dem Teich hockte. Die Schwester blickte nachdenklich auf die Wasserfläche, in der sich die Äste der Bäume und die

Wolken spiegelten. Langsam hob sie den Blick und sah Laura direkt an.

»Bereust du es?«

»Nein. Es war eine einmalige Erfahrung. Abgedreht, völlig fremd. Aber sie hat mich meinem Körper nähergebracht – mir selbst nähergebracht. Jetzt kann ich zurückkehren nach Deutschland mit dem Wissen, frei von Angst zu sein.«

»Das Gästezimmer steht dir immer offen. Komm, wann du magst.«

»Vielleicht. Wenn der Schmerz nachlässt.«

Jessi umarmte sie und legte ihren Kopf auf ihre Schulter. Ihre Wangen lagen warm und weich aneinander. »Ich liebe dich.«

»Ich dich auch.«

»Ich wünschte, du würdest bleiben, aber ich kann verstehen, dass du gehen willst.«

»Mir bedeutet Takeo mehr, als ich mir eingestehen möchte. Ich muss darüber hinwegkommen.«

»Es tut mir leid.«

Laura ließ sie los. »Das muss es nicht.« Ein letztes Mal sah sie zu dem kleinen Teich mit dem Zwillingswasserfall. »Lass uns aufbrechen.« Sie stand auf.

Auf die Schwester gestützt, erhob sich auch Jessi. »Kazuya wird uns fahren. Ich komme mit bis zum Flughafen. Ich danke dir, Laura. Danke für alles.«

Laura lächelte. »Zumindest kannst du mich nie wieder eine verklemmte Nonne nennen.«

Jessi lächelte zurück. »Ich hab dich nie für eine gehalten. Ich wollte dich nur aufziehen.«

Gemeinsam gingen sie zum Haus.

Kazuya stand schon mit langem Gesicht auf dem Parkplatz. »Ihr Taxi, Miss«, meinte er freundlich zu Laura, aber es klang nur halb so lustig wie sonst.

Laura stieg hinten ein, da Jessi mit ihrem Gipsbein vorn

mehr Platz hatte. Sie sah zum Haus zurück, das in der hellen Mittagssonne lag. Das pagodenähnliche Dach wirkte nicht mehr fremd und exotisch, sondern vertraut. Laura sah Yukiko am Fenster stehen. Die beiden Frauen hatten sich bereits verabschiedet. Sie würde sie vermissen, die Zauberin. Die Frau, die einem in die Seele sah. In Deutschland hatte Laura nur wenige Freunde. Dort gab es keine Yukiko. Nicht einmal eine Sakura.

Kazuya startete den Wagen. Das Brummen des Motors hatte einen endgültigen Klang. Fort, fort von hier. Nach Hause. Laura schloss die Augen. Nach Hause. Das waren Takeos Arme. Aber wenn sie in seinen Armen zu Hause war, was bedeutete Deutschland dann noch?

Ich werde mich schon wieder eingewöhnen. Sie blinzelte eine Träne fort. *Und eines Tages kehre ich zurück.*

Noch einmal öffnete sie die Augen, um nach Takeo Ausschau zu halten, aber er ließ sich nicht blicken. Die Tür seiner Wohnung blieb geschlossen.

»Sayonara«, flüsterte sie, während sie abfuhren und das Haus hinter sich ließen. »Es wäre zu schön gewesen.«

* * *

Takeo kniete in seiner Wohnung auf dem Boden und starrte auf die Matratze, auf der Laura vor einer gefühlten Ewigkeit gelegen hatte. Er saß schon so da, seitdem er Kazuya hatte wegfahren hören. Die Gefühle in ihm spielten verrückt, und er wusste nicht, was er tun sollte.

Yukiko war sehr leise, aber er hörte sie trotzdem und erkannte sie an ihrem leichten Parfüm. »Was willst du?« Er drehte sich nicht um.

»Dir sagen, dass du ein Idiot bist«, erklang Sakuras schneidende Stimme.

Er schloss gottergeben die Augen. Diese Frauen! Warum

mussten sie nur all ihre Sachen teilen und untereinander tauschen?

»Was meinst du?«

»Laura hat diesen Ort gerettet. Du bist ihr etwas schuldig, denn sie hat es auch für dich getan.«

»Ich habe sie nicht darum gebeten.«

»Dein Stolz und deine Angst machen ein Nichts aus dir, Takeo. Du solltest es besser können.«

»Es sind Jessi, Kazuya, Yukiko und du, die Laura dankbar sind. Soll ich sie etwa für euch zurückholen?« Noch immer sah er sie nicht an.

Sakura trat auf ihn zu und riss seinen Kopf herum. Er folgte der Bewegung auf den Knien und packte zugleich ihre Arme. Einen Augenblick hielten sie sich wie gleich starke Ringer, von denen keiner den Anfang machen wollte. Sakura ließ dabei seinen Hals nicht los, obwohl sein harter Griff ihr mit Gewissheit Schmerzen zufügte. »Nein, du elender Holzschädel!« Sie zog seinen Kopf noch ein Stück zu sich und starrte ihm in die Augen. Takeo bemerkte erstaunt, dass sie keine Kontaktlinsen trug. Ihre Augen waren dunkel, fast schwarz. Ganz tief in ihnen schien ein goldenes Licht zu glimmen. Sakuras volle Lippen berührten seine Wange. »Du sollst sie für *dich* zurückholen.«

Sie starrten einander schweigend an. Takeo sah in ihren Augen all den Schmerz der vergangenen Jahre. Den Schmerz einer unerfüllten Liebe.

»Hör zu«, flüsterte sie heiser. »Niemand weiß besser als ich, wie es ist, allein zu sein. Ich bin allein, weil du mich nicht willst. Aber schlimmer noch ist es, allein zu sein, weil man zu feige war, alles zu riskieren. Wenn du Laura jetzt gehen lässt, wird dich das den Rest deines Lebens verfolgen, und du wirst nie wieder die Stärke finden, dich an einen anderen Menschen zu binden. Ich liebe dich, Takeo. Mach dein Leben nicht kaputt. Nicht aus Feigheit. Du kannst vier Männer mit Messern besiegen und überleben. Du kannst Laura sagen, dass du sie liebst und dass du mit ihr zusammen sein willst. Aber du hast nur noch wenig Zeit. Schwing deinen Arsch auf dein Motorrad und halte sie auf, oder du wirst es den Rest deines Lebens bereuen.«

Wieder starrten sie sich nur an. Takeo erhob sich langsam. Sakuras Hände sanken auf seine nackten Schultern.

Die Wahrheit ihrer Worte schmerzte. Er hatte die Frau gefunden, mit der er leben wollte. Sollte er sie aus Feigheit gehen lassen? Würde er sich dann im Spiegel noch ansehen können? Sakuras lange Nägel gruben sich so fest in sein Fleisch, dass er blutete. Er beugte sich vor und gab ihr behutsam einen Kuss auf die Stirn. »Lass mich los und ich werde fahren.«

Sakura ließ ihn los. »Fahr dir nicht den Schädel ein. Aber beeil dich.« Sie zog eine Grimasse. »Ich hasse Laura. Sie ist etwas Besonderes.«

Takeo riss hastig eine der weißen Papiertüren auf und nahm seine Lederjacke und zwei Helme vom Regal. »Danke.«

* * *

Laura saß auf einem der modernen Schalensitze und sah sich im sauberen Flughafengebäude um. Sie hatte noch zwanzig Minuten Zeit. Kazuya und Jessi waren bereits gegangen. Wieder fiel ihr der Geruch auf, den sie mit Japan verband. Gewürze, Soja, mild und exotisch.

Sie ließ die Zeit in Japan Revue passieren und dachte an all die aufregenden und skurrilen Momente. An Takeos Gesicht, seine Augen, die verlangend in ihre sahen.

Als sie ihn zwischen einer Gruppe Japanern entdeckte, glaubte sie, noch in ihren Tagträumen gefangen zu sein. Sie stand auf. Es war Takeo. Es war wirklich Takeo! Er trug seine schwarze Lederjacke und eine schwarze Hose.

Es konnte nur Takeo sein! Ihr Herz schlug rasend schnell. Was machte er hier? Was sollte das? Wollte er sich doch noch verabschieden?

Er überragte die Japaner um ihn herum. Suchend sah er sich um. Ihre Blicke fanden sich. Einen Moment stand er erstarrt wie ein wildes Tier, das eine Witterung aufgenommen hatte. Dann straffte er die Schultern und kam zielstrebig auf sie zu. Sein Gang hatte die vertraute Entschlossenheit. Er trug zwei Helme in der rechten Hand. In der linken Hand hielt er etwas Undefinierbares aus Grün und Weiß. Laura kam ihm entgegen. Sie verharrten zwei Schritte voreinander, als müssten sie die Situation erst einschätzen. Laura atmete tief ein.

»Wird … wird das eine Verabschiedung?«

Takeo schüttelte heftig den Kopf und zog die zerzausten Rosen hervor, von denen einige keine Blüten mehr hatten. Er kam zu ihr, bis er ganz nah vor ihr stand und hielt ihr die Blumen hin. Laura nahm den malträtierten Strauß verdutzt entgegen. »Ist das Salat?«

Er beugte sich vor und küsste sie. Seine Lippen drängten sich gegen ihre. »Bleib hier, Laura«, flüsterte er, während seine Hand ihr Kinn hob. »Bleib in Japan. Für mich.«

Laura lachte. Sie breitete die Arme aus und schloss sie um ihn, als wolle sie ihn für immer festhalten. »Aber mein Gepäck ist schon weg.«

»Wir kaufen dir was zum Anziehen – oder du ziehst gar nichts an – ist mir egal.« Er klang ängstlich. »Hauptsache, du bleibst. Bleib hier. Hör aber bitte auf, dich wie Jessi zu verhalten. Bleib hier als Laura. Weil ich Laura brauche … weil … ich dich liebe.«

Laura schmiegte den Kopf an seine Brust und nahm ihm einen der Helme ab. »Es wäre verrückt hierzubleiben. Verrückt, nicht zurückzukehren. Meine Chefin wird nicht gerade begeistert sein.«

»Sie liebt dich nicht, ich schon.« Takeo sagte das so überzeugend, als würde das alles erklären. »Und du wolltest doch länger bleiben, oder? Ich meine … ich will nicht …«

Laura küsste ihn, ehe er noch mehr sagen konnte.

»Ich bleibe. Zufälligerweise hat Jessi genau meine Größe.« Sie grinste frech. »Aber ich erwarte auch etwas von dir.« Sie hielt sich an ihm fest. »Einen Grundwortschatz von mindestens tausend Wörtern pro Tag. Frauen sind nun mal so, sie reden viel.«

»Ich kann dir ja was vorlesen.«

»Ja, gern.« Laura strahlte ihn an. Sie kümmerte sich nicht um die Leute um sie herum und küsste ihn erneut. Erst nach einer Weile lösten sie sich voneinander. Takeo nahm sie in den Arm und führte sie behutsam in Richtung Ausgang, als habe er noch immer Furcht, sie könne es sich anders überlegen.

Laura strahlte. Sie war keine Idiotin. Wenn das Glück sie herausforderte, konnte sie nicht ablehnen.

»Danke«, flüsterte sie lautlos. »Danke, danke, danke …«

Takeo sagte nichts, aber auch er strahlte wie ein Kind an Weihnachten. Laura folgte ihm zu seinem Motorrad. Es machte ihr gar nichts aus, sich hinter ihn zu setzen und sich an ihn zu kuscheln.

Sie sprach laut, damit Takeo sie durch den Helm hören konnte. »Bring mich nach Hause.«

Langsam fuhren sie los.

Epilog

Jessi sah zum Fenster ihres Zimmers hinaus, als sie das Motorrad hörte. Auf dem Weg hinunter brach sie sich fast das andere Bein.

»Yukiko!« Sie hüpfte auf ihren Krücken ins Wohnzimmer, in dem Sakura und Yukiko auf dem grünen Sofa vor dem Kamin saßen und sich unterhielten. Beide Frauen sahen auf.

Jessi strahlte. »Takeo ist zurück! Mit Laura!«

Sakura verzog verächtlich die Mundwinkel. »Das wurde auch langsam Zeit.«

Yukiko sah Jessica fassungslos an. »Was? Wie?«

Jessi war schon auf dem Weg zur Eingangstür. »Kommt mit!«

Nur Yukiko folgte ihrer Aufforderung.

»So weit kommt es noch«, murmelte Sakura hinter ihnen.

Jessi und Yukiko beeilten sich, die Treppe herunterzukommen. Kazuya stand schon auf dem Parkplatz vor dem Haus. Er hielt Laura und Takeo im Arm.

»Takeo-kun, du Teufelskerl.« Anerkennend schlug er dem Freund auf die Schulter.

»Laura!« Jessi hüpfte ihr entgegen. Trotz ihrer eleganten Kleidung hatte sie nichts Königliches mehr an sich. Ihr Gesicht glänzte wie das eines Kindes an einem Feiertag. Aus ihrem Zopf lösten sich Haarsträhnen.

»Jessi!« Laura kam ihr entgegen und schloss sie fest in die Arme. »O Jessi.« Sie beugte sich nah an das Ohr der Schwester. »Ich bin so froh.«

Sie drückten sich innig. Jessica konnte ihr Glück kaum fassen. Laura war zurück. Sie würde noch bleiben. Und vielleicht brachte sie die Schwester doch noch so weit, für immer nach Japan zu kommen. Dann würden sie endlich wieder vereint sein, so, wie es sein sollte. Zwillingsschwestern. Seite an Seite.

»Laura!« Jessi lachte und drückte sie. Sie bedeckte das Gesicht der Schwester mit Küssen. »Ich bin so froh, dass du bleibst. Kommt doch rein.«

Laura löste sich von ihr und trat zurück zu Takeo. Er schlang seinen Arm um sie und zog sie an sich.

»Tut mir leid, Jess. Aber Laura und ich wollen allein sein.« Er lächelte und blickte in den fast wolkenlosen Himmel über dem Wohnhaus. »Es ist nicht mehr lange hell und ich möchte Laura noch einen Platz im Garten zeigen. Einen besonderen Platz.«

Kazuya grinste. »Takeo-kun, du hast es wirklich geschafft.«

Jessi nickte lächelnd. »In Ordnung. Wir werden etwas zum Essen vorbereiten. Kazuya?« Sie sah Kazuya nach, der hinüber zu seiner Wohnung rannte.

Takeo und Laura beachteten ihn nicht. Jessi seufzte wohlig. Die beiden hatten nur Augen füreinander. So musste es sein, wenn man frisch verliebt war. Sie hätte am liebsten die ganze Welt umarmt. »Lasst euch so viel Zeit, wie ihr wollt, wir warten auf euch.« Sie hopste zum Haus zurück. »Auch wenn es die ganze Nacht dauern sollte! Das habt ihr euch verdient.«

Kazuya kam mit einer Rollmatte unter dem Arm zu Takeo und Laura gelaufen.

Er grinste verschmitzt. »Extra breit. Du wirst sie brauchen.«

Takeo nahm die Matte verdutzt entgegen. »Kazuya, was …«

Kazuya ging sicherheitshalber einen Schritt zurück. »Ich

denke dabei nur an Laura, versteht sich.« Er folgte Jessi vergnügt pfeifend ins Haupthaus. »Ich rufe die anderen an! Die werden sich freuen. Das gibt eine Party!«

Laura blickte fragend zu Takeo, der noch immer einen Arm um sie geschlungen hatte, in der anderen hielt er die zusammengerollte Strohmatte.

»Was für einen Ort möchtest du mir zeigen, Takeo?«

Er antwortete ihr nicht und zog sie stattdessen mit sich in Richtung des Teehauses. Sie ließen den Teich mit dem Zwillingswasserfall hinter sich. Takeo führte sie vom Weg fort. Zwischen Ahorn- und Kirschbäumen traten sie auf eine kleine, moosbedeckte Lichtung. Einer der beiden Pfaue stolzierte an ihnen vorüber in Richtung Wohnhaus. Helle Kirschblüten lagen auf dem moosigen Grund. Die Stämme der Bäume ragten um den Platz empor, als wollten sie ihn schützen. Laura hatte diesen Platz nie zuvor bemerkt. Über ihnen wehten die Blätter der Bäume im Wind. Kirschblüten trieben durch die Luft.

»Es ist friedlich hier«, flüsterte Laura andächtig.

Takeo legte die zusammengerollte Matte ab und setzte sich auf das Moos. »Es ist der Ort, den ich aufsuche, wenn ich Ruhe brauche. Hier kann ich nachdenken. Ich habe ihn bisher nicht geteilt.«

Laura setzte sich neben ihn. »Ich danke dir. Es ist wunderschön hier.«

Er zog sie an sich. Eine Weile saßen sie schweigend nebeneinander. Laura hatte ihren Kopf auf seine Schulter gelegt. Er strich andächtig durch ihre langen offenen Haare.

»Sag mir, Laura ... Wirst du jetzt ... ich meine ...« Er schluckte.

Laura verstand, was er meinte. Sie schmiegte sich an ihn. »Ja. Ich werde nur dir gehören. Keine Experimente mehr. Ich hatte genug.«

»Ganz sicher? Ich meine ...« Er schaute sie verlangend an.

»Ich kenne jede Menge Experimente, die es sich vielleicht auszuprobieren lohnt …« Er beugte sich vor und küsste sie.

Laura erwiderte seinen Kuss. Sie liebte seine Lippen, seinen Körper, einfach alles an ihm. Ihre Finger berührten seine weichen Haare. Erleichterung und Freude durchströmten sie. Endlich gehörte er ihr. Nur ihr.

»Möchtest du mich etwa unterrichten?« Sie grinste ihn frech an. »Ich bin eine aufmerksame Schülerin.«

Sie küssten sich erneut und versanken in Schweigen. Sie mussten sich nichts sagen, denn der Wind sprach für sie, ebenso der weite blaue Himmel über den Ästen der Bäume und die Vögel, die ihre Abendlieder sangen. Er pflückte eine Kirschblüte aus Lauras Haaren. Sie zog den Reißverschluss seiner Lederjacke auf. Takeo half ihr aus der Jeans und dem grünen Pullover. Sie zogen sich gegenseitig die restlichen Sachen aus und lagen nackt nebeneinander auf dem Moos. Laura war noch nie so glücklich gewesen wie in diesem Moment. Seine Hand ruhte schützend auf ihrem Bauchnabel, während ihre Finger noch immer durch seine weichen Haare glitten und seinen Nacken streichelten. Sie betrachteten gemeinsam die Kirschblüten, die der Wind mit sich nahm. Er zog sie noch näher zu sich, schloss seine kräftigen Arme um sie. Laura roch seine Haut, fühlte die Geborgenheit seiner Nähe. Sie wollte nie wieder fort von ihm. Er war es wert, dass sie Deutschland verließ. Jessi würde schon einen Job für sie finden, der nichts mit Sex zu tun hatte. Verträumt betrachtete sie seinen Körper. Perfekt wie die Blüten der Kirschbäume.

Takeo setzte sich auf. Er beugte sich über sie und berührte ihren Körper mit seinen Lippen. Endlich konnten sie einander frei von Angst und Sorgen berühren. Laura lächelte. Wie schön es sich anfühlte. Sie waren ganz allein an einem Ort, der nur ihnen gehörte. Sie seufzte, als er ihre Schenkel liebkoste und ihre Vulva küsste. Wie vertraut sich seine Berührungen anfühlten. Sie richtete sich ein wenig auf dem nachgiebigen Moos auf, nahm sachte seinen Penis in die Hand, führte ihn an ihren Mund und bedeckte ihn mit Küssen, ehe sie mit feuchten Lippen darüberfuhr.

Er verwöhnte sie seinerseits mit seiner Zunge. Laura spürte ihre Erregung. Sie war durchaus neugierig, was er ihr in der nächsten Zeit noch zu zeigen hatte. Immerhin hatte er wesentlich mehr Erfahrung als sie.

Nichts, was sich nicht lernen lässt. Aber nicht heute. Sie fuhr behutsam mit der Zunge über seine Haut. Vorsichtig drängte sie ihn von sich.

Sie setzten sich auf. Laura sah ihn ernst an. Sie wollte ihn in sich fühlen. Sie wollte endlich das tun, was sie nie ohne ein schlechtes Gefühl hatte tun können.

Takeo setzte sich vor sie. Er berührte ihre Wange. »Wie schön du bist.« Er lächelte. Es war ein Lächeln, das sie noch nie bei ihm gesehen hatte. Gelöst und befreit, ganz im Einklang mit sich und der Welt. Er hob ihre Beine über seine und zog sie zu sich.

Laura erregte allein seine Nähe. Sie drängte sich an ihn und ließ zu, dass er in sie eintauchte. Seine Hände hielten sie. Wieder fühlte sie sich von ihm getragen und geborgen. Sie umschlang ihn mit den Schenkeln, presste ihre Beine hinter ihm zusammen. Lauras Brüste lagen an seinem Oberkörper. Wie nah sich ihre Herzen waren. Takeo beugte sich vor. Ihre Lippen konnten nicht voneinander lassen. Endlich konnte sie sich ihm ganz hingeben. Nur ihm. Ihr verrückter Ausflug in Jessicas Welt war vorüber. Sie wollte Laura sein. Weil es schön war, Laura zu sein.

Sie lehnte den Kopf zurück und sah durch die wolkenartig geschnittenen Äste hindurch zum Himmel. *Wir sind frei*, dachte sie glücklich. *Und es ist gut so.*

Takeos Atem strich über ihren Hals. Sie stöhnte auf, als er noch tiefer in sie glitt. Sie ließen sich viel Zeit für ihr Liebesspiel. Danach lagen sie angezogen nebeneinander. Über ihnen verfärbte sich der Himmel rot und violett. Ihre Hände umschlossen sich im Dämmerlicht. Erst als die Sterne am Himmel blinkten, standen sie auf. Takeo legte seine Jacke um Laura und gemeinsam traten sie den Heimweg an. Laura blickte zu dem schwach erleuchteten Clubhaus hinüber. Eine verrückte Welt. Sie kuschelte sich an Takeo. Eine Traumwelt. Aber wenn es nach ihr ging, sollte der Traum noch lange andauern.

Denk nicht!

Lass dich lieben. Nimm meine Hand und geh neben mir am Meer entlang. Hör auf seine Brandung, sein rhythmisches Schlagen, das immer wiederkehrt. Nimm meine Liebe, die dich einhüllt wie die Sonnenstrahlen, und vertraue ihr.

Lass dich halten. Fühle meine Nähe und lass dich von ihr tragen. Leg deinen Kopf auf meine Schulter, während über uns die Sterne erblühen. Fühl ihre Ewigkeit, die auf uns leuchtet, wenn wir verschlungen im Garten stehen.

Lass dich fallen. Tauch mit mir in die Tiefe der Nacht, Seite an Seite. Folge mir mit dem Lauf der Sonne durch den Tag. Hol tief Luft und tauch ein in ein gemeinsames Leben ohne Einsamkeit.

Lass dich tragen. Vertrau den Wellen, die uns schwimmen lassen. Hab keine Angst vor dem Weg vom Wasser fort ins Ungewisse. Unsere Füße werden ihn finden ohne unser Zutun. Vertrau darauf, den Garten ohne Schaden zu durchwandern.

Lass dich ein
auf uns.

Laura

Glossar

Anrede: Die Benutzung des Vornamens im Japanischen deutet auf Nähe zum Angesprochenen hin, nur enge Freunde/Vertraute sprechen sich mit Vornamen an, sonst spricht man sich mit Nachnamen an. In der japanischen Sprache wird außerdem der Nachname vor dem Vornamen genannt.

Boutique-Hotel/Image-Club: Stundenhotel mit thematisiert eingerichteten Zimmern.

-chan: Suffix; Verniedlichungsform für kleine Kinder; wird aber auch von engen Freundinnen (bis ins hohe Alter) verwendet.

Dōjō: Kampfschule/Kampfsportverein/Übungshalle.

Geta: Holzsandalen mit Zehenriemen und hohen Sohlen.

Ginza: Hauptgeschäftsviertel Tokyos.

Host-Club: Hostessen-Bar mit männlichen »Hosts« für die weiblichen Gäste.

Japanisches Mövchen: Domestizierter Prachtfink.

Kabuki: Traditionelles japanisches Theater der Edo-Zeit, das sich auch heute noch großer Beliebtheit in Japan erfreut. Kabuki besteht aus Gesang, Tanz und Pantomime. Die Darsteller tragen farbenfrohe Kostüme und traditionelles Make-up.

Kapselhotel: Besondere Hotelform, entstanden durch Platzmangel und Sparsamkeit. Der Gast übernachtet in Kabinen von etwa 2 m^2 Bodenfläche und ca. 1 m Höhe. In den Kapseln befinden sich meist Radio und Fernseher.

Katana: Japanisches Langschwert; »Daitō«.

-kun: Suffix; Anredeform männlicher Jugendlicher.

Love-Hotel: Japanische Bezeichnung für ein Stundenhotel. Jedoch sind die Stundenhotels in Japan nicht mit deutschen Stundenhotels zu vergleichen, sondern sind oftmals an die Bedürfnisse von Paaren angepasst, die der heimischen Enge für ein paar Stunden der ungestörten Zweisamkeit entfliehen möchten.

Maiko: Bezeichnung für eine Geisha-Auszubildende.

Manga: Japanische Bezeichnung für alle Arten von Comics und Zeichentrickfilmen. Im Westen unterscheidet man »Manga« (Comics im japanischen Zeichenstil) und »Anime« (japanische Zeichentrickfilme).

Obi: Schärpe des Kimonos.

Onsen: Heiße Quelle. Meist öffentliche Bäder, die von heißen Quellen gespeist werden.

Roppongi: Teil des Tokyoter Stadtbezirks Minato. Ein

Bezirk mit regem Nachtleben und der größten Dichte an Bars und Diskotheken in Tokyo.

-san: Suffix; wird in Verbindung mit dem Nachnamen verwendet und bedeutet Frau/Herr.

-sensei: Anrede für Akademiker wie Ärzte, Professoren, Lehrer etc. »Sensei« kann als Suffix an den Namen gehängt werden, aber auch alleine stehen. »Sensei« bedeutet Doktor, Lehrer oder Meister.

Samara Fraser

Die Gefangene

Erotischer Roman

ISBN 978-3-548-26908-5
www.ullstein-buchverlage.de

Jamaika, 1812: Juliana Thompson wehrt jeden Freier hartnäckig ab – bis ihr Vater sie eines Tages zwingt, den Heiratsantrag von Elias Blackwood anzunehmen. Auf der Verlobungsfeier wird sie zu ihrer Überraschung von Jason Whitfield entführt, der vor Hass auf seinen Erzfeind Elias brennt. Jason ist vom ersten Augenblick an fasziniert von dieser rebellischen Schönheit und auch Juliana gefällt ihr starker Entführer. Während das Schiff sanft durch die Karibik schaukelt, lernt sie von Jason aufregende Spielarten der Lust kennen und wird Zeugin des hemmungslosen Vergnügens der Piraten mit leichten Mädchen …

UB456

ullstein